河出文庫

鬼の詩／生きいそぎの記

藤本義一傑作選

藤本義一

河出書房新社

鬼の詩／生きいそぎの記◉目次

生きいそぎの記　7

鬼の詩　82

贋芸人抄　142

下座地獄　209

師匠・川島雄三を語る　246

解説　コッケイこそ人間の本質　岡崎武志　288

鬼の詩／生きいそぎの記

藤本義一傑作選

生きいそぎの記

一

津軽を行く。

町はずれ、芦野公園、藤枝用水路のところに、火の鳥《フェニックス》が彫られた文学碑がある。

——撰《えら》ばれてあることの恍惚と不安と二つわれにあり——

太宰《だざい》治の碑だ。地蔵堂が近くにあり、赤や青や黄の白粉《おしろい》つけた地蔵が何千と並んでいる。

野球場近く、城の石垣を背に、

——胸にひそむ／火の叫びを／雪ふらそう——

福士幸次郎の詩碑がある。

が、どこにも、いくら歩いても、

——花ニ嵐ノタトエモアルゾ　サヨナラダケガ　人生ダ——

の碑はない。川島雄三の碑はどこにもない。旅の本を展《ひろ》げてみても、川島雄三に関して一行も書かれていない。川島雄三という活字さえない。

「映画監督の監督という二字を解釈すれば、百科辞典でげす。影を売る百科辞典は、名作古典と誰も考えないものでげす」

自嘲《じちよう》の言葉を思い浮かべる。

大正七年、下北半島に生まれ、昭和三十八年、東京は芝公園のアパートでひっそりと死んだ。枕元には『江戸商売図絵』がおかれ、写楽に関するメモがあった。松竹から日活にうつり、『幕末太陽伝』を機に、東宝傘下《さんか》の子会社東京映画に移った。後、『女であること』『暖簾《のれん》』『グラマ島の誘惑』『貸間あり』『人も歩けば』『接吻泥棒』とすすみ、『花影』『雁の寺』『青べか物語』『箱根山』『しとやかな獣』『とんかつ一代』『イチかバチか』を最後に鬼籍となった。六年間に十七本の影を売り、それ以前に三十本を撮り、孤独と狷介不羈《けんかいふき》の幕を四十七本目の作品で閉じた。

——川島雄三はしかし見事に生きた。恐怖はたしかに例えようもなく重かった。それでも彼は四十五年の一生を精一杯生き切った。芸術もあった、戦争もあった、泥酔《でいすい》も喧嘩も恋愛も嫉妬も、ケチも痛快も憎悪も、あらゆるものが充実し、煮つまり、華やかに在った——と、弟子の今村昌平は書く。

おれと川島師匠の出会いは、煮つまり、華やかな頂点であった。

――思想堅固デナク、身体強健デナク、粘リト脆《もろ》サヲモチ、酒ト色ニ興味アルモノヲ求ム。監督室内、股火鉢ノ川島――。

撮影所の掲示板に、手帳の一頁を破った募集広告がピンでとめられていた。三十三年の正月である。その頃、おれは、撮影所では助監督部でもなく企画文芸部でもなく、いわゆる臨時雇用の身で、日給二百七十円であった。大学には七年目の籍があり、専攻は農業経済であったけれど、就職のメドはなかった。△△組午前八時ロケ出発。××組午後二時、衣裳合わせ、等々の貼り紙が貼られた大きな掲示板の隅で、その小さな紙片は滑稽《こっけい》であった。誰かを揶揄《からか》っているような丸まっちい字である。「股火鉢ノ川島」とは如何にも『幕末太陽伝』の監督らしい表現だった。

「おもろい募集やな、一遍、行くか」

おれは先輩にいった。

「やめとけ。あかん。行かん方がええ」

先輩は断固として反対した。理由は、川島雄三に従《つ》くと、先ず胃潰瘍《いかいよう》になるか肝臓をやられるという。

「ま、一遍、どんな人か会うてくる」

好奇心であった。過去に、川島作品のいくつかを観ていた。ドタバタ喜劇もあれば、変にもの悲しい作品もあり、その差が著しい監督だというのがおれの印象だった。論理を均衡させようとしてドタバタになったり、論理と抒情が微妙な融け合いをみせて文芸作の香気になったり、記憶の断片では冷たい部分と変にあったかい部分が混り合っていた。一貫して感じられるのは、人間の孤独がどの作品にもちりばめられ、画面の底から、人間は本来孤独を内に包んでいるので、どうしても避けることが出来ないぞという呻きのようなものであった。

おれは名前をいい、貼り紙を見たのだといった。

気魄《きはく》と情熱に溢れた監督の像を想像していたおれには意外だった。貼り紙通り石油鑵に股火鉢の監督は、杉綾織のオーバーの襟を立て、じろりとおれを睨み上げた。異様に赤い唇を突き出すようにして、瞬《また》きもせずにおれの眼を見返した。艶のある髪の束が額に垂れていたが、それが都会人ふうな投げやりな憂鬱ではなく、むしろ病的な兆候に思えた。伊達《だて》のポーズではない。肉体からやってくる姿なのだ。五坪足らずの助監督室が、その時、おれには荒涼《こうりよう》とした暗い雪の原のように見えた。その雪原の真ん中に、一人の癲癇《てんかん》の重積発作を凝《じ》っと待っている少年がいる。そんな感じだった。

「助監督、志望ですか」

「いえ、シナリオ・ライター、志願です」

「支那料理屋ねえ、う、ふっ、ふぁ」

おれも調子を合わせて笑おうとしたが笑えなかった。監督の眼は笑っていないのだ。おれは金縛りになった。こんな緊張はついぞなかった。

「人間の思考を、今、仮に百とします。思考を言葉にすると百の十分の一の十です。その言葉を文字にすると、そのまた十分の一です。思考の百分の一が文字です。文字で飯を食っていくには、せめて、思考の百分の二、いや、一・五ぐらいの表現が出来ないことには失格です。わかりますか、君は……」

はいと答える他はなかった。

「最近、なにを読みましたか」

「馬琴とオースティンです」

「オースティンの、なに、ですか」

おれは『高慢と偏見』を読んだといった。本当は読んだのではなく読まされたといっていい、映画の企画案を翻訳物から組み立ててこいといわれ、おれは図書館で埃《ほこり》をかぶっていた十九世紀はじめのその作品を読んだのだ。ロングボーンという村の地主ベネットの才気と皮肉と気まぐれの行状記をドタバタにしようと考えていたのだ。

「高野聖はスラップスティックな作品になりませんか」

愕然となった。泉鏡花がドタバタ喜劇になるとはどうしても考えられない。すると歪《ゆが》んだ口許から、粘りのある低い声が、あの、坊さんや、頭の上から蛇や山蛭《ひる》が落ちてくるでしょ、一軒の山家があって、一人の白痴とこの世のものと思えぬ絶世の美女がいて、ね、これがスラップスティックでしょ、そう思いませんかと監督はひとりで悦に入り、今度は眼が笑っていた。

この人の好きな言葉は、俗物気質《スノバリー》と世慣れ精神《ソフィスティケーション》とスラップスティックであるらしく、十分間ぐらいの話の中に、この三つの言葉が二回以上登場した。

「君、酒、好きですか」

「好きです」

「君、女、好きですか」

「好きです」

「コイコイ、ハチハチ、チンチロリンはどうですか」

「あまり、やりません」

「どうしてですか」

「勝てば当り前だと思い、負けると口惜しいのです」

「う、ふっ、ふぁ。では、今夜から来なさい。但し、シナリオについては、手をとって教えるということはしない。そんなことをして、出来るものなら、誰でも映画を創れます」

おれには、別に身の回りの品というものもなかったし、家に連絡をする必要性もなかった。そのまま監督の尻に従って行くだけでよかった。監督は所長室におれを連れて行き、この男を預かるといい、所長は、やや哀れみの眼差《まなざし》でおれを眺め、それでも強《し》いて微笑をつくって、川島先生に指導してもろうたら、そら為になることが仰山あるなどといった。所長の内心は、おれが胃潰瘍の犠牲になるのを憂うと窺《うかが》えた。

「先生といってはいけない。先生という言葉には、小頭症的な響がある。絶対に先生と呼ぶな」監督は所長室から階段を降り、コンクリートを踏んで、車までの距離に、こんな意味のことをいい、足の裏をぺたんぺたんと踏みつける歩き方で、振り向かずに呟いていた。やや猫背気味で顎を突き出す上半身はともかくとして、窪んだ腹部と腰から膝の動きと、膝から下の動きの均衡が外れていた。イタリー製の手縫いのコードバンの靴先が、一足踏み出すたびに、石ころを蹴るような塩梅《あんばい》で、足首が外側に捩《よじ》れるような動きを示した。足を持ち上げる時、粘液質の無数の糸が、足首に執拗に纏《まと》い付くようで、それを思い切ってかなぐり捨てようという気配が見えた。

　車の後部座席には二重に畳んだ膝掛毛布が敷かれ、隅の方に艶やかな檸檬《レモン》が一個転っていた。埋まるように乗った監督は、宿に着くまで、右の掌に檸檬の冷たい肌を楽しんでいるようであった。

「宝塚は冷えるなあ……」

　監督は、ぽつんといった。睫《まつげ》の長い少年のような眼だった。黒目がちで、攻撃と怯《おび》えが同居している。赤味を帯びた目の縁《ふち》には疲れと怒りが溜っているようだった。

「君は、大阪生れの大阪育ちか」

「はあ。師匠の故郷はどこですか」

「師匠は江戸ッ子でげす」と例の含み笑いの後で、まるで、低く、おれを叱りつける口調で、下北半島といった。含み笑いを間に挟んでの言葉のあまりの変化に、おれは次の言葉を失った。柔和な鼻梁と不満気に突き出された唇を見ながら、この人の性格は強い怨憎《おんぞう》を宿した陰気さが九分九厘あるのではないかとおれは読んだ。

二

宿は温泉街の入口にあり、小さな葬儀屋の斜《はす》向い、若い後家さんと二人の女中と大柄な姑《しゆうとめ》と小学校に上ったばかりの女の子といった女系の家族構成であった。暗い、湿った玄関を入り、廊下の奥に、二畳と四畳半の離室《はなれ》があり、そこが監督の棲家《すみか》であった。

床の間には草書体の掛軸がかけられ、縁の硝子窓から新しい寺の本堂の屋根が見え、古い榎の大木が屋根にかかっていた。さらに別棟に渡り廊下がつづいているようで、庭木越しに蛍光灯の青白い光が洩れていた。

監督は盆の窪みに髪を一束にした女将を小さな声で揶揄《からか》い、おれが今夜から寝泊まりするから別の部屋を用意するようにいった。

「お湯、入ってますさかいに、どうぞ……」

女将が去ると、監督は、窓際に立って、不安定に前後に揺れる体を踏みとどまらせたといった恰好で、背広の釦《ボタン》を外しながら、この旅館の湯は、ビニールパイプで温泉を引き込み、それをまたガスで温めるのだといい、泉質はやや塩分を含んでいるが、石鹼の泡立ちもいいし、ぬめりがないなどといった。

おれは、監督が一個の釦に、かなり手古摺《てこず》っている様子を奇妙な光景を見物するかのように眺めていた。釦穴をひろげようとする左の指先が外側に折れるような不自然さを示し、右の拇指と人差し指が、黒い一個の釦を抓《つま》もうとして何度も滑った。グリーンのジャージ系統の背広は、おれの前で、ゆっくり前後に揺れつづけている。ようやくのことで釦は外れ、背広の前があいた。おれは監督の背にまわって、両肩から背広を脱がしにかかった。徒弟制度の礼儀といったものである。ひとつの肩が脱《ぬ》け、もうひとつの肩から袖を外そうとしたのだが、奇妙なことに、背広は一枚の板のように、監督の背に貼り付いているといった感触だった。おれは、力を籠《こ》めた拇指の先で、背中から背広を剝がすようにして、背広を脱がせた。その途端、監督の肩胛骨《けんこうこつ》が不自然な捩《よじ》れをみせて、肩先は顎をかすめるようになり、前のめりに崩れ、さらに愕いたことには、おれの手に握られている背広は、くるっと内側に巻き込んだ態で、筒状になった。一体、なにが起ったのかおれには皆目わからなかった。一瞬、唖然となり、次に、見てはいけないものを見た時に覚える動悸の昂まりと身体の慄《ふる》えを感じた。

「丹前！」

監督は両方の肩を体の前に巻き込んだ姿勢で、両脚を子供のように投げ出し、顎を突き出し、虚空《こくう》の一点を睨み据えるようにして怒鳴った。

「これです。これをこれからシナリオに料理するのです」

机の上に分厚な白紙の原稿用紙と共に井伏鱒二『貸間あり』の日本現代文学全集の手垢に汚れた一冊があった。

「丹前……だ」

「はい」

おれは動顚《どうてん》し、背広をハンガーにかけようとするのだが、ハンガーの木腕と背広の捩れ込んだ裏地の部分が容易に一致しない。背広の内ポケットの万年筆や黒革表紙の手帳が落ちた。背広の裏地の奥と肩のあたりに巧妙にバネが仕込まれていると思った。

監督は、力のない青白い細い腕を投げ出した脚の間に垂れ、身動きひとつせず、依然として、虚空の一点を見据えている。哀れな姿勢でなく、それは不逞《ふてい》な姿勢と見えた。

丹前を背にかけると、監督は、のろのろとした動作で立ち上った。羽織った丹前が得体の定かでない芯を得て屋組みされていくように思えた。一旦音たてて崩れた廃墟の瓦礫《がれき》が、今度は音もなく元どおりに組み立てられていくといった感じを、おれは、奇術を見るように見守っていた。

「今夜は寒いから、女将さんに、鍋物の用意をするようにいって下さい」

おれは遁げるように部屋を出て、女将に監督の意向を伝えた。

「あの先生、ほんまにちりが好きでんなあ。そのつもりで、魚ちりの用意をしてますさかいに……」

おれは女将の前に呆然と突っ立っていた。崩れた姿勢が目の前にちらつき、内臓のない空の腹腔のように凋《しぼ》んだ肋骨の下の印象が拭《ぬぐ》えず、女将に監督が小児麻痺なのかどうかを聞き正そうと思うのだが、言葉にするのを躊《ため》らった。聞かずとも、あの肉体がすべてを物語っている。それをあからさまに聞くのは、監督を侮辱することになると思いながらも、部屋に戻る怕《こわ》さがあった。

「なんだすのん。もう三十分もせん裡《うち》に、用意が出来まっさかいに、お風呂に入ってもろとくなはれ」

部屋に戻ると掘り炬燵の台の上に、数葉の写真を並べ、監督は首を伸ばして、一枚一枚を丹念に舐め尽すように眺めていた。黒白の手札大の写真は、天冠の女仏の木彫であったり、もげ落ちた仏像の腕であったり、結跏《けっか》の部分を拡大した仏像の足だったりで、全体に無気味な写真の群であった。伸ばされた首の甲状軟骨のあたりに重い血液がとっくとっくと脈うち、耳の後のあたりにまで、その血の脈はつづいている。

「女将が、三十分ぐらいで出来るから、風呂に入るように……」

おれは突立ったまま、これで日本語の文法は正しいのだろうかといった反芻《はんすう》をもちながら、女将の言葉を伝えた。監督は、ああと答え、写真に語りかけるように、シュトルム・ウント・ドランクと呟いた。

「師匠、なにがシュトルム・ウント・ドランクですか」おれは、わざと道化た口吻《くちぶり》でいって、炬燵に入った。

「うん、今の映画界だ。時あたかも幕末……人倫を紊《みだ》りにする世相。織田作が生きておったら、面白い作品をものにするやろうねえ」

「織田作、知ってはりますのか、師匠」

「ぼくは、彼の作品、映画化したよ。『還って来た男』ちゅう外題でしたがね」

やや不満気であったが、唇を突き出して照れ隠しに笑ってみせた。

「織田作の気取り、ダンディズム、あれ、ぼくのなかに、少し残っています」

楽しそうだった。

「師匠、下北半島なら、津軽でしょう。すると、寧《むし》ろ、太宰やないのですか」

「太宰……」

急に濃い眉が長い睫《まつげ》に重なるようになり、眼窩が陰鬱《いんうつ》に窪み、あれは駄目、あの男は嫌い、あの破滅には人間本来の滑稽さがないと吐き捨てるようにいい、君も今すぐに、あの男を嫌いになってもらわなくては困ると、呻く語調でいった。おれは、ほんの僅かの間に、激しい落差を示す監督を前にして、これから迂闊《うかつ》な答や質問は出来ないぞと肚を決めた。隔離病室とか面会謝絶という呟きが監督の口から洩れるので、一体、話はどっちの方角に進展しているのだろうと迷っていると、どうやら、太宰文学は、自分の内側にあっては隔離病室に入れてあり、面会謝絶の貼り紙があるのだという意味のことらしかった。

尖った頤《おとがい》が突き出されると、盃の運びは滅法早かった。上唇が酒の表面につき、上唇が嘴《くちばし》の動きで盃の底に至ると、酒は音もなく吸い込まれていく。酒を楽しむといった様子はまるでなく、酔うために飲むといった感じであった。十回に一回の割で盃に差し出される拇指と人差し指が竦《すく》む風情を見せたが、二本指は、ほんの少し躊《ため》らいをみせて、すぐさま盃を口許に運んだ。左手には常に和独のコンサイス辞典が握られていて、手垢に滲んだインディアンペーパーは、片手で器用に繰《く》られた。食欲は少なく、もっぱら酒で胃の腑を満しているといった感じであった。辞典は植物図鑑に持ちかえられて、土鍋の中の野菜の類が分析され、解説された。

「八百屋は、これをエノキダケといって売ったそうだが、エノキダケではない。茎のあたりと傘の間の紅色がエノキダケにはないのだから……」

箸をもつ指先はいたいたしいほど華奢《きやしや》であり、時どき、摘《つま》みあげた菜が土鍋に落ちた。握力が不足しているのではない。摘んでみたものの食べる気はなく、また鍋に落しているのであった。話は、あちこちにとび、はじめての夜は、由比正雪、丸橋忠弥といった謀叛《むほん》浪人の話が並んだ。おれは、次回作の構想だろうと考えているとそういうわけでもなく、次回作は大阪の安普請アパートに犇《ひし》めく男と女の色と欲だといった。

二時間ばかりで、二人で二升近くの酒が空いた。おれは頭の芯に鈍い羽音が聞える感じがしたが、酒の酔は、頭の片隅に塊《かたまり》となって全身にはまわらなかった。緊張のせいもあったが、この人が一体どんな精神構造をもっていて、肉体の欠陥とどういうふうに結びついているのかを見守ろうとしているうちに、変な塊が頭の片隅に棲みついたといっていい。酒にむせたのか、それとも昔ながらに胸に痼疾《こしつ》があるのか、例の含み笑いの後には、空咳《からぜき》が出て、土鍋の湯気が一拭された。

「水！」

内線の電話に叫ぶと、老いた女中が竹編みの箱と水を持って現われ、十数種類の薬がコップ一杯の水で次々と飲まれていった。橙《だいだい》色の糖衣錠もあれば散薬もあり、飴のようにねっとりと糸をひく半液状のものもあり、鮮かな紅色の牡丹の蘂《しべ》のようなかたちの棒状の薬が二つ折の半紙の上にスプーンで掬《すく》い出された。

「師匠、一体なんの薬を嚥《の》んではるんですか」

といぅと、

「生きるための薬です」口許に歪むような嗤《わら》いがうかんだ。酔のまわったとろんとした眼で、体は座椅子に埋もれた姿勢をとり、口許の歪みは暫く消えなかった。

「死ぬための薬でしょう……」といおうものなら「死人は薬は嚥みません」といわれそうで、やめた。

三

「さあ、今日からシナリオの構成に入ろう」

と宣言があってから、二人がとりかかったのは、所謂《いわゆる》、脚本構成の第一段階である箱書《はこが》きではなく、登場人物の性格設定でもなく、一軒の家の設計であった。おれは、それまで二、三の監督についてシナリオのイロハを習っていたので、一軒の家の設計図に十日を費すとは思っても見なかった。その家も、はじめの構想では大阪郊外の安普請のアパートだったのが、次第に趣《おもむき》を変えて、零落したお邸に奇妙な人種、妾《めかけ》、インポテンツの男、発明家、天文学者、予備校生、フラッパーな女子大生、ホステス、仲居、闇医者を住まわせることになった。正午から夕方まで、新聞紙を展げた大きさの全紙に、二人はああでもない、こうでもないと定規、分度器を使って線を引いた。

「この部屋には、腰から尻の線の不潔な女を一人住いさす。抜き襟で、後から見ると溜息の出るような猥褻《わいせつ》な女がいいのです」

「師匠、炊事場、便所は共同にしますか」

「勿論です。あ、湯殿がない。風呂場、風呂場だ。共同風呂だ。その玄関の横に設計して下さい」

時折、チーフ助監督がプロデューサーか撮影所の指令を受けて偵察にやってきたが、いつもながらの設計図づくりにうんざりした表情でなにもいわずに戻って行った。夕方になると、おれは旅館から二キロばかり離れた川向うの密造部落に白馬《ドブロク》二升を買いにやらされた。途中に交番があり、羽織った黒いマント風の外套の下で一升瓶を両脇にかかえて、走り抜けなければならなかった。土橋を渡るのも一苦労だった。帰ると、必ず、交番に警官はいたかどうか、いたならどういう胡散《うさん》臭い表情で見たかといったことを聞き、おれも次第に芝居気たっぷりに大袈裟な報告をした。

「凝《じ》っと入口に警官が立っていましたさかいに、角のところで小便の真似をして機会を待とうと思いましたんやけれど、立小便やとまた睨まれますのんで、暫く物陰に隠れてました」

などと嘘をいうと、監督は空咳まじりの低い含みわらいをつづけて、ファーストシーンは決った。この植木屋に高津の高台にのぼらせて、目下に展がる大阪の町に放尿さそう。実際の放尿でなければ意味はない。だから植木屋を演じる役者には、本番までに水を飲ませて小用を辛棒させるんだといい出した。はじめ、おれは冗談だと思っていたのだが、そうではなく、実際にシナリオの冒頭には放尿のシーンを書き入れ、映倫のシナリオ審議でこの一項目は遠慮願いたいという意向が届くと、監督は烈火の怒りに身を顫《ふる》わせて、

「人間、小便を垂れ、糞をこくのは、なによりも生きている証拠なのです。あなたがもし、小便もせず、糞もせずに生きておられるのなら、あなたの案を快諾《かいだく》しましょう」なる一文を映倫審議会殿に速達で出したのだ。そんな時、おれは、この人、狂ったのではないだろうかと顔を窺《うかが》っていた。

「小便、糞を垂れ流す人間を、君は汚ない人間だと思いますか」

おれの胸倉《むなぐら》を把えんばかりに、監督は迫ってきた。おれは、いや、そんな、汚いとは思いません、生きている証《あかし》ですからと鋭鋒を避けた。別に、監督の機嫌を害《そこな》わないでおこうという魂胆《こんたん》でなしに、いつの間にか、おれ自身、小便をし、糞をするのが人間の真の生甲斐だと思うようになっていた。

「お世辞をいう奴は嫌いだ。顔を見ればすぐにわかります。いかに清々《すがすが》しい処女《おとめ》面をしていても、お世辞たらたらでこっちを喜ばす人間は嫌いです」

はじめは蟹が泡吹く態でいっていたのが、急に語気が荒くなり、空咳伴った血を吐

くようないい方に、おれは息を呑んだ。この人はおれに心の一部を曝《さら》け出している、本心を吐露しているんだというのが、痛いようにわかった。

「お世辞をいうのは、愛情のない証拠です。お世辞をいうぐらいなら、皮肉をいってあげた方が愛情です」

丹前の肩のあたりで薄い貝殻骨が無意識に痙《つ》るような動きを見せた。怒りがそんな動きをさせるのだろうかと思っていたが、観察しているとそうではなく、執筆中も、不意に同じような痙れが襲ってきた。本人はなにも気付いていない。だが、机で対していて、無言でいる時、原稿を書いているこちらの眼窩《がんか》の片隅にその痙れが認められると、おれは悪質な病気がこの人を徐々に犯しはじめているのではないかという恐怖をもった。

二週間を経て、ようやくお邸の設計図が出来あがった。監督は手首から指先が反《そ》りかえる奇妙な手付で絵筆を握り、踏石のひとつひとつに淡いブルーの絵具を塗り、楽しそうであった。不図《ふと》、設計図の中の離屋を見ると、戸口に無数の格子縞模様が描かれていて、これはなんですか、昨夜の段階まではなかったですがと訊ねると、これは座敷牢だといった。

「座敷牢……誰が一体住むんですか」

「空部屋でげす。どういうわけか、ここに座敷牢があるのでげすな。その昔、誰かがこの中で阿鼻叫喚というわけでげす。ここに天体望遠鏡を持ち込んで、天文学者が住み込むのも一興でげすな」

そんなことを喋る場合は、長い睫《まつげ》をひくひく動かせて、伏目がちになり、自らの脆《もろ》い魂の一面をのぞかせた。茶色の細い絵筆が格子を丹念に塗りあげていくのを見ていると、もうその座敷牢の内側の雰囲気が、おれに伝わってくるようであった。風の死んだ空《か》ら蒸しの部屋の様子が陰気な翳りを見せて忍び込んできた。

「妾《めかけ》が旦那の来ぬ間に、ここに予備校生を連れ込んで情交ということも考えられるのでげす。尻に葭《よし》の花茣蓙《はなござ》を敷いて、予備校生の童貞を、あれエとかなんとかいいながら奪うのも一興でげすな。終った後の女の尻に花茣蓙模様がくっきり刻まれて、炎天下名もなき虫の死骸かな、うっ、ふっ、ふぁ、……」

時に、女に対して限りない憎しみを抱くような言葉を吐いた。酒が入ると淫猥な言語が飛び出し、アノ小サナ臭イ穴ヲモッタ動物といった表現を呟きながら、酒をたてつづけに呷《あお》るのである。そういう時は、下手に割り込んではならない。いいたい放題、捨てておけば、言葉はいつしか飽和点に達して消えてしまった。呟き、叫んでいる時は、生々しい女陰のイメージが頭の中を往来しているらしいのだが、行きつくところまで行くと、たちまち女陰は色褪せたものとなり、干潟《ひがた》の水田のようなイメージになってしまうもののようであった。女性に対する抵抗感や違和感が、冷え冷えとした印象に擦《す》りかわっていくと同時に、酒の酔も冷え切ってくるような塩梅《あんばい》で、それから後は、むっつりと黙り込んでしまい、黒目の中心に電灯の小さな光を宿し、その螺鈿《らでん》の象眼に似た点は、いつまでも動かずに一点を凝視していた。この人に、男としての性欲があるのだろうかと、おれはくだらない想像を巡らせたものである。熱っぽい杏子《あんず》色の唇が乾いてくると、また手酌でぐい飲みに銚子の酒か白馬《ドブロク》を注ぎ込み、おれにも飲むようにと促《うなが》した。毎夜、お互いに一升の酒を飲んでいる裡《うち》、どちらかが不意に脳溢血で昇天してしまうのではないかという危惧をもった。早いピッチで飲まされた日は、廊下に出ると、平坦な筈の廊下が急に一条盛りあがった傾斜をもつ錯覚に襲われ、手探りで闇夜の畝《うね》を歩いて便所に行きつくようであった。

「雄三さん、いい加減にシナリオにとりかかってよ、若者もいることだしさあ……」

業《ごう》を煮やして滝村プロデューサーが深夜にやって来たが、二人はとろんとして、相手の苛立ちなどは一向に意にとめないのだ。指の先から酒の精が滴となって、したたり落ちそうな予感で、おれは目の前の白紙同然の原稿用紙を瞶《みつ》めていた。君、アル中になるよ、こんなことでは……。いいこと教えてあげよう、酒を一旦胃の腑に入れて、今度はすぐにゲロするんだ、指を喉に突っ込んでさあとプロデューサーは忠告をしてくれるのだが、その後、プロデューサーが帰ると、監督は濁って血ばしった目でおれを見据え、酒を吐き出すぐらいなら、はじめから飲まない方がいいのです。心配なら飲みなさんな、或いは、絹糸の先端に、丸めた真綿を結びつけておいて、酒を喰《くら》う前に真綿の玉を飲んでおき、糸の先端を前歯に結びつけておいたらいいと残酷な指示をした。勿論、冗談なのだろうが、据った目を瞬《また》きもせず、怒ったように繰り返す監督を見ていると、それが単なる冗談とは思えなくなる無気味さがあった。野生の荒々しい動物の加虐的な面と、素面《しらふ》の時の自虐的な面が、おれをますます混乱させた。

「滝村先生はああいっているが、なに、時間は、まだまだあるのです。今日のつづきは明日ではないのです、コン畜生奴！　物書きに限らず、映画屋は、明日の奇蹟を信じなくてはいけないのです。今日書いてしまえば、もう明日はない、それは悲しいことだとは思いませんか」

おれに語りかけるのではなく、自分自身に対する語りかけであった。喋っている間にも不意に肩のあたりに痙れがはしった。不図おれは、今日創《つく》れば今日亡ぶかもわからないから、滅びを明日にまで、せめて明日にまで持ちこたえようとしているのではないか、背から蔽《おお》い被《かぶ》さってくる不安を、この人は、そんな言葉で誤魔化しているのではないだろうかと思った。

四

設計図が丹念に彩色されて、数日後に、それまでは、ばらばらであった登場人物の性格が次第に明確になってきた。慌て者、早合点、お調子屋、淋しがり屋、金の亡者、信仰気狂い狐憑《つ》き、性的健忘症、謀叛《むほん》人、等々、いずれもが監督の分身であった。すでに監督の中に原作は埋められ、別の分身が続々と登場を開始し、原稿用紙の上には、奇怪な老若男女が跋扈跳梁《ばっこちょうりょう》の時を待っていた。性格の設定に詰ると、今度は二人は植木屋に変じて、またも設計図を展げ、このあたりに篠竹を数本植えよう、いやいや、葉鶏頭の燃えるようなのがよろしい、彼岸花はどうだろう、紅玉散りばめた柿の木、いや満開の桜の老樹と、四季の約束など忘れはてて、邸の庭を飾りたてた。

「君は知らないだろうが、北国の春というのは、花々の狂い咲きだよ。一斉に桜も梅も桃もだ。そして、ぱっと夏にかわる。実際、あれはどうなっているんでしょう……」

おれには想像出来ない世界だった。草木には、ちゃんとした四季の順序があるものとばかり思っていたおれに、監督のこの言葉は強烈に灼きついた。

「いいですね、師匠……」

本心からいったのだが、皮肉ととられたらしい。

「そうです、いいです、素晴しいです。謡曲、茶道、俳諧、華道に書道、なにもかもいっしょくたにした不幸もまたいいでしょう。なに、苦しいだけです」

闊達《かったつ》な調子でいったのなら、こちらも気分は軽かったが、そうではなく、暗い粘りっこい語調で、おれをなじるようにいったのだ。監督の目には、北国の凄愴《せいそう》な風景が甦ってきたようであった。おれは、なんとか話題を転換させようと企《はか》ったが、適当な話題を素早く見付ける方法がなかった。

「主人公は、そんな男にしよう」

「そんな男て、どんな男ですか……」

「つまり、北の春のような性格……」

「はあ……」

「わかりませんか、師匠。なにもかも出来るお人好し野郎。これ、天文学者を土台にするのだ。よし、決定です。なにもかも、いっしょくたにした不幸者。生き急いでいる不幸者がいい」

「生き急いでいる……」

「そう、死に急いでいるのではなくて、あくまで、生き急いでいる阿呆な男、これは滑稽《こっけい》奇抜です」

眼は異様な輝きを帯びはじめた。冴え冴えとした表情への変化をおれはただ唖然と見守っていた。

「生き急いだ男、これが人間の本質かもわからない。だから滑稽、コッケイですよ。盲滅法の力漕《ちからこぎ》であらぬ方角にすすんでいく舟一艘という感じで、ね、主人公は居残り佐平次、あれは肺病だったけれど、今度は健康そのもの。主人公の喋り方は、時には活弁調で、やや詠歎調を匂わす男。それも大真面目でなくてはいかんのだ。時にだぶだぶの背広、そして書生っぽじみた絣《かすり》の着物、セルの袴《はかま》、ジャンバー、決まりました。天文学者と発明家は同一人物として、フラさんがいい、フラさんがいい……」

青白い頬に、ふっとばかり血の色が湧いてきた。喋り募《つの》る裡に、空咳がつづき、咳込みながらも、言葉は途切れては、またつづいた。フラさんとは、フランキー堺だ。

「師匠……」

おれは、監督の手の甲に血膿《ちうみ》が流れているのに愕いた。興奮した爪先が、手の甲の瘡蓋《かさぶた》を剝がしている。監督は一寸視線をやると、血膿をちゅちゅっと鼠鳴きの音をたてて吸いとった。今までにないことだ。清潔好きの、埃ひとつにも眉を曇らす人の所作とはどうしても思えなかった。また別の狂気に似たものが頭を擡《もた》げたのではないか訝《いぶか》し気に思いながらも、おれはわけのわからない嬉しさを覚えた。こういう状態でものを創る人なんだという確信が植えつけられた。

「天文学について調べて来なさい。ノートして、写真が必要なら、このミノックスキャメラ、持って行きなさい。小道具はひとつ凝りましょう。わが国の古くからの天文学、それに現代の天体望遠鏡まで、詳しく調べてくるのでげす。物干竿一本使うにも、民俗学的な考察は必要でげす。茶筅《ちゃせん》ひとつでも、あの先がいくつに分かれているかを調べる必要があるのでげす」

おれは中之島図書館、池田図書館と走りまわった。お陰で短時日の間に、おれは天文学の専門家になった。神道があり、道教があり、儒教があり、それらが合体して天体運行の謎は解け、貞享暦《じようきようれき》は生れ、七曜暦まですすむのだ。有職故実という言葉は知っていたが、実際に肌で感じたことのなかったおれは、シナリオは、こんな所から出発していくのかと愕《おどろ》いていた。太陽、太陰、日蝕、言葉だけ知っていて、内容は無知であった。眠っていた内面に弾みが加わった。それが済むと今度は、植木屋に転向した。蔓《つる》ひとつにしても、美男かずらもあれば忍冬《すいかずら》もあり、朝顔もあった。

「植木屋と書いても、監督のイメージは生れてこん。植木屋のイメージが読む相手に鮮かに湧いてこないと駄目でげす」

植木屋の服装を調べなくてはならなかった。紺の股引、どんぶり腹巻、角刈に鉢巻、これだけではまだ十分ではない。紺足袋に麻裏をひっかけて、鼻唄まじりでなくてはならない。こうして、ようやく創り上げたイメージの何枚かの原稿用紙は、あっさりと朱色の×印で消された。植木屋のイメージが不出来だったのではない。植木屋そのものをシナリオは必要としなくなったのだ。何日かの徒労はあっさり潰されてしまったのだ。おれは急に監督が大きな一枚岩の傲岸《ごうがん》さを具《そな》えた男に思えてきた。

「鶏小屋」と書くと、たちまち「鶏舎」と書き直され、横にトヤとルビを振られた。ツツジは躑躅《つつじ》という文字に書き変えられた。ふさふさと毛の長い犬が一匹と書くと、この犬の種類は、セッターなのか、それともスパニールなのかと詰め寄られる始末に、監督は、おれに敵意を抱きはじめたのではなかろうか、リンゴやっても林檎やっても同じではないか、なにもわざわざ筵《むしろ》に臥《ね》ていると書かなくても、ムシロに寝ているでいいではないかと怒鳴りつけたい気持ちであった。

ひ弱で脆《もろ》い印象は一転した。唇を嘗め嘗め何時間も凝《じ》っと原稿用紙を睨み据えている監督は強靭な精神力に裏付けされた太々《ふてぶて》しさがあった。執筆の合間に大道具小道具の指示、三十キロのライト何基、小型のゼネレーターの準備、俳優の交渉の指示、絵コンテとすすめられ、撮影所と旅館を往復する人の数も増した。

おれとの間にあったあれほど多くの雑談の時間が消えた。酒の量と薬の量だけは変らなかったが、とりとめもなく語られていた言葉は極度に切り詰められ、食事が終るともう話はなく、おれは廊下を自分の部屋へと戻った。夜明けまでに箱書きに忠実にシナリオの何シーンかを書き、白々あけの廊下を跫音《あしおと》忍ばせて監督の部屋の前に行き、廊下に束ねた二百字詰の原稿を置いて帰ってくる。もう敵は眠っているだろうと思うと、部屋の中から空咳が聞えたりした。正午頃に眼醒めて、廊下を窺うと、すでに朱線でズタズタに切られたシナリオが無残な姿を曝していた。書きあげた八割方が消し去られ、原稿の余白に赤と青のボールペンで「この個所一考」とか「#6と#8とが同じシーンにならぬものか？」などと書かれていた。同じ屋根の下にいながら、夜食の時間も違い出し、二、三日、ただ廊下に原稿を置き、切られた原稿をまた取り戻しに行くという状態となった。深夜、息をひそめていると、自動車が停り、華やかな女の声が玄関先であがり、やがて女たちが立ち去ると、重い砂袋が交互に廊下を歩くような独特の跫音が近付き、おれの部屋の前を通り過ぎて、奥へ消えて行った。芸者かホステスの群が監督を送り届けたのだ。

「あの人は撮影終った時には監督料は全部遊興費になっているんや、昔から……」

助監督の一人がそう教えてくれた。

時には、早い時間に出来上った原稿を離屋に持って行くと、監督はトレーシングペーパーに色鉛筆で小さな蝶や大きな蝶を描いていた。蝶類図鑑といった厚い表紙の本が展げられていて、南米産の鮮かな光沢の大きな絵が頁一杯に並んでいることもあった。後翅《こうし》のあたりに彩色をほどこしながら、特に尾状突起の部分やら翅脈を描くのに熱中し、おれが原稿を差し出しても知らん顔で、彩色に専念し、こちらは肩すかしを食った怒りで部屋に戻った。蝶が作品の中に登場したこともないし、なんのための模写だったかも、今もってわからない。ある日、入って行くと、監督は慌てて厚い本を閉じた。閉じた本を背に隠すようにし、畳を辷《すべ》らせ、床の間の板にまで追いやった。眼は、怯《おび》えと怒りで、敷居際に佇んでいるおれを凝視している。一体なんの本なのかと好奇心をもったが、監督の態度から察して、それを聞くことは出来なかった。何故、あんなに慌てて閉じてしまったのだろう。一体なんの本だろうかと訝《いぶか》し気に板の間の本を眺めたが、白っぽい厚表紙の背は、向うをむいていて、読めなかった。

「入る時は、廊下で声をかけて下さい」

少し吃《ども》りがちの語尾は顫《ふる》えていた。

「済みませんでした」

詫びながら、それまで幾度となく声をかけずに部屋に入り込んだのにという不満があった。慇懃《いんぎん》もお世辞の一種で歓迎したものではないという監督が、どうして急にそんな態度に出たのかがおれにはわからなかった。

「明日はひとつロールキャベツの巻き方を習って来てほしいのです。大学の友人が店をもっている。紹介状を書き、前もって電話も入れておきますから、彼に是非会って、うまいロールキャベツのつくり方を伝授してもらいなさい」

「主人公はロールキャベツを巻くのですか」

「そうです。大量にロールキャベツをつくるのです。詳しく習って来て、工程を詳しく書き込んで下さい」

ロールキャベツの巻き方を工程というのですかといいかけてやめた。いつもの冗談、皮肉を受けつけない雰囲気があった。

お互いの話しぶりは妙にぎくしゃくとして、互いに接点を探りながらも、行き違っているような感じであった。

「ロールキャベツなんぞは……」

その辺の本屋で簡単な料理の本を読めばわかるし、宿の女中に聞いても教えてくれるのではないかといいかけて、やめた。凝っと見据えた眼は、おれのそんな言葉を拒否しているのだ。

「とにかく、彼にロールキャベツを詳しく聞き出すのです。彼は、大学を出て、店を継いで、ロールキャベツしか巻くことが出来ない人間なんですから……」

友人を尊敬している言葉とはいえなかった。軽蔑し切った口吻であった。おれは、なんとなく、この人の冷たい鱗《うろこ》に触れた嫌な気持になった。いつもの、皮肉ではない。もっとどす黒い意味を含んだ揶揄《やゆ》にとれた。

「今、彼の店の地図を描きますから、それを頼りに行って来なさい」

トレーシングペーパーを机上に敷き、克明な大阪市街、梅田界隈《かいわい》の地図が無数の線で描かれた。街の地図といった印象はなく、干拓地の罅《ひび》割れ模様のようであった。

五

「雄三さん、怒ってましたやろ。こっちも一寸、酒が入ってましたさかいなあ」

M大文芸科で同期だったというその人は、おれが用件を切り出すなり、駻馬《かんば》の鼻息で恐縮し、最近一寸血圧が高うなってまして、酒飲むのんとめられてますのやけど、好きな道はやめられまへんのやと頭を掻いた。堂々たる体軀、赤ら顔、いかにも料理屋の二代目といった坊々《ぼんぼん》顔で、肩も猪首も指先も丸まっちい感じであった。

「いえ、別に怒ったはるようには見えまへんでした。なんぞあったんですか」とおれが訊くと、その人は、さあ、なあ、もう一週間ほど前でしたかいなあ、北新地のKちゅうクラブで十数年ぶりに雄三さんに会いましたんやけども、あの人の小児麻痺、可成り進行してますなあ、学生時代はあんなんやなかった。もっとしゃんとしてはったんやと独言《ひとりごち》し、その点を指摘すると、雄三さん急に荒れ出して、ホステスの前で、お前は文学の落伍者やないかと怒鳴り散らし、そのまま物別れになってしまったのだという。

「跛《ちんば》かて、えらい進行しているなあ。小児麻痺ちゅうのは、大人になってからでも進むもんでっか」

おれにはわからなかった。

「雄三さんは、自分の心情には従順な人で、こころやさしい生一本の人やねんけども、あないな自虐的な振舞いは一寸考えられんなあ」

おれには監督の心情がわかった。十数年振りに会った友人と喧嘩したことが悔まれているのだろう。ロールキャベツというのは、単なる口実なのだ。臆病で天邪悪《あまのじやく》で、甘ったれの精神をロールキャベツの照れ隠しで包んでしまったのだ。

「キャベツ巻きなあ。簡単なもんや。キャベツを袱紗《ふくさ》みたいに扱うて肉を包むだけの話や。爪楊枝使うたら、誰にでも出来るもんやけどもなあ……」

その人は、撮影に入ったなら、指導に行ってもいいという。おれは早速監督にその意向を伝えた。喧嘩の一件はいい出せなかった。監督は花嫁衣裳を調達する女の含羞《はにか》みで、頷いてみせ、学生時代に二人は軍事教練の点がそろって悪かったなどとなつかしげであった。おれにも、ほんの短い軍事教練や格闘訓練の経験はあるが、銃剣術の木銃をこの人が構えていたとは信じ難い。やはり、友人の言葉どおり麻痺は進行しているとしか思えなかった。

「あいつは豊中で養豚《ようとん》に手を出して失敗したり、蔬菜ブローカーをやって失敗したり、そんなことを繰り返して店をいやいやながら継いだ男なんだ」

喋りながら監督は愉《たの》しげであった。左の手の甲の血膿は黝《くろず》んでこびりつき、象皮病のように見えた。おれは話を耳にしながら、昨夜監督が慌てて閉じた白い表紙の本が、違い棚の下に紫色の風呂敷をふわりとかけた姿で置かれているのを見ていた。背表紙は見えなかった。その夜は、主人公の出《で》のイメージがはっきりとなり、監督の話す主人公の服装をおれは筆記した。

「木綿の絆纏《はんてん》の下は唐桟《とうざん》でげす。三尺らしくない三尺をなるべく腰の下の方にきゅっとしめて、煙草は敷島を愛用している感じで……」

こんな調子で、次から次へと主人公の外観が出来上った。場面の設定にしたところが、勝手口の奥にヒアワイでとかいい、ヒアワイとはどんな字を書くのか迷っていると、廂間《ひあわい》という大きな字がボールペンで書かれて、ぬっと目の前に差し出された。主人公の趣味は講談であるなどといい、おれは慌てて、張り扇と釈台を助監督部に用意するように電話連絡をとった。

かと思うと、いきなり方丈記の第一節をシナリオの冒頭に入れるなどといい、それがこの映画の主題なのだと熱をこめて力説するので、おれは下駄ばきで、駅前の本屋にはしり、高校受験参考書を立読みして暗記し、淀みに浮ぶうたかたはかつ消えかつ結びて、久しくとどまりたる例《ためし》なし。世中にある、人と栖《すみか》と、又かくのごとしと書いて持って行くと、いや、これは主題だから、監督の胸に蔵《しま》っておけばいいのだと簡単に丸められ、床の間隅の屑籠の中にポイと投げ込まれた。おれはもう、この人の気紛《きまぐ》れには免疫になっていた。いちいち怒っていたなら際限のない話だし、こういったひょこッと思いつきが出た場合は、調子がよく、仕事に乗りはじめたのだと理解していた。しかし、仕事に乗りかかると、もう監督には時間の観念などは全くなく、おれは午前四時を過ぎると抗しがたい睡魔《すいま》に襲われた。目の前の原稿用紙に文字を埋める仕事を放擲《ほうてき》して、そのまま眠り痴《こ》けてやろうかと考えていると、空咳がして、ごぼごぼと痩せ窪んだ喉と胸のあたりに無気味な音が響き、さあ、次のシーンは大幅に削って、後の方のシーンと合体しようなどと嗄《しやが》れた声が飛んできた。二百字詰の原稿用紙を、さっと掠《かす》めるように一枚とって、片手で器用に漏斗状のものをつくり、べっと痰を吐き出し、凝っと検べるふうにしてから、おれの視線に気弱なわらいを返して、

「人間とはおかしなもんだと思わないか。君、鼻汁や痰を出してから見ないかねえ。ウンコも見んかねえ。いや、見るものです。人間は、自分の汚物にも生きている証拠を見ようとして、愛情を覚えるものなのです」

おれは、犬だって大便をした後で嗅ぐのがいますというと、例の低い山鳩に似た笑いが長くつづくのだった。

「君、弁慶と牛若と、どっちが好きですか」

不意に聞かれて、おれは迷った。夜明けの疲れが重い。いい加減に聞き流しておくのが無難だと思って、おれは、そうですねえと曖昧《あいまい》に答えた。こんなことを別に深く考えるだけ野暮だと思ったのだが、これが相手の癇に触れたのだ。

「はっきりと答えて下さい」

「牛若です」

「牛若……ぼくは弁慶、絶対に弁慶です」

異様なほど力の入った言葉に、おれは啞然となった。

「弁慶の、あの壮烈さがいい。矢が何本も突きささっていて、死んでいるんだが、なお、敵の矢面に立っている。ぼくは、そういう人間が好きだ。いいと思う。牛若なんて、あんな小才の小僧。弁慶がわからん者は馬鹿者です」

おれは、むかっとなった。そのまま、あ、そういえばそうですねと調子を合わせておけばよかったのだ。だが、その時はそうはいかなかった。怒りを怺《こら》えることが出来なかった。おれ自身を小才呼ばわりされた気持になって、おれは頑固に牛若擁護論に出た。

「弁慶の方が馬鹿です。牛若が小才なら弁慶は無能です。弁慶が人々の憐憫《れんびん》を買うのは、彼が無能だからです。そりゃ、無能の可愛さはありますからね……」

「黙れ！」宿中に響きわたる声であり、叫んだ後、監督は、咳込みつづけた。

「弁慶には、その生き方に、人間の魂を慰めんと愬《うった》えるものがあるが、君には、それがわからないのか」

いわれてみればそうだと合点はいくようだが、おれとしても後には退かれない気持が強かった。

「それはくだらない日本人の感傷です。一昔前の……」

矢庭に、監督は、シェーファーの万年筆を投げつけた。万年筆は唸りを発して、畳にブルーのインクを滲《にじ》ませて、突立った。

「帰りなさい。帰れ！」

畳に滲んだインキの色は、貪《むさぼ》り食って滴《した》った葡萄《ぶどう》の汁の生々しさがあった。辛辣《しんらつ》な皮肉には慣れていた。言葉の上で、どんな嘲《あざけ》りを浴びせられても耐える気持はあった。だが、インキの色は、おれの無能を嘲笑し、おれの胸を抉《えぐ》った。

殺してやりたい。なに、簡単なことじゃないか。喉首に一寸力を籠めた手の輪を押しつけるだけでいい。おれは、監督を見据えた。相手も睨み据えてくれていたなら、言葉も返せただろうが、監督はあらぬ方角に涼しい眼付をやっている。もう遠い昔から、ずっと己は埒《らち》もない思い出に捉われているといった表情なのだ。

殺意を覚えて、おれは顫《ふる》えた。

監督の視線が宙を泳いで、おれに照準が合った。暗い眼である。限りなく暗い。だが、底の方に嘲笑の炎がちろちろ燃えている。それも死んだ子供を悼《いた》むといったものが混り合った嘲笑なのだ。おれの殺意は凋《しぼ》んだ。萎《な》える殺意に今度は肚立たしさを覚えて、部屋を出た。

おれは夜明けに宿を出た。初発には時間のある冷たい駅で、畳に突き立った万年筆ばかりを思い浮かべていた。葡萄色の毒々しい汁が、あの人の本質なのだ。あれに近付いてはいけないと先輩たちは教えてくれたのだ。近付いたおれが馬鹿だったのか。いや、そうではない。おれは近付いて、奇才の機構《からくり》を盗んだんだといい聞かせ、怒りを抑えようとした。

なぜ、おれは頑固を押し通したのかとは反省せずに、ただ口惜しく、肚立たしかった。なんだ。あんな監督、駄作もあるじゃないか。おれは、家に帰らずに、梅田の珈琲店でモーニングサービス、卵一個、トースト二枚で朝食を済ませ、早朝割引の洋画館に入った。がらんとした場内に展開されるギャングもののストーリーはお座なりで、名も知らぬ俳優が拳銃片手に露地から露地へと遁げまわるといったペペ・ル・モコの焼き直しのようなものであった。眼はスクリーンを見ているのに、監督の言葉の断片だけが甦ってくるのだ。

「映画の筋立てなんぞは、どれも似たり寄ったりです。日本の文学なんて借り物です。藤村の『破戒』にしたって、ありゃ、ドストエフスキイの『罪と罰』の翻案です。それなら江戸伝来の戯作《げさく》趣味に徹した方が純粋です。そう思いませんか」

おれは映画館を出て、閑散とした堂島の小さな古本屋に入り、何げなく『映画』という小冊子の創刊号を繰っていると、昭和十三年五月発刊の随筆欄に、「小さなものに」と題して川島雄三の短文が掲《の》っていた。

――かつて、生態映画か何かで、花に蜜をもとめる蝶の、大写しの触鬚のはなやかな振動に、軽い眩暈《めまい》に似たものを感じたことがある。ある時又、フランスの女優アナベラの唇の動きに、それと同じおもひをした。

と読みすすんでいる裡に、

——二十日鼠に限らずすべて矮小《わいせう》な禽獣には、血液の量のすくなさが感じられて不安である。あるひはこれは病的な感覚に近い。けれども漫画映画などにみる小禽獣はさうした感覚からむしろ遠いものなので、物足らなさを覚えるものがある。かへって、ポパイなどのサディズムに、ある種の抵抗を感じる。

おれは二百円を投じて、表紙のぼろぼろになった雑誌を買った。こんな古雑誌三十円ぐらいだと舌打ちしながら、監督へのなによりの土産だと思い、そんなことを考えているおれ自身に苦笑した。弁慶、牛若論争後は、もう顔を見るのも厭だと思い込んでいたのに、土産を買っているのだ、といって、また宿に戻るのも癪だった。

昼過ぎに家に着くと、二通の電報が先まわりしていた。デンワコウという短い方は、制作部長からであり、もう一通は、
サヨナラヲイワズニカエルハヒキヨウデス、カワシマ。

おれは自宅でひと眠りし、古雑誌を片手にまた宿に戻った。偉丈夫の制作部長がいて、部屋に入るなり、怒鳴られた。

「なんちゅうことをやったんや。先生に詫びを入れろよ。そんなことをやってるさかいに、また撮影が延びるやないか。もう、ぎりぎり一杯の土俵際やねんぞ」

どうやら、撮影延期を懼《おそ》れている口吻であった。部長が廊下を慌しい跫音ひびかせ

て帰って行くと、おれは監督の部屋前に立って、帰って来ましたといったが返事がなかった。

雑誌と置手紙でもしておこうと思って、おれは監督の部屋に入った。机の上は綺麗に整理され、新しいドイツの新薬の瓶があった。鉄分血行障害云々という日本語の解説文が瓶の横に展げられていた。

おれは、短い詫びの文と雑誌を瓶の下に敷き、部屋を出ようとして、ふわりと紫の風呂敷の乗った件《くだん》の白表紙の本が目についた。頁の間に爪楊枝か燐寸の軸のようなのが挟んである。おれは、厚いずっしりとした本を取りあげた。白背表紙に剝げかかった金文字で『家庭医学全書』とあり、おれは、なんの躊《ため》らいもなく、薬の部分を折り取った燐寸棒の個所を展げた。

びっしりと犇《ひし》めくように並んだ活字を見た途端、おれの背筋に慄えがはしった。

六

見てはならないものを見てしまった。

脊髄の病気という五文字が黒い枠の中に閉じ籠《こ》められ、シャルコー病のところに、何本もの爪痕のような斜線が入っていた。括弧《かっこ》の中に、筋萎縮性側索硬化症という字が並んでいたが、その厄介な病名を全部覚えるまでに、おれは本を閉じて、息を詰めて、もとの場所に置き、風呂敷の真ん中を抓《つま》みあげて、もとどおり、ごく自然にかけられた風呂敷のイメージをつくりあげた。シャルコー病、シャルコー病と耳慣れない病名を、おれは部屋に戻ってからも繰り返していた。筋肉が縮んでいく病気だとは括《かっ》弧《こ》の中に並んだ活字から漠然と理解出来たが、それが一体なにを原因にして起ってくるのかは皆目《かいもく》わからなかった。

午前三時過に、華やかな嬌声が玄関に起った。おれは、泥酔しているらしい監督の跫音《あしおと》と、なだめている若い女中の声に耳を澄ませていた。ああ、帰ってはります。帰ってはりますてという女中の声が甲高く聞え、ああ、監督はおれのことを聞いているのだなというのがわかった。

「阿呆なことしはったら、奥さんにいいつけまっせ」

おや、あの人に妻があったのか。おれは独身だとばかり思っていた。本人も、なにかの時に、登場人物を独身にしよう、ぼくと同じようにといったことがある。あれは嘘だったのかと考えていると、突如、猥褻《わいせつ》な女陰の原語が叫ばれ、女中の笑い声と、廊下を走る女中の跫音、洗面器という声が聞えた。おれは、監督が嘔吐したのだとわかっていたが、丹前を羽織ったまま、机上に肘をつき、立ち上らなかった。シャルコー病という得体のわからない大きな荷物が、おれの背に重くのしかかってきていて、立ち上る力を圧えているようだった。監督の肩のあたりに時折はしる痙れは、筋肉のどこかの部分で次第に縮んでいく兆候ではないだろうかと思うと、凍りつくような恐怖に把《とら》われた。目の前の改訂《かいてい》意見を書き込んだペラのシナリオの束を所作なげに繰っていると、朱の独特の丸まっちい字が——ここで主人公、偽の傷痍《しょうい》軍人になり物乞いの手段にしては如何？——という新しい文字にぶつかった。二号さん宅で倒れた金融業主の親父が中気になって、二号さんに襁褓《おむつ》をとりかえてもらうというのが新しく書き込まれていた。いかにも監督好みの趣向であったけれども、おれは、これらの改訂が、監督の自虐か自嘲の所産としか思えなかった。心斎橋の上かどこかで、白衣の傷痍軍人に化けた主人公が、紙箱を口に咥《くわ》えて四つん這いになるのは想像出来たが、それを撮影している監督を思い浮かべるのは、いやだった。それとも、二十年昔に書いた短文の一節のように、監督自身がポパイのサディスティックな振舞いを演技者に強いているのではないか。そんなふうにも受けとられた。どちらの面が正しいのだろうかとおれは迷った。加虐的な姿勢をとりながら、結局は被虐的にならざるを得ない方法をどうしてとるのだろうか。あまりにも惨《みじ》めではないか。半死の蛇の往生際の悪さを曝《さら》さなくても、あっさり白旗を揭げたらどうだろうかとおれは呟き、偽の傷痍軍人の案には納得出来ませんと欄外に書き込んだ。監督の嘔吐が聞え、廊下を早足に走る女中の跫音が消えると、宿は深夜の静寂に戻った。おれが離屋の呼吸をはかっているように、むこうでもおれの呼吸をはかっているのではないか、そんなことを考え、他に改訂個所はないかと見ていると、サイダーがサイダアと書き直されていた。譴責《けんせき》とか、不器用な弔辞《ちょうじ》とか、折檻《せっかん》と字が乱暴に書かれて、消されていたが、それが原稿の内容と一体どんな関係があるのか皆目わからなかった。読むことが出来るように、わざと書いてあるなら、それはおれに対しての言葉であろうと思った。だが、それらの語を繋ぎ合わせて深く考えるだけの気力はなかった。

翌朝、正午におれは監督の部屋に行った。監督は古雑誌の自分の随筆とは違う別の頁を読んでいた。

「よくこんなものが売ってたでげすな」

と、いった。首のあたりに雀斑《そばかす》のような淡い点が数個浮かんでいて、おれは、それが脊髄の悪い病気の兆《きざし》ではないかと懼《おそ》れた。新薬が机の上に加わり、それは甲状腺ホルモン剤であった。おれの知識では、甲状腺ホルモンは肥った女の痩せ薬であったので、その薬が奇妙なものに映った。脂肪とか蛋白質とか鉄分という薬はまだ理解出来るのだが、甲状腺ホルモンだけはわからなかった。

「どうしましたか」

おれが奇異な眼差でホルモン剤の瓶を見ているのに監督は気付いた。

「いや、師匠、また薬が増えましたね」と半ば皮肉にいったのだが、ああ、また新入りが増えましたと愉しそうであった。既に薬の量は一回分を一緒に盛ると、掌一杯になるぐらいで種類は二十種以上であり、その薬の順番も決っているようであり、打ちどめはいつも大きな瓶に培養されているクロレラを普通のスプーンでどろっと掬《すく》いあげるのだ。鹿とか猪の肝臓とかいった漢方薬然としたものもあり、薬について他人が容喙《ようかい》するのを極度に嫌った。

「帰る時、別れる時には、サヨナラといわなければいけません」

長い睫を伏せたまま、改訂稿に目をはしらせながらいい、く、く、くと短く笑った。

「今度からはいうことに決めました」

「結構でげすな、その精神……」

視線は早い速度で改訂稿を読みながら、言葉だけは、おっとりとした調子であった。おれは、紫の風呂敷の下の家庭医学の本と、監督の表情を眺めた。死の影が忍び込んでいるとは思われないが、また貝殻骨を釣りあげるように激しい痙れがはしり、おれは危うく声をあげそうになった。美術の担当者が来て、屋根は切妻形のこういうようなのがいい、張出し窓をその屋根に付ければおかしいだろうかといったことを話し出した。おれは改訂稿が無事パスしたのだと思い、これで後は四分の一、最後まで一気呵成に六十枚のペラを書くだけだといい聞かせながら、廊下に出ようとすると、すぐに駅前のホテルにプロデューサーを訪問しようといいはじめた。

「この君《くん》は、豚ちりをつくるのが大層上手だ。一級調理士の免状を与えてもいい」

プロデューサーの前で、監督はのっけにおれの豚ちり鍋を自慢した。それまで、数回、おれは豚ちりをつくっていた。大学の運動部の合宿、特に冬場の合宿で誰かが考案したもので、別に特に変った料理法があるわけではない。豚の赤身と白身半々のものを先ず昆布を敷いた土鍋で合成酒で焚き、その上に野菜を入れ、ポン酢で食うだけの話である。それを矢庭に賞められたので、おれは面くらった。

「ほう、どういう料理法かね」プロデューサーは興味をもった。おれは、酒五分の後に水五分を注ぐ、時には土堤鍋《どてなべ》のように味噌を土鍋の内側に平坦に塗りつけて、ポン酢なしで食っても珍味だといったのだ。すると、プロデューサーは声高に嘲笑し、それよりも、ドイツの豚鍋はもっと現代的だ。酒のかわりにビールを用いるのだと話し、監督は苦り切った表情で、君、帰ろうとおれを促した。プロデューサーは派手な色模様のガウンのベルトを締めながら、古い、古いを連発し、ウイスキーを飲みながら、君たちのやっているのは平安時代の料理法だよ、他人にいえば笑われるよと二人の背に浴せかけた。監督は憮然とした表情で振り向きもせず扉を後手に閉め、舌打ちひとつして階段を下りはじめた。一体、なんの相談にやって来たのかがわからなかった。ただ、豚ちりの話だけで部屋を出たのだ。

宿に着いた監督の不機嫌は、その日の八時頃までつづいた。おれに対《むか》って、シナリオとは全然関係のない話をした。鎖国のわが国に、西洋医学をはじめて入れた杉田玄白、蘭学草創期の解剖学の第一人者小石元俊、福岡藩の儒者貝原益軒、そんな話をつづけ、とくに小石元俊の心境はどうであったろうか、おのれが人体を解体しながら、恐怖を感じなかったのだろうか。話は、生と死の谷間を浮いたり沈んだりしていた。

「シナリオの原案ですか」

というと、

「いや、君、小石元俊を調べておきなさい。小説にすればよろしい。おどろおどろの人間像が生れます」

おれは空腹に耐えかねていた。それまで、女中が二度ばかり、今夜はなににしますかとやって来ていたのだが、いや、まだ考えていない、考えついたなら電話をするの一点張りで、一向に食欲が起らないようなのだ。以前にも一度同じようなことがあった。だが、その時は、監督は自分の葛湯《くずゆ》を注文し、おれには栄養を摂るのですといって、肉鍋をいってくれた。その日は、まるでおれの食欲をも無視した態度だった。おれは余程、空腹をいい出そうかと考えたが、小石元俊の話が、空想を混えて延々と語られ、それが監督の病状、ひいては死の予知に繋るのではないかと思うと、いい出せなかった。緊張した観察がおれの口を封じていたといっていいだろう。

「人間なんて、一生に、なにほどのことも出来ないです。一所懸命になにをやったとしても、出来ないです」

究《きわ》め得る知識の量は、どんなにあがいても、たかが一冊の本を記憶するかしないかなのだということを頻《しき》りにいい、おれはこの人の死はすぐ近くにやって来ているのではないか、ひとつひとつの言葉が遺言《ゆいごん》の重みに感じられた。痼疾《こしつ》の悪化はもう意識されるところまでになったのだと緊張した。今、執筆中のシナリオが脱稿した夜明けに、この人は帰らぬ人になっているのではないだろうか。いや、出来ることなら、映画になってから死んでほしい、おれはそんなことを考えていた。映画完成の暁の死、それはおれ自身の貪欲《どんよく》な祈りである。なにしろ、はじめて、スクリーンにおれの名前が並ぶのだ。もし、監督が撮影までにあの世に旅立ってしまったなら、おれの名前は永久に世に出ない、そんな不安があった。映画監督には他人の主張の入った脚本《ほん》で自己の主張なんぞ出来るかという気概があり、シナリオが出来ても、監督が倒れてしまったなら、シナリオと共におれの名もお蔵入りになってしまう懼《おそ》れがあった。それも会社の企画ならともかく、個性のあまりにも強い監督の企画によるシナリオなら、永久に陽の目を見ないだろう。おれは空腹を通り過ぎて、軽い嘔吐感を覚えながら、そんな不吉な想像を描いていた。

「あの、いつものように、豚ちりの用意……」

電話で告げる監督の横顔を見て、おれは吻《ほ》っとした。不自然に捩《ね》じまげられた丹前の背に、下の方から波立つような痙れがはしり、波は、片方の貝殻骨を突き上げたのだ。いつも正面からしか痙れを見ていなかったおれは、あんなふうに痙れが疾《はし》っているのかと暫く呆然としていたが、受話器を置いた監督が正面に座り直した途端に恐怖以上のものを覚えた。あの激しい動きが意識されていないというのは、すでに神経系統に麻痺がやってきている証拠ではないだろうか。いや、絶対にそうなんだと息を詰めた。

「どうしたのでげす。顔色が悪いでげすよ」

「いや、空腹ですので」

「う、ふぁ、ふう、すでに深夜でげすな。ところで師匠、今晩はでげすな、ひとつ、その、酒の代用にビールを注ぐんでげすな。ただしでげす、プロデューサーには、そんなものを食ったといってはいけませんでげすよ」

「へ、承知しました、師匠」

七

爆発が起った。一本の水柱、いや、正確にいうならば、一本のビール柱が天井にまで噴き上ったのだ。白い濁りの泡が、二人の頭上に降り注いだ。熱いとも冷たいともわからぬ泡がざんぶとばかり頭から肩、そして丹前の胸へと流れ落ち、蟹の譫言《たわごと》のぷちぷちという音が、頭から、丹前から這い上ってきた。

二人は、無慙《むざん》な態《てい》たらくで、瞬きもせずにお互いを瞶めていた。熱をもった土鍋に、二本のビールを注ぎ込んだなら、こんな結果になるのは小学生にでもわかっていることなのだ。

「やったでげすな、師匠」

監督が口許を歪め、なんともばつの悪そうな表情でいった。

「へ、やりましたな師匠」

「う、ふぁ、ふう」

おれは、急に、胸底に熱いものが湧いてくるのを覚えた。濃い和《なご》みが生れてきた。泡の中で、涙が浮かんで、相手の顔が、かすんだ。一体、これがどういう感情なのか、おれには理解出来なかった。

「師匠、これはワチキが死ぬまで、誰にもいってはいかんのです。こんなことがあったといってはいかんのです。わかりましたか。いや、死んでからなら、かまわんでげす。死ぬのは、もうすぐでげす……」

そんなことはおまへん、死ぬちゅうようなことといわんときなはれと叫びたかったが、それは言葉にならなかった。おれは涙ぐんだ。不意に胸の底から涙が湧いてきた。おれは、監督に涙を見せまいとして立ち上り、背を向けた恰好で、雑巾をとってきますといった。

ないのでげす」

「女将、女中に見付からんことでげす。この憤懣《ふんまん》の涯の快楽を他人に盗まれたらいけ

おれは廊下に出た。途端に眼蓋《まぶた》は重く熱く、涙が溢れ、頰を伝った。あの人は一所懸命に生きたはる人や、変人でも奇人でもないごく普通の人や、あんな素晴しい失敗まで見せてくれはった人やと思うと、嗚咽《おえつ》した。

チヂンデイク恐怖。

これに耐える精神力はおれにはない。縮んでゆく恐怖に照れ隠しをもつという偉大な精神力におれは脱帽した。しかし、監督は絶対に自殺なんぞはしないという確信があった。あの青年、いや少年のように生々とした輝きは死を希《のぞ》む人のものではない。生を希む人のものだとおれは自分にいい聞かせた。それに、呉服屋が冬だというのに越後上布を届けたのだから、死を自らが選ぶということはないだろう。いつの間にか、おれは監督の身辺に起るほんの些細《ささい》な事柄を常に「生」と「死」の比重に置いて考えるようになっていた。出会った当初の頃に、監督はおれに、君の友人で自殺した人がありますかと聞いたことがある。あります、シナリオをやっていた男が、才能がないと悲嘆の末に服毒しましたと答えると、監督は、嘲笑する口調で、才能がないなんぞというのは贅沢ですといったものである。

おれは、中之島図書館にシナリオに出てくる養蜂《ようほう》家の必要から、蜂のことを調べに

行き、医学の本を借り出した。新しい医学書があった。厚い本で、背表紙は黒に金文字が埋められていた。

——進行性筋異栄養症（進行性筋萎縮症）の項には、起きあがる順序を示す患者の写真が五葉ばかり並んでいて、矢印で示してあった。短距離のスタートの姿勢そっくりのが①であり、ついで膝小僧と足首を握って、細い脚を支柱にして立ちあがりかけ、やっとのことで、膝小僧を握り締めていた手を離したと思うと、今まで支柱になっていた足が崩れてしまうという無残なものだった。写真の患者は肩胛骨《けんこうこつ》の下に掌を差し入れられるほどの窪みがあり、肋骨の一本一本に皮が貼りつけられた感じで、おれは幼い頃に恐怖を覚えながらも横目で見た地獄絵の血の川や針の山の亡者の姿を思い浮かべた。地獄の亡者共は、頭に三角をつけて、蒼白く、板のように描かれていたが、写真の患者は、一枚板といった感じでなく、臀部《でんぶ》が異常に膨らんでいて色浅黒く地獄亡者よりも無気味だった。小さい横書きの活字を拾っていくと、この異常な膨らみは偽性肥大だと書かれ、他の部分の筋肉が篦《へら》で削《そ》がれていくかのように縮むので、臀部が逆に膨らむような錯覚に陥るのだと説明されていた。次には、小舞踏病の説明があった。

シャルコー病があった。写真のないのが救いだった。脳の被膜から、脊髄、末梢《まつしよう》神経を経て筋肉までの線の全体もしくは一部に変化が起ると説明があり、主に先天的な原因に拠るものだと書かれてあった。先天的とはなんだろうか。胎児の折に母の血が濁っていたのか、血族結婚なのか、おれは不遜な想像を巡らせた。筋肉の萎縮と麻痺が主な症状で、最後には、治療の効果はあまり期待出来ないと書かれてあった。こんなに冷たく突き離していいものだろうかとおれは考えた。もし、これを書いた医者自身がシャルコー病になった時、精神的な救いをどこにもっていくのだろうかと疑った。

おれは慌てて頁を閉じた。表紙を左右から掌でおさえていると、おれの心臓が昂《たか》ぶっている。蜘蛛の巣にかかった蜻蛉《とんぼ》や蝶も脱出を企ることが出来るというのに、シャルコー病には脱出の方法がないのかという怒りがあった。閲覧室の窓の外を茫然と眺めていると風だけが舞っていた。風の軌跡が白っぽい渦の流れとなっていた。陰鬱な二月の空があった。

先天的という文字だけが離れなかった。家族のことを話さない監督、故郷に憎悪の眼差を投げる男、なにが津軽の地にあったのだろうと考えると、ストーブに馴染んだ軀に、薄っすらと汗の滲みを覚えるのだった。雪が、霰《あられ》が、霙《みぞれ》が閉じ籠める本州の最北端を思い出しながら、風土病ではないだろうかという疑問が湧いた。早速、風土病の項を探ると、青森県津軽地方の農村に、シビ、ガッチャキという珍妙な名の病名があり、慢性栄養失調症だと説明文は語っていた。米食の偏重によるビタミンB_2の欠乏だとあり、シャルコー病との類似点はなかった。

「ラストシーンはでげす。蜂が巣箱から、ぱあっと一斉に飛び発つのでげすな。登場人物全員が遁げまどう時、クレーン上のキャメラは、どんどんと空にあがり、この集団の狼狽ぶりを俯瞰《ふかん》で撮るのでげす」

白馬《ドブロク》傾けて上機嫌であった。必死に病魔の生贄《いけにえ》から放たれようとする馬鹿陽気さが感じられた。

「蜂、どうしますか」

「は……」

「蜂の係、出来ますか」

「そんな……」

「約束が違います」

「約束……」

「そうでげす。師匠、いやさ旦那は、動物なら、なんでもOKといった筈でげすな」

監督に出会うまで、おれは鯉を扱ったり、鳩や犬や猫をスタジオで管理していたことがある。酒の肴にそんな話をしたのを監督は憶えていたのだ。

「その筈でげすな。ならば、蜂も扱えるでしょうがね……」

「いや……」

「いささか卑怯でげす」

「しかしでんなあ、蜂ちゅうのはですなあ……」

「突発事を怖れるのでげすな」

「その通りです」

「はっはは、登場人物全員が、蜂に刺されて頭がデコボコとは愉快でげすな」

大声で笑った。愉快でたまらないという笑い方だった。

「監督、あんたもやられるんですで……」

「いや、やられんでげす。刺されん要心のために、面を用意します」

「それこそ卑怯やなあ」

「なにが卑怯でげす」

「じゃ、一応、シナリオは、そういうふうに第一稿を書いてみます」

「第一稿とはなんですか。決定稿というべきです。シャルル・スパークの言葉でげすが、シナリオを斬れば、その断面から血が流れるというのを憶えておいて下さい。文学の世界は、真剣にでげす」

「わかりました」

おれは、一足跳びのラストシーンを書いた。散文の流れはないのだ。一挙に箱書頼りにラストが書けるわけだ。そこからまた逆に考えて推敲《すいこう》することも出来る。シナリオは文学ではなくて数学ではないかという考えをいつの間にか植え付けられていた。各シーン毎が括弧《かっこ》であり、会話は数字であり、全体の構成は因数分解に似ていると思った。

出来上ったラストシーンについては、監督は満足気であった。何度も二百字詰のペラを丹念に、それこそ三十分ぐらい読み、こちょこちょとボールペンで訂正していくのを、おれは凝《じ》っと見守っていた。

「膝、崩しなさい、崩しなさい」

おれの正座を崩して待てという意味だが、おれは、酒とか食事以外の時は、膝を崩さずに待った。礼儀というのではない。自分の書いた文字が目の前で読まれていく恥しさに身を固くしているわけだ。大きく朱で×印が入るか、それとも部分的な訂正で通過するか、ここが勝負どころという気構えと気恥しさである。

「この、二号さんと予備校生の関係は如何に考えているんですか」

「はあ……」

「はあではわからんなあ」

「あの……肉体関係があるんでしょう」

「うーん、前の方に、彼は童貞を奪われているな……」

「その二人、実は、姉と弟というのはどうですか。近親相姦です……」

監督の視線が原稿の一点でとまり、その眼に陰気な翳が見えた。

「どうでしょうか、そんなのは……」

おれは、呼吸をはかるようにしていった。残酷なテストを監督に強いているサディスティックな快感があった。

「どうですか」

くどい！　と叱声《しっせい》を覚悟していた。叱声が飛んできたなら、おれは、たちまちマゾの快感に酔えるのだと考えていた。こんな残酷なテストを思い付いたおれ自身はなんという男なのだろう。厭な奴だ。しかし、この目の前の明晰《めいせき》な頭脳に嫉妬しているからいったのだと、おれは思考を纏《まと》めようとした。

「どうでしょうか。前々からそんなふうに考えていたのですが……」

すると、おれの予測は完全に外《はず》されたのだ。

監督の長い少年の睫が二、三度しばしばと動き、急に弱気な眼になり、恨めしそうにおれを見たのだ。

「君は……」

喘ぐようにいい、君は健康でげすなといった。

「というと、どういうことですか」

「つまり、健康でげす」

「そういうふうにしてもらえるということですか」

「ナリマセン」

厳しい口調だった。それはいけませぬと小さく付け加えた。おれは、急に悲しくなった。怒ればいい、叱ればいいのに、何故、そんな卑屈な態度をとるのだと叫びたかった。

「いけないのですね」

「ナリマセン」

この話は、ここで終った。おれは、自分の部屋に戻り、おれ自身の神経を疑った。もっとおれは監督を知りたかったのだ。だから、ああいう質問、いや、答え方をしたのだ。なのに、監督は、その部分を避けて、卑屈な態度で走り抜けたのだ。悲しかった。仄《ほの》暗い一隅に遁げ込んでしまったのだ。おれは、自分の不逞さを棚にあげて、監督が製作会社という難攻不落の城に堂々と挑んでいくと同じ姿勢でおれに向って来てくれたなら、どんなにか気持がいいのにと勝手なことを考えていた。そうすることで、監督は心理の自閉の壁を突き破ることが出来るのにと口惜しかった。

ちりちりと電話が鳴り、取り上げると離屋の監督だった。

「妾を憐れに描いて下さい。旦那が、ぽっくりと死んで、女一人になって、哀れさがぐっとくるように描いて下さい。そこで、彼女は故郷へ淋しく帰って行くわけだ。一同は、そんな彼女のために、なけなしの金をはたいて、質素ながらも温情ひしひしの送別会をするのですよ、わかりますか」

「故郷って……何処がいいですか」

「君は、どこがいいと思いますか」

「北の方はどうでしょう。東北とか……」

「いや、いかん、なりません」厳しい口調で咳込んだ。

「九州か四国、そういったところです。北はいけません。絶対に西か南でげす。よろしいか、その送別会の中で、主人公が、送別の辞をいうのです。ね、わかりますね。これからいうのを書きとめるのです。サヨナラ、サヨナラ、また会う日まで、などというのはいけません」

花ニ嵐ノタトエモアルゾ
サヨナラダケガ　人生ダ

同じ文句を二回、告げた。おれは、短く返事して、受話器を置き、まだ受話器の黒いエボナイトの小さな穴から、監督の呟きが洩れているのではないかと疑っていた。北へ帰るのはいけないという監督の言葉の底には、故郷を棄てた人の悲哀がこめられていた。おれは、床の間の一升瓶の酒を湯呑に注いで一息に飲んだ。監督も離屋で同じように酒を飲んでいるのだろうと想像した。

八

離屋の前の縁に、奇妙な肉塊が笊《ざる》をかぶって異臭を放っていた。陽溜りで、黒と赤の煉瓦のように真っ四角に切られた肉塊は、小蠅を招いている。

「あれ、なんですか」

おれが訊ねると、監督は、ちらっとその方を見て、う、ふぁ、と笑って、説明をしようとしなかった。おれは這う姿勢で、笊の隙間から皿の上を覗いてみた。

「鯨ですな、これ」

「そうでげす」

「大変な匂いです」

「そりゃそうでげす。三日前から、そこにあるのですから……」

「これ、どないするんですか」

「わかりきったことでげす。食べるのでげす」

「誰がですか」

「君とぼくとがでげすよ」

冗談でないのは、監督の寝不足気味の窪んだ眼窩《がんか》の底の仄暗い翳りが語っていた。

「こんなもん食べたら……」

小児麻痺になるといいかけて、口を噤《つぐ》んだ。いってはならない言葉だ。だから、腹をこわしますといった。監督は、低く長く笑って、小児麻痺になるかもわからないといった。この自虐がおれには耐えられなかった。が、考えてみると、これは、おれに対する復讐ではないだろうか。数日前の近親相姦の構想、故郷の話に対しての挑戦なのだと読みとった。

「食べられますか」

「食いますよ」

おれは傲岸《ごうがん》な態度でいった。負けてたまるかといった気持だった。腐った鯨肉が体にどんな作用を惹き起すかなどは二の次であり、この陰性な挑戦に負ければ口惜しいじゃないかという気持だけだった。

「ほんとに食べますか」

「ほんとに食べます」

「よろしい。じゃ、食べましょう。今夜あたりが食べ頃でげす」

手足が痙れたってかまわんではないか。おれも寝不足気味であり、亢進《こうしん》している。冷静に物事を判断する能力には欠けていた。

「蜂はどうなりましたか」

「やれます」

「やるといっても、色々とござんしょう……」

「つまり、和紙、美濃紙を燃して、灰をつくります。それを渦状の風に乗せてみますと、紙は、いや灰は、遠目には、ワーンと蜂の大群に見えます」

「ふーん」

監督は腕を組み、口を尖らせた。組んだ腕は、丹前から出た二本の蠟細工の棒が奇妙な絡《からま》りを見せているようであった。

「君、やってみましたか。試してみたのですか」

「いや」

「それでは駄目ではありませんか」

「いや、絶対に成功します。確信をもってますさかいに……」

蜂に追われた集団が遁げる。遁げれば、人間の後に風の渦が巻く。その空間に空気が流れ込む。それに乗った和紙の灰が追う結果になる。これに、蜂の羽音のサウンド・エフェクトを加えればいいではないかとおれは説明した。監督は唇を尖らせたまま凝っと聞いていたが、仕方なしといったふうに頷いてみせた。

「早速、実験にかかるとしましょうか」

もう一息というシナリオ脱稿の時に、和紙と扇風機と団扇《うちわ》で遊んでいる暇はないのにと思っていると、監督は撮影所に電話を入れて、助監督を呼び、実験の結果を報告するようにといった。

「先生の理論が正しいかどうか楽しみでげすナ」憮然たる口吻であった。

夕刻にシナリオは無事脱稿《だっこう》し、朱とボールペンの青で染められた二百五十枚の二百字詰が印刷屋の手に渡された。振り返ってみると四十数日が経過していた。

「表紙は、淡いブルーで、色即是空と書いて下さい。色即是空、これを英語でね。英語ですぞ」

「へえ、シキソクゼクーウ……」

印刷屋の小僧は怪訝《けげん》な顔になった。頻《しき》りにインキの着いた太い指先で鼻梁を擦りあげて、おれに助けを求めるふうな仕草をした。

「色即是空を英語でいえばどういうのですか。色情というのは、ニンフォマニアとでもいうのですか」

「いや、そんなのではないのです。オール・オア・ナッシングです。オール・オア・ナッシング……わかりますな。では、英語で淡く浮かびあがるように印刷して下さいよ」

おれは、小僧にスペルを書いて渡し、たしかにこの映画の主題はオール・オア・ナッシングだと思いながら、はたして色即是空がそういう表現で正しいのかどうかを疑っていた。この人は、自分の人生を悟り切ろうと努力しているのだと思いながら、その到着点がオール・オア・ナッシングなのだと考えてみた。

小僧が帰ると入れ違いに、撮影所から電話が入り、蜂の効果は成功したといってきた。

「うん、そう。で、蜂がワーンと群れるという感じは出せるんですね。単なる灰が飛んでいるというふわふわとした感じではないのですね」

念の押し方が執拗《しつよう》であった。幾度も同じ言葉を繰り返した。眉根に二本の縦皺が刻まれ、まったく苦々しいといった表情といえた。受話器を置いて、煙草をへの字の口に咥《くわ》え、無言であった。痛く自尊心を傷つけられたといった態で、おれの案が、不成功になるのを希んでいるようであった。生命に反抗するような頑迷《がんめい》な精神の根元には、そういった自尊の気持が巣食っているのだろうと、おれも黙っていた。またワンポイントを稼いでやったという勝利感が、脱稿と同時の虚脱感と相伴って、心地よかった。

眼の白いところが青味を帯びていた。視線は庭の湿った黒土に植わった木瓜《ぼけ》の木のあたりに注がれていた。小さな花がひとつだけ狂い咲きの恰好で、白いぼかし模様を黄昏《たそがれ》に浮かばせ、風はなかった。胸の落ち窪んだあたりに苦しそうな喘《あえ》ぎの気配がある。おれは、撮影に入ることが出来るのだろうかと危ぶんでいた。おれ自身の心理が不可解であった。片方で勝ってやったと喝采《かっさい》を叫び、片方でこの人は大丈夫なんだろうかと不安がっているのだ。遊園地の雨曝しになったシーソーのような軋《きし》みをあげて、この相反するふたつの気持は、おれの中で揺れつづいているといっていい。やはり嫉妬なのだろうか。死に近付いていく肉体の底から、到底おれが希むべくもない才能が滾々《こんこん》と湧いてくる。激しい流れとなって、徹夜も辞さない奔《ほとばし》りをみせる。奔流はおれの健康な肉体も神経もくたくたにさせて流れ去って行くのだ。弱った肉体は才能を鈍らせ、やがては涸《か》れていく様子を見せればいいのにと恨みたい気持なのだ。

「さ、肉、食うのです」

「これをどないにして食うのですか」

悪臭を放つ鯨肉をおれは睨み据えた。夏場だったら、もう蛆虫《うじむし》が湧き、どろどろに溶けているのではないだろうか……。

「さあ、鉄板か陶板で、テキにすればどうでげす。なかなかの珍味でげすよ、屹度《きっと》」

「わかりました」

おれは炊事場から鉄板焼の道具一式を持って来た。バターをたっぷりのせれば、臭味も若干は消えるだろう。たっぷり胡椒《こしょう》を振りかけてやればいい。葱《ねぎ》で臭気を殺すとも出来るのではないか。なに、黒焼のようにしてしまえば、殺菌されてしまい、味はわからないが危険性は少なくなるのだなどと考えながら、鉄板にバターの塊《かたまり》をのせ、煉瓦大の鯨肉を真っ二つに切った。粘りのある切口は、毒々しい赤だった。

「レアでいくのは如何でげす」

おれは監督を睨み据えた。おれになんの恨みがあるのだろう。

肉塊は激しい音をたてて、鉄板の上に並んだ。風に当っていた部分は黒く、切口の赤との比があまりにも鮮かだった。臓物の臭気といったものが、バターの煙の中に混っていた。

「あ、一寸、待ちなさい」

「もっと薄く切るのですか」

「いや、このままでいいのでげす」

「一寸待てというのは、この鯨を鉄板からおろせということですか」

「いや、そうではないのでげす。食べるのを一寸待って下さいといっているのです」

監督はそういって、不自然に上体を捩《よじ》って、床の間の受話器をとり、至急にK先生に来てもらうようにといった。K先生は近くの内科の先生である。

「注射をしてもらおうと思っている。予防注射。コレラとチフスの注射……」

おれは、急に監督が怯《おび》えはじめたのだなと思った。

「注射をするのでげす。法定伝染病になると、この後家の踏張《ふんば》りの旅館に迷惑がかかることになるのでげす」

「師匠……」

怯《おび》えているんでしょう、怕《こわ》いんでしょうといいかけてやめた。そんなことを口にしたなら、たちまちの裡《うち》に、おれだけ注射を外される懼《おそ》れがあった。この際、そんな強がりはやめておいた方がいいと思ったのだ。

「なにしろ、君は才能のある人ですからね。和紙から見事に蜂をつくり出した人です。昭和の花咲爺イでげすな。昆虫記を書いたファーブル先生よりも上でげす。そんな天才を病気の道連れにするには、いかんのでげす」

「ははあ、注射をするのは、ぼくだけですか。師匠はせんのですか、これは悪いですなあ……」

おれはとぼけて、いった。すると、痛いところを抉《えぐ》られたように顔色がさっと変った。

「なにをいうのですか。私も注射はします……。一人で死んでたまりますか」

不図、監督はおれを道連れにして、心中でもする気ではなかったのか。別に、おれでなくったっていいのだ。誰でもいい、身近な者を自分と一緒の運命に引きずり込もうとしたのではないだろうかと考えると、恐怖が背筋を疾り抜けた。

K先生は終始怪訝《けげん》な面持《おももち》で、コレラと腸パラ混合の注射をして、帰っていった。

「痛い、痛い、いやア、これは自棄《やけ》に痛いでげすな」

腸チフスとパラチフスの混合予防液を発見した奴は偉いと頻りにはしゃぎ立てた。青く浮かび出た静脈の腕を撫でながら、痛いを連発しながら、愉しげである。ははあ、これは一種の自虐の喜びと、そのあたりの筋肉の神経が健在なのを確かめたのだなとわかった。すると、鯨肉を賞味するのは目的ではなく、注射をするのが目的ではなかったかと思えてきたのである。たしかに、この人には、シナリオ構成上にも、そういった伏線の方法論があった。

「さあ、これでよろしいでげす。一、二の三で食べるのでげす」

胡椒をたっぷりとふりかけて、食った。バターの甘い匂いと舌の上にざらっとした感触と胡椒の辛さが微妙に混り合い、肉の臭気がかすかにある。口に含んで嚙んでいると、顎や口の横壁から黄色な唾が滲み出てくるといった代物《しろもの》なのだ。それでも、フォークとナイフを操りながら、小片を二片ばかり食った。食ったというよりも呑んだといった方がいい。監督も二片。

「珍味でげす」泣き出しそうな声だった。そして、どちらからともなく複雑な笑声をあげ、和した。もう、これ以上は、やめようということになり、ぐいぐいと白馬《ドブロク》を煽った。二人とも濃いアルコールが、消毒液になってくれという希いをこめていた。

翌朝、二人は高熱を発した。

「やられましたか」

おれが、がたがた顫《ふる》え、丹前を重ねて着て離屋を訪問すると、熱で充血したとろんとした眼で、監督は伏せていた。

「鯨の怨念《おんねん》でげすな……体中が熱で灼けるようだな。いつも冷たい足の裏まであついでげす……」

なんのことはない。熱の原因は注射の後で白馬を飲み過ぎたためであり、鯨そのものには関係ない様子であった。

「死線を彷徨《さまよ》うというのも、なかなかオツなことでげす」と監督は呟くようにいい、熱醒しのきらきらした結晶の散薬を嚥《の》むと、また一本の細い棒のように布団に伏せて、含み笑いを繰り返した。

「予防注射の効力は、向う六年間という話でげす。六年間は大丈夫でげすな……」

生への執念が熱の匂いを含んだ言葉に感じられた。

九

シナリオが刷りあがり、各々の部署に配布されると、撮影準備のために、あらゆる分野の男女が旅館にやって来た。ビール鍋の件と予防注射の件は、毎朝一回箝口令《かんこうれい》が敷かれた。

「絶対に、ぼくがくたばるまで、口にしてはいけません。絶交です。見離します」

そして、く、く、くと笑った。

おれは丸めたシナリオを手にして、監督とセットの中を歩きまわった。想像通りの旧家の邸宅に監督は満足気であり、ぺったんぺったんと靴を鳴らしながら、厨房《ちゅうぼう》の薄暗い中に入って、ここに大きな金盥《かなだらい》が必要でげすな、なるべく穢《きたな》い鍋釜を用意するのでげす、棚には大豆と肉の煮込みの大和煮を置くのでげすと、小さな指示を出した。注文通りの品物が並ぶと、奇妙に人間の臭気が漂いはじめた。

「ここが、瘋癲《ふうてん》病院になるのでげす」

スタティックで、なんともはや退屈なのが瘋癲病院の本質なのだと呟くようにいい、視線は一種の怯えをもって、座敷牢に釘付けになっていた。

「あそこは……」

右手の拇指と人差し指をひろげて、顎を引く姿勢で、肘は窪んだ胸板の真ん中に支柱のような恰好で置かれ、眼は陰鬱な光を宿して瞬《また》きひとつされないのだ。暗い中で、眼を馴らす時間を計っているような感じである。格子の向うの閉鎖された空間に、監督は恐怖を抱いているらしいのだ。肉体は、凝っと石のようなのだが、神経は激しく踠《もが》いている。

おれは、不図、この目の前にある老廃の大邸宅が故郷のそれに通じるのではないかと思った。ライトの落ちたスタジオ内の湿った土は、北の故郷と同じ柔かさなのではないか。

「なんですか……」

おれは低く訊ねた。監督は、バネ仕掛の人形のように奇妙な弾み方をして、おれを見た。ああ、いたのかといった表情で、まだニスの臭気が強いなあといい、おれを無視した態で、スタジオを出て行った。慌てた歩き方で、左右の肩が交互に歪み、危うくスタジオの鉄の敷居に躓《つま》きかけた。おれは残虐嗜好という言葉を思い出していた。神聖なものと知って、狂ったように踏み躙《にじ》る性向が、常に監督の内側にあるのではないだろうかと考えてみた。自虐とか加虐、被虐といったものが、雑把《ざつぱ》に混り合って、沼が気泡を吐くように、常日頃から相剋《そうこく》を繰り返し、またそれらの醞醸《うんじよう》を秘かに愉しんでいるといったところがある。それらの根は、故郷の湿った土と、血の中にあるのだろう。

監督室には姿が見えず、制作室、所長室、宣伝部等を探しまわったが、どこにもいなかった。おれは制作部長に呼びとめられ、二、三日後には、新しい別の仕事に入るように命じられた。

「先生には、お世話になりましたとお礼を申し上げておくんや」

はいとおれは答え、あの人に、そんな礼の言葉をいえば、どんな表情をするだろうか、大層迷惑そうな顔をすることだろう。言葉は選ばなければならないと思った。スタジオの何処かにハンチングベレーを置き忘れたので、再びスタジオに入ると、仄暗い大邸宅の庭の片隅に監督が佇んでいた。

「何処へ行ってたんですか」

と声をかけようとして、やめた。監督は腕を組んだまま、凝っと座敷牢の部屋を瞶《みつ》めていた。おれは崩れた門柱の蔭で、見守っていた。背広の肩が顫え、貝殻骨が不自然に左右に持ち上った。

監督の佇んでいるすぐ傍に、桜の老樹が満開の花を咲かせていた。花弁は切り抜いた薄紙を一枚ずつ丹念に重ねた八重であり、根のない老樹の幹に、美術係が蠟涙をそれらしく滴《したた》らせ、まさしく虚しい花盛りであった。索漠とした邸のセットと造花には、なんの血の暖かさも感じられない。そこに、監督はなにを見出そうとしているのだろうか。急に、胸締めつけられる悲しさにおれは襲われた。

監督は、湿った土を踏んで、座敷牢の前を横切り、奥行きのないベニヤ板製の蔵の戸を掌で叩き、また自分の足跡を辿《たど》るように座敷牢の前に戻って来た。おれには気付いていないようだった。おれは、これ以上、監督を盗視しない方がいいように思われ、わざと靴音たてて、一直線に監督の前に歩んだ。

「師匠、なかながとお世話になりました」

なんという稚拙《ちせつ》な言葉なのだろうと思ったが、それ以外の意志を伝える言葉は見当らなかった。不馴れな外国語で、なんとか自分の意志を相手にわかってもらいたいというもどかしさがあった。

「別の仕事が入ったのでげすな」

「はい」

「あらゆる人に耳かたむけるのでげす。ぼくは、君に犒《ねぎら》いの言葉なんぞかけませんぞ。若者を犒うのは害毒でげす」

嬉しかった。予期した通りの言葉である。

「この花は散らぬ花……」

監督は、老樹の幹を掌で叩いてみた。幹はぐらぐらと揺れ、紙の花弁が乾いた音をたてた。

「散らぬ花は、死んだ花でげすな」

監督の掌は、幹をやさしく撫でた。手の表情と言葉が一本の造花を庇《かば》っているように聞きとれた。

「死んだ花は、散らぬ花でげすな」

「はい」

おれは、どういうわけか極度に緊張していた。

「こういう時、矢張り、サヨナラというのですか」おれは別に皮肉をこめていったのではない。監督も皮肉とはとらなかった。

「ま、そういうわけでげす」

おれがサヨナラをいいかけると、監督は慌てて、咳込むようにいった。

「まだ、早いでげす。もう一度シナリオを洗ってから、サヨナラです」

「改訂の部分がありますか」

「ないかもわからんねえ。だが、加筆の部分があるような気がする」

「はあ……」

「妾になる大女優さんの持病を考えて下さい。おかしな、奇妙な、滑稽な持病です。大筋には関係のない持病ですが、それがとても面白くて、そして、そこはかとなく悲しいというのでげす」

おれたちの別れは、また三日延びた。すでに、撮影に突入していた。おれは、丹前にくるまりながら、女優の持病を考えていた。テンカン、ノイローゼ、ニンシン、ノーマクエン、ソーゾーニンシン、泛《う》かんでくるのだが、どれもこれも否定されるような気がした。

「ジンマシン！」

蕁麻疹《じんましん》、ホロセ、これは名案である。といって、卜書《がき》に書くほどのこともない。おれは、彼女の持病は蕁麻疹であります。厭な旦那が来れば、たちまち彼女は蕁麻疹の発作を起し、身悶えするというのは如何？　身悶えする女を旦那の方は、てっきり欲求と思うのでありますが如何？　と書いて、現場に持って行った。

いた。

「出来たでげすか」

「こういうのですが……」

煌々《こうこう》としたライトの下で、桜の花は華かに浮かびあがり、監督はその下に掛けていた。短い文章に何度も視線をはしらせながら、例の含み笑いをつづけ、

「これは名案でげす。彼女が双肌《もろはだ》脱いで、上半身を、ヘヤーブラッシで無茶苦茶に掻き毟《むし》るといい図が出来るでげす。ブラッシを使った後はでげすな、爛《ただ》れた焼野原に、今度は輪切りにした夏蜜柑かレモンの切り口を塗るというのでげすな……」

おれの想像外の話であった。加虐がたちまち自虐になっていくのが、おれにはもう耐えられなかった。

「では、これでいいのですね」

おれは念を押した。

「結構でげす」

「じゃ、もう……」

サヨナラですねといいかけて、やめた。この光に包まれた人工の春景色の中で別れたいと思いながら、どうしても、サヨナラの一言がいえなかった。一時中止で、現場のスタッフや俳優は、隅に集り、小さな声で話し合っている。監督とおれと桜の樹だけが眩しい光の真ん中にある。いまだ、いまだ、いまいわなくてはいけない。薄暗い

場所、人気のない場所でこの人にサヨナラをいうのは御免だと思いながらも、その一言がいえなかった。

「サヨナラでげす……」

振り仰いだ監督の澄んだ目が悲しかった。

「はあ、では……」

「サヨナラ、カッコ、ハズス、いや、トジルでげす」

おれには咄嗟《とっさ》に監督がなにをいったのかわからなかった。

「サヨナラ、カッコ、トジル……」

さよなら括弧《かっこ》とじる。ああ、そうか、つまり（サヨナラ）なのかとわかり、おれは痙る頬を意識しながら、黙礼した。

「サヨナラといいなさい」

怒ったように口を尖らせた。

「サヨナラ、カッコ、トジル」

おれがいうと、微笑で、いった。

「そうです、サヨナラ、カッコ、トジルです」

おれは、ジャンバーの襟を立てて、踵《きびす》を返した。スタジオを出るおれの背に、撮影再開のホイッスルが鳴った。滑稽な、それでいて妙に淋しい指笛のような音に振り返ると、光の真ん中、桜の樹に四方からスタッフやキャストが集って来て、のめり込むように座った監督の姿を隠していった。

「サヨナラ、カッコ、トジル」

おれはスタジオを出た。

まだ、風の冷たい季節で、撮影所に隣接した遊園地の桜には、花の気配がなかった。おれは、この虚《むな》しい中の解放感が一体どこからやってきたのかがわからなかった。満開の造花の桜の樹の下に監督を包んでしまった人影が虚しかった。映画とは影を売るのでげす、だから愉しいのでげすという言葉が甦ってきた。あの人々は、影を売りに来たのだ、監督だけが影の虚しさを知っているのだと、そんなことを考えながら、おれは冬の陽差の遊園地を横切った。監督を奪われた疎外感が、そんな思いもしなかったおれの内側の嫉妬を引きずりだしたのだろう。ジャンバーの内側は蒸れ、汗ばんでいるが、風に曝《さら》される肌は寒く、芯のあたりに淋しさが絡みついていた。

五年を経ずして、監督は鬼籍の人となった。昭和三十八年六月十一日、誰に声かけることもなく逝《い》った。東京都監察医務院の死体検案書には、直接の死因「肺性心」とあり、両側の肺に気腫が生じ、空気を詰めた風船を上下左右から圧力かけた結果の死のように詳しく書き込まれている。

遺書はない。生き急ぐ者に遺書はない。

おれは十数年を経て、恐山の賽《さい》の河原に立った。子供の形見の赤の襦袢の置かれた小さな石の重ねにこびりついた蠟涙に監督川島雄三の口惜しさを見た。

鬼の詩

一

ほんの一刻《とき》、明治の末に、大阪の寄席《よせ》で、桂馬喬《ばきょう》の芸は居並ぶ大家の落語よりも人気を集めた。桂馬喬は桂馬狂ではないかといわれた。まさに、その芸は狂人であった。

彼の殴り書きした色紙には、

喬に木はなし、けものへん

と、あった。

喬に木偏をつければ橋になるが、橋ならば、こちらの岸に打ち込んで足場をかため、そして向うへ打ち込んで世人を渡すということになるが、己のキョウは狂った獣偏《けものへん》だと自認していたのだった。

もともと狂っていたわけではない。明治二十八年の夏に大阪地方にコレラが流行し、堺天神の金辰席の席元とか神明席の席元の娘、笑福亭の席元たちが相継いで死亡し、芸人たちが席を喪《うしな》って右往左往している時、馬喬は三十歳を越えたばかりで、地味な古典落語を披露していた。

「いつ、病気で死ぬかわからんのが芸人でおます。後の世になって、ああ、そういうたら馬喬という芸人がいたなあとお客はんが思うてくれはるだけで、本望でおます。慌《あわ》て、騒いだところで、どないになるもんでもおまへん」

彼は筵《むしろ》に寝かされて、戸板に担《かつ》がれて日蔭へ連れて行かれる芸人の哀れな姿を見ながら、いずれは己もそういう羽目《はめ》になるだろうが、それまで古典の芸は守り抜いていきたいもんだすといった。聞きようによっては、三十歳の芸人とは思われない悟りをもった言葉と思えたが、淡々として語られると、その底にひやりとした冷酷さが感じられた。

馬喬は端正な面構《つらがまえ》をしていた。芸人の膏《あぶら》はどこにも見当らなかった。首筋も女のように細く弱々しく、顎骨《あごぼね》も張らず、眉は濃く、目は二重《ふたえ》でやさしく、切れ長であった。腰の低い慇懃《いんぎん》さは、芸人の厚釜《あつかま》しさを誰にも感じさせず、むしろ近松の芝居に出てくる大店《おおだな》の手代といったところだった。普通、芸の波風を経《へ》て来た芸人には、風雪が垢とこびりついていて、肌理《きめ》も粗《あら》く、荒れている風情《ふぜい》が窺《うかが》えるものだが、彼には、そういった匂いは一切なかった。芸人の安逸の世界で、彼は懸命に保身を念じているかのように思われた。時折、彼の上眼遣《うわめ》いの眼差《まなざし》に敏活な才智の片鱗は見えたが、それも、僅か一瞬の裡《うち》に、己の意志で拭い去り、消していた。

はじめ、馬喬は、なんの面白味もない常識人であった。芸人の崩れもないかわり、芸に妙味もなかった。出囃子《でばやし》で高座に着く時も、きちんとした優等生であり、客の歓声などは起らなかった。落語《はなし》にも寸分の狂いがなく、それだけに笑声も尠《すく》なかった。顔といい、態度といい、隙間がないだけに、破天荒な芸を期待する客にはもの足らなかった。

「おい、もっと破目外《はめはず》してやりいな」

業《ごう》を煮やした客が掛声を放《はな》っても、彼は、にこりともしないで、本筋を真っすぐに喋《しゃべ》る。横道に外《そ》れるのが文字通り芸人の外道《げどう》と心得ているような語り口だった。

客を無視した語り口ともとれたが、客を無視していたわけではない。彼は同業の芸人と一緒に眺められるのを好まなかった。

当時、芸人は無学文盲を看板にしていて、読み物としては、せいぜい江戸時代の黄表紙とか滑稽本の焼き直し程度だったが、馬喬は、そういったものには振り向きもせず、もっぱら、仏教の書を読んでいた。それも可成《かな》り専門家が講じる書である。『成唯識論《じょうゆいしきろん》』の漢訳という甚《はなは》だ煩瑣《はんさ》な書に取組んでいた。倶舎《くしゃ》、唯識《ゆいしき》といえば仏典の原点である。成唯識論の本文を読むためには、普通は慈恩大師の『述記』二十巻、智周の『演秘』十四巻、それに加えて解脱《げだつ》上人の『同学鈔』が五十巻という尨大《ぼうだい》な書を底に敷かなくてはならない。宗教家でさえも、これらを読解するのに一生の歳月を費すだろう。馬喬は落語家としては考えられないこれらの書を、それも唐代の漢文で読みすすんでいた。彼の御蔵跡《おくらあと》の家には、漢書を主体にした万巻が湿った和紙の匂いを放って積まれていた。

「馬《うま》やん、噺家《はなしか》がなんでこないなもんを読まないかんのんや」

と仲間にいわれると、

「噺家として読むのやないのンや。人間として読むのんやがな。人間、誰でも、生れて来て、そいから死ぬわけやろ。その短い一生の間に、心の糧《かて》を己のもんにしとかないかんのや」と低声《こごえ》でいって譲らなかった。

小さい床の間の掛軸にしても、奇妙奇天烈《きてれつ》な文字の拓本であった。梵字でもなければ、漢文でもない。どこの国の文字かと聞くと、彼は澄ました面持《おももち》で答えた。

「へ、これは、オンマニパドメーフーンという文字でおましてからに、チベット文字と対照的につくられた文字ということになってますけど……」

おそらく出鱈目《でたらめ》をいっているのだろうと、落語家の一人が奈良の高僧に訊ねてみると、馬喬のいうオンマニパドメーフーンなる珍妙なる文字はこの世に存在したというので、一同は腰を抜かした。それから、彼は、ますます近寄り難い芸人と楽屋内でいわれるようになった。

「馬やんはなんで落語家になりよったんやろか。宗教家になりよった方がよかったのになあ……」

たしかに馬喬の仏教に関する蘊蓄《うんちく》は他の追従を許さないものがあった。なぜ、彼が、こういった仏の世界に入っていこうとしたのか、彼が寺の出であったというわけでもない。

「わたいな、ほんまの出所《でしょ》は何処《どこ》かわからへんのんや。生れた時にな、どうやら寺の門前に棄てられてたようや。犬の仔《コオ》みたいに、くんくん泣いてたんを拾われたようや」

彼は、明治二十年に、妻となった露《つゆ》に、はじめて自分の秘密を語った。まだ、彼は二代目桂馬喬を名乗らずに桂馬紅といっていた。二十八歳の時である。

「ほんまでっか」

露は、黒目がちの大きな目を、さらに瞠《みひら》いて、床の横で、まだ紋付袴姿の花婿姿のまま正座している夫を見やった。

「うん、ほんまやがな。万延元年に生れたんは間違いのないとこやけども、ほんまの親は知らんのんや。そら、貧しかったんやろ。わいを育てることは出来んかったさかいに棄てたんやろ……。棄《ほ》る前に、一層《いっそ》のこと赤子《ややこ》の首締めて殺してやれと思うてたんやろなあ……」

肩顫《ふる》わせて泣いた。紋が漣波《さざなみ》のように揺れた。

「誰に聞かはったんだす。いつ、知りはったんだす」

露は、瞬《また》きもせずに聞いた。

「お養父《とう》はんが死の間際にいうたんや。わい、十歳《とお》になった春先やった」

養父は大和の名刹《めいさつ》の寺男をやっていた。実直そのもので、檀家《だんか》に急な仕事があると骨身惜しまずに働き、重宝がられた。養父が刺立《とげだ》った感情を露《あら》わにしたのを、彼は、ついぞ見たことがなかった。顎骨の下から何束もの筋肉が頸動脈にかけて流れていて、幼い頃、抱かれた彼が指先でその束をさわると、硬い無気味な肉の束であった。

「これはな、重いもんを担《かつ》ぐ時に、うーんと腰に力を入れて担ぐやろ。その時に、首を伸ばすやろ。そやさかいにな、こないになったんやで」といったのを憶えている。

養母の記憶は、まったくといってもいいほどなかった。写真があるわけでなく、養父が描いた絵があるだけだった。細面《ほそおもて》で、着物は小紋で、頭は高髷《たかまげ》に奴元結《やっこもとゆい》といったもので、平打《ひらうち》の簪《かんざし》が一本差されていた。帯は黒く塗りつぶされ、わざわざ「黒繻子《じゅす》」と説明が加えられていた。目は細く、眉は綺麗に三日月形に描かれていて、鼻も薄く、口は小さかった。

「よう似てる」と、養父は幼い彼を膝に抱きあげて、一日の疲れを茶碗酒で癒《いや》しながら、もう紙も黄ばんだ妻の絵を眺めていた。養母は寺小屋に通い、三味線の稽古も積んだというのだが、馬喬には実感としてなにもなかった。肌の触れ合いがなく、従って母を恋しいと思ったことはなかった。

「十歳《とお》の時にお養父《とう》さんは死んだんや。えらい雨風の強い晩やったなあ。二人は庫裡《くり》の横の小屋に住んどったんやけども、屋根が飛ぶんやないかと思うたぐらいやったなあ。そないな時に、お養父はんは、はっきりした声で、わいが棄て児やといいよったわけや。もっと早うにいうといてくれたら、わいかて恩返しが出来ると思うたんになあ……」

婚礼の夜だというのに、湿《しめ》っぽい話になった。

それでも、露は夫の話に耳を傾けていた。この人は、あてと結ばれて、ようよう安住の場所を得はったんやと思うと、そんな過去の思い出話を聞くのも新しい門出の静かな足取だと思っていた。

「わいの、ほんまの両親は、皆目《かいもく》わからずじまいや。そやけど、もう、そないなことはどうでもええのや。恨みも憎しみもあらへん。わいは、わいを育ててくれたお養父《とう》はんの気持を継いでいこうとだけ考えてるわけや」

「そうだすとも……」

馬喬は露の手を己の両の手で包むようにして、いった。

「後でわかったこっちゃけども、お養父はんはな、芸人になりたかったそうや。それ

も、堕《お》ちるだけ堕ちてやれという気持やったそうやわ。芸人に堕ちるか、坊主になる

かというのが口癖やったそうな……」

僧侶の位にのぼるか芸人に堕落するかと養父は、激しい葛藤《かっとう》の中にいたのだといっ
た。これは、養父の死後、育ての親となってくれたもう一人の養父の愚隠《ぐいん》住持から聞
いたことである。住持も定かに養父母のことはわからぬといったが、養父の生前の小
さな事柄を繋《つな》ぎ合わせてみると、養父は大阪と京都の境にある高槻《たかつき》在から出て、鴻池《こうのいけ》
家に奉公したらしく、養母の方も瓦屋橋の鴻池の下邸《しも》で働いていた女中らしかったと
いうことであった。下邸は蔵屋敷の役人を招待するとか、鴻池家の物見遊山の場所で
あり、そんな二人が知り合っての駆落ちとしか考えられなかった。

「お養父はんの意志を継いで、わいは芸人に堕《お》ちたわ……」

自嘲《じちょう》を泛《う》かべていう馬喬に、露は静かな微笑を投げかけた。

「ほな、これ以上堕《お》ちへんというところまで一緒に行きまひょやないか」

馬喬の頰に涙が伝って、露の手を包んだ両の手に力が入った。楽屋内では、いつも
文盲の芸人やないわいと矜持《きょうじ》を高くしている馬喬の、その実は、淋しさをまぎらわす
仮面であり、経典《きょうてん》を読むのも、彼が心の支柱《ささえ》を求めている唯一の手段であった。

「堕ちよか……」

馬喬が、こんな明るい表情を見せたのは、はじめてだった。謳《うた》うようにいった。自

虐は消えて、希望に満ちた面持《おももち》であった。

二

「芸人は自堕落《じだらく》地獄のその果てに己を見るもんやでエ」

結婚してから、馬喬は頻《しき》りに仲間うちに、そんなことを口ばしった。それでいて、いっている本人は、以前の暗さは微塵《みじん》もなかった。滅法《めっぽう》明るいのだ。顔にも色艶が増してきたし、経典を話の中に持ち出すこともなくなった。所謂《いわゆる》、陰気な説教臭が消えていくのが誰の目にも、はっきりとわかった。暗い水を湛《たた》えていた古い桶の箍《たが》が外れたふうに、陽気な奔放さを身につけたのだった。

「交合《まぐわい》の儀からこっち、えらい奴さん変りよったがな」

「女の力て、えらいもんやでなア」

楽屋内で、そんな言葉が飛び交うこともあった。眉の間に二本の縦皺をくっきりと刻む癖もなくなった。文字どおり愁眉《しゅうび》をひらいた。芸の羽搏《はばた》きにも活力が窺《うかが》われた。過去の憑霊《ひょうれい》が落ちたのだ。

同時に、芸の幅と人間の幅が広くなっていった。かっては、桂文我の芸を非難し、挨拶さえもしなかった彼が、文我の芸に注目し出した。文我は市川滝十郎の門人で、俳優から落語家に転じた一人だったが、素ばなしの間に出て、芝居咄《ばなし》と手踊りで、時には小咄をやったものの、とくに純粋な落語はやらなかった。子供の落語志願者は、必ず文我の門を叩き、文我もまたよく面倒をみたが、本人は、落語らしい落語をやらない不思議な男であった。

「落語家が落語ひとつ満足に出来んというのは、恥知らずの看板をあげてるんと同じこっちゃがな」

かつて、そういうふうに批判していた馬喬が百八十度の異った角度から文我を観察しはじめたのだった。

「あれも芸や」

と、はじめは客観的に文我を批評していたが、文我の軽妙な古典をデフォメーションした創意工夫に魅せられて、

「あれが芸やで……」というところまでいったが「あれこそは芸やで」とはいわなかった。胸底に「あれこそは芸……」といわれる芸を秘めていたいと思ったのだ。

文我は早口である。治らない早口だ。だから、早口の効《き》く、さっとあがって、ぱッとオチる小咄以外はやらない。自己の弱点を逆手にとった芸人だとわかると、馬喬は接近しはじめた。敵の弱点を摑んで安心して近付いていったのだ。

「他人の芸を盗んで己の芸にするのが、ほんまの芸人やとわいは思うなあ。その上に、新しい工夫の芸を積んでいくのが一番やでエ……」

露は、夫の芸に対する欲が成就《じょうじゅ》するのを、ひそかに祈った。

「赤子《やや》のためにも、客受けのする芸人になったらないかんわいな」と、結婚一年目に生れた長男の頰を指先で押しながら、いった。

「それ以上押したらあきまへんで。痛いちゅうて泣きまっせ」露は、ただ、夫の尺度をわきまえない子供に対する溺愛《できあい》には注意を払った。抱きあげて、あやすといったものではない。目に入れても痛くないとか、食べてしまいたいという形容があるが、馬喬のわが子に対する没我《ぼつが》は、妻の目から見ても異常なところがあった。満たされなかった少年期の精神の穴をあらゆる手段で埋め合わせてやりたい親心が窺われた。愛に対して性急に過ぎるのだ。手蔓《てづる》を無茶に求めるといったやり方なのだ。子供を眺める時、彼は、ぞっとするような目の輝きを見せた。媚《なま》めいた目であり、深い悲しさを帯びた目であった。

歩きはじめた子供が腸炎を患《わずら》った時、彼はわが子の肛門に唇を寄せて、酸性の強い匂いを放つ便を吸い出し、唇で拭ってやったりした。妻は、しばしの間、呼吸《いき》を吞んで、その異常さを眺めていた。

「そんな、あんた……」

といいかけて、露は声を吞んだ。口許《くちもと》にべっとりと濃緑色の下痢便をつけて振り向いた夫の顔を見た途端、もうなにもいえなかった。それでも彼女は、ようやくのことで、否定の言葉を思い付いた。

「あんさん、坊《ぼん》がお腹詰ってる時は吸い出しておくなはれ。お腹がとおってる時にそないなことしたら、余計に弱ってしまうやおまへんかいな」

するとは夫は、今度は顚倒《てんとう》して、自分のやったことを怖れ、極度に怯《おび》えをみせるのだった。

「死ぬか……死ぬのんか……なあ。死んだらあかへんで……」

ぐったりしているわが子の腕の内側を舌の先で舐《な》め、柔かな部分に唇を押しつけては、泣くのだった。その悲歎さがまた異常であり、愛を貪婪《どんらん》に求めているとしか思えなかった。それでいて、犬や猫といった愛玩動物には冷酷といえる振舞いに出た。縁から蹴りおとしたり、首根をむんずと摑えて、三和土《たたき》に鼻面を押しつけ捩《ねじ》ろうとまでした。

「なんでそないなことしはりますねんな、あんさん……」露は、慌《あわ》てて、夫の手から小動物を取上げるのだった。

「可哀相でんがな……」

「なにが可哀相やねんな。こいつが子供を食い殺したりしたらどないすんのんや。喉に歯を、牙をたてたらえらいこっちゃがな」

とくに猫に関しては、恐怖からくる狂暴な振舞いに出た。跫音《あしおと》をたてずに忍び寄ってくるのが疎《うと》ましいといい、干支《えと》の中に猫がいないのは、お釈迦はんも嫌いやったさかいにやと理由をつけた。人間には好悪の感情が誰しもあるものだが、彼の場合は、激しい振幅で繰り返された。

仕事、芸は奔放さが見えてきて、人気も根強いものになってはきたが、生活は、几帳面《きちょうめん》と異常さが、はっきり同居していた。楽屋で、仲間たちは赤ん坊の排泄物と吐瀉物の臭いを敏感に嗅ぎとって、近付かない日もあった。露は十分に注意して、夫の衣類を替え、湯で体の隅々まで拭うのだが、一旦、爪の隙間や皮膚に浸みついた臭いは、容易に消えるものではなかった。水面を渉《わた》る慎重さと、他人を意識外に置く無頓着さが馬喬の中に同棲していて、自分の計算外のところで、力点をひとつにした一枚板のように、どちらかに少しの力が加わると、裏と表が転換するのだった。

「もしな、わいが棄てられた所《とこ》にな、野良犬か野良猫が来よって、喉に噛みついたらな、今のわいはいてえへんのやがな、なあ……」

夜中に、急に腹這いになって露を起こしていう時があった。

「あんさん、なにを阿呆なことというてはりますねんな」

「いや、いや……そうやったに違いないでエ……うん」彼は闇の一点に、眼を据えていた。

「怕《こわ》いがな。怕いがな……」彼は、急に身顫《みぶる》いしながら、両手を交叉させて、肩を抱くような姿勢をとり、その顫えは、おさまることがなかった。

「今な、わい、そないな夢を見たんやがな。かっと赤い口あけた猫がな、赤子《ややこ》のわいを嚙みかけよってなあ……」

「三十年も前のことでんがな」

「さ、さ、そこや。三十年前に、そういうことがあったんやがな」

現実と空想が混然となり、燻《く》ゆった二本の糸は、彼の頭の中で絡《から》み合い、解きほぐれないのだった。露は、そのままで夫を放置しておくと、たちまち精神の破綻に見舞われるような無気味さを覚え、全身で夫を包んでやるのだが、顫えはつづき、時には夜明けまで熄《や》むことがなかった。過去の妄想に使嗾《しそう》される夫の心が最初はなんとなくわかる気持でいたが、それが二日、三日と連続すると、夫の中にもう一人の別人が棲《す》んでいるのではないかと考えるようになった。

露は亭主の浮気に悩んでいる他の芸人の女房を羨しく思うことがあった。女の関係で、死ぬとか殺すとか吐《ほざ》いている女房たちのなんと倖《しあわ》せなことなのか。もし、夫が、脂粉《しふん》を付けて帰って来たなら、それだけで気苦労の鱗《うろこ》は剝《は》げ落ちるだろうなどと考えていた。

芸に対する執念は、幅をもってひろがりつつあったが、ここにも芸と生活の両面が交叉する不可思議な一面があった。

桂文我の芸を己のものにしようと、文我の隣りの貸家を借《か》って宿替《やどが》えしたのだった。三十三歳の時である。

楽屋に、墨痕《ぼっこん》鮮かに移転通知が貼り出された。

——日本橋一丁目交叉点南の辻東に入り、東の辻南へ入っての西側。洗張屋之有《これあり》。路地《ろじ》北側、奥から二軒目。

「あ、一番奥の隅《すまんだ》は、わいとこやがな」

愕《おどろ》いたのは、文我であった。

明治二十五年の初夏である。

「わい、文我はんの芸を盗ませてもらいまっせ。肉を食うて、血《ちイ》を吸わしてもらいまっさかいに、よろしゅうに……」

馬喬に丁重な物腰でいわれた文我は、小便を辛棒しているのを急に意識したふうに、激しい胴顫《どうぶる》いをした。世間怯《お》じしない文我も、憔悴《しょうすい》した馬喬の目の異常さに人怯《お》じした。目は、まっすぐに、こちらを向いているが、焦点が定まっていないのだ。その上、目の中、黒目の部分には妖しい光が跳梁《ちょうりょう》しているのが見えた。

その上、言葉もまた奇妙なもので、あった。

「貴賤《きせん》貧富の段、何卒《なにとぞ》、気を悪うせんといておくなはれ」

「阿呆なこといいないな。同じ釜の飯を食うた芸人同志……」

と最後までいわずに声を呑んだ。馬喬の目は、決して冗談をいっているのではない。

「いや、ま、こっちこそよろしゅうに……」

文我は、思わず羽織で胸を包むような仕草をして頭を下げたのだった。

三

文我の隣りに移った馬喬は、文我の生活そのものを窺《うかが》う気配を見せた。

「馬喬がわいとこの隣りの家に宿替してきよってから、凝《じ》っと壁の節穴から覗いてよるような気《きイ》がしてなあ……」と、文我は仲間に零《こぼ》した。そんな阿呆なことはないやろ、という者はいなかった。馬喬には一瞬、凄味《すごみ》と思われる気配が横切ることがあった。子供を愛翫《あいがん》している時にも、そんな眼差《まなざし》を見せたし、舞台の袖で、文我の芸を凝《じ》っと聞いている折も、ふっと無気味な硝子《ガラス》玉のような眼になった。

「死人みたいな動かん顔や」

という者もいた。眼窩《がんか》が普通よりも窪んでいるので、そういうふうに見えるのかもわからないが、あながち窪んだ眼のせいではなかった。表情を固定し、能面のようになるのだった。

舞台の袖で、呟いている時も、あった。その呟きを聞いた者がいうには、文我の『ずぼら』を踊る折の、間《ま》のとり方を口三味線で憶えようとしているとのことであった。

〽かかる所へ葛西領《かさいりよう》なる篠崎村の……

ではじまる『葛西領』は、もともと江戸で生れて浪花の地に流れてきたものであるといわれているが、大阪では『葛西領』といわずに『ずぼら』といわれていた。

〽俺の嬶《かかあ》はずぼらんだアん……

というところからとったものだろう。文我がこれを踊り、歌う時は、思い切った演出をした。破《や》れ衣《ぎ》を身に纏《まと》い、縄の帯を巻きつけ、付け鬚《ひげ》までし、その上、汚れ手拭で頬被りをした。この他、役者出身の文我は、槍さびの『大原女《おはらめ》』とか『権兵衛』に独自の味をもっていたし、なかでもエロティックな歌詞の『因州因幡《いんしゆういなば》』の三人姉妹の性経験の振りを『鬼』という替唄にして客に受けた。文我は、この『鬼』の時には、赤い鉢巻に銀の角をつけ、虎の皮の褌ふうに斑点の入った褌を締め、裸に短い甚平《じんべい》というこしらえで、でっぷりとした腹を突き出して、愛嬌たっぷりで踊った。踊る時も、人が如何《いか》に鬼になるかに工夫をこらし、中指と薬指とをぴたっと掌の中に折りまげ、残る拇指、人差指、小指を反《そ》るぐらいにぴんと立て、まったくの無表情で最後まで演じるのだった。

文我の常磐津《ときわず》、清元《きよもと》に培《つちか》われた創意工夫を馬喬は、なんとかして自分のものにしたいとした。馬喬の素地と文我の素地とは根本的に違っているのだが、馬喬は文我の素地を自分の芸に織り込もうと考えた。

　酒もたしなまず、陰気な点があるので座敷にも招《よ》ばれない馬喬は、高座が済むと、まっすぐ家にもどり、粗末な食事を終えると、袖で盗んできた文我の芸を真似た。露は、ただ無言で、そんな夫の挙措動作を眺めているだけだった。

　陰気さを拭いたい、陽気な文我の芸に近付いて、客に受けたいと念じているものの、生来の垢となっている陰気さは、陽に転じることは難しかった。客は、粋で面白い舞台を求めているのはわかっている。しかし、素地がなければ滑稽は素通りして、哀れな惨めさになってしまう。要領だけを呑み込んで出来るものではない。清姫の人形振りにしても、太十《たいじゅう》の光秀になったとしても、振りの一切ない袖萩《そではぎ》の台詞《せりふ》にしても、素地が出来ていなければ笑いを誘わない。それに、

「芸人は他人の真似事は出来んわい」

という芸人の矜持《きょうじ》もある。盗んだものを如何《いか》に自己流に消化していくかが問題なのだった。

　夫が芸の壁に突き当っていると露にはわかっていたが、夫の場合は、自分の頭を壁の方にもっていく傾向があった。悪い方、辛い方、苦しい方角にばかり、頭を向けていく。露は、ただ息を呑んで見守っているしかなかった。

　文我の踊る鬼は滑稽で愛嬌があり、夫の稽古の鬼には殺気が感じられるのだった。

文我の鬼は愛される鬼であり、夫の鬼は愛されない鬼であった。

「同じ三ツ柏《がしわ》やがな……」が、馬喬の口癖であった。

三ツ柏は桂某を名乗る場合の紋であり、笑福亭が五枚笹の紋を付ける決《き》まりと同じことである。文我もわいも同じ紋の芸人やという意味であった。

文我に近付けば近付くほど、馬喬の本来の芸は遠ざかっていく。本人にはわからなかった。

片方が隆運の名声に浮いていき、片方が悲運を歎きながら、さらに暗い淵に彷徨《さまよ》いはじめるのは芸の世界の常だが、悪いことに馬喬は焦《あせ》りに焦りを重ね、自ら墓穴を掘るような方向へと歩を進めていくのだった。

「あんさん、今日な、心斎橋で易者はんが呼びとめはったんで、なんの気なしに聞いてみましたら、前の家から此処《ここ》へ宿替えしてきたんは方位が悪いのですて……。もっと西か東の方へ行ってみよやおませんか」

露は嘘をいった。文我との距離をなんとか離そうとしたのだ。

「阿呆か」

馬喬は一蹴した。

「お前な、明日からでええさかいに、文我の食いもんと一緒の食いもんをわいに食べさせてくれ」

こうなってくると、もう神経症のようなものである。

「あちらさんは、お酒を飲みはりますがな。そやさかいに、お酒の肴に合う御馳走《ごっつォ》をしはりますやろけども、あんさんは下戸《げこ》の方でっしゃろ……」

露は、唖然として、夫の顔を見た。冗談とは決して思わない。家の内でも外でも、彼は滅多《めった》に冗談をいう男ではなかった。そういう点で、露は、常に、この人は、間違うて落語家になりはったんやと思っていた。器用とか不器用といったものではなく、根本的に落語家でないような気がしたのだ。結婚を機に開眼したかと思われた彼の芸の変化は、文我をライバル視したがために、またも下降線をたどりはじめたのだった。

「ほな、わいもひとつ、酒を飲む稽古をしてみるわ」

猪口《ちょこ》に二杯目となると、もういけなかった。胃の中に他人の手が入り込んで、酒の滴を懸命に喉許《のどもと》に押し戻そうとするのだ。馬喬は苦しさを怺《こら》えて飲もうとし、涙をうかべるのだった。文我が鍼《はり》に凝りだすと彼もまた同じ鍼灸《しんきゅう》医の門を叩いた。その鍼医者を文我が自宅に往診さすと、医者の帰ったのを見はからって、露に呼びに走らせたが、医者は婉曲《えんきょく》に断った。

「文我はんの所《とこ》に来はるのに、うちにはなんで来てくれはらへんのだす」

露は医者の不得要領な拒絶を往診料、治療費の高低《たかひく》かと問い詰めた。

「いや、そうやおまへん。そのな……」と言葉を濁して「そのな……なんというたらよろしいかいなあ。お宅さんの御主人は鍼してる最中も文我師匠のことをあれこれ根掘り葉掘り聞きはるもんでっさかいにたまりまへんのや。他家《よそ》さんの生活をいうたりは出来まへんし、それ以上に文我師匠の体のどこが痛んではるやていわれてもいえまへんがな。此間《こないだ》なんぞは、鍼で人を殺せるかやていいはりまして、治療してるこっちが、まるで殺人鬼みたいにいわれてしもうてからに……」

鍼医の苦痛もわからぬではなかった。押しころしたような声で、得意先の文我の生活を問い質《ただ》したり、鍼で殺人が可能かどうかいわれると医者の方も無気味になることだろう。露は、それ以上鍼医を強引に連れ出せなかった。

馬喬ののめり方は、芸を蝸牛《かたつむり》の鈍重さで追及していく一方、ひょいと別の生活にものめり込んでいくのだった。露は、この夫の考え方を異常だとは時に思うものの、夫の生れ落ちたところまで遡《さかのぼ》って考えると頷《うなず》ける節《ふし》もあった。夫は、不幸を背負って生れてきたという考えが終生拭《ぬぐ》えない男であり、他人の生活と全く同じ暮しをしていると安心出来るという性格なのだろうと思った。

講釈師から落語家に至り、結婚するまでは、養父の、そのまた養父である住職の生き方を学ぼうとして経典に己を埋没させて安住の地を得ていたわけで、それが一旦、創意工夫の芸でのしあがってきた文我を目の前にすると、その芸と生活をそっくり真似て、新しい芸を自分の中につくろうとしているわけであった。

　夏になれば、裏の田圃《たんぼ》や前の溝《みぞ》から、藪蚊が湧いてくる。文我が青葉を燻《くす》べると、馬喬も松葉を拾い集めて来て、蚊遣《かや》りを真似た。芸人として主体性がないばかりでなく、生活にも主体性がない男になり果てたと露は思った。妻として夫に希《のぞ》みたいのは敗《ま》け軍《いくさ》の最中にあっても、その場に踏みとどまって相手と斬り死覚悟で戦ってほしいのに、同じ依怙地《いこじ》が模倣にだけ向けられるのだった。

「他人さんは他人さん、あんさんはあんさんの生き方があり、人生がおますのや」と、余程いいたかったが、そんなことをいってみたからといって、夫の性格が変るとは考えられなかった。文我の肥った体に漲《みなぎ》っている活力と、その源にある逞《たくま》しい神経は到底馬喬の及ぶところではなかったが、馬喬は文我を真似ることで、自分にはないそれらの神経や活力を骨の中に通すことが出来ると信じているのだった。

「わいはな、なんちゅうか、幼い頃から、他人さんのように生きたいというのが希《のぞ》みやった。経《きよう》を勉《まな》んだのもそのためや。そいで、時には、他人さんのようには生きられへんと悩んだ。その挙句の果てが、せめて、他人さんと同じような生き方を真似てみたら、間違いがないやろうと思うようになったんや」

　ある夜、彼は妻にしみじみと話したことがある。

「生きてるちゅうのんは、どないに考えても不安なもんやないか。晩になってなア、寝る時に、お前、こわいことあらへんかア……」

ともいった。眠りが永遠に醒めない恐怖がないかというのだった。そこには、単なる依存とはいえないもっと切羽《せっぱ》詰った感情が秘められているようであった。

浴衣の袖を肩にたくし上げ、毛嚅《けずね》を摑みながら、青葉の蚊遣《かや》りの煙に巻かれながら、ぽつんぽつんと喋っている縁《えん》の夫は、瘠せた一匹の鬼のように見えた。

四

露は二十七歳の冬に他界した。馬喬と結ばれて足掛け七年目の冬である。彼は三十四歳になったばかりだった。

その日、馬喬は堀江の賑江亭《しんえ》に出る用意をしていた。彼は足袋を穿き、露は簞笥の抽斗《ひきだし》の環《かん》に両手をかけ、うん、うんと声をあげていた。羽織と袴を取り出そうとしていた。安物の簞笥は細工が悪く、彼女はいつも渾身《こんしん》の力を籠《こめ》て、紅潮が満面を飾っていた。いつも押入の唐紙《からかみ》が顫《ふる》えるので、馬喬はさして気にもとめていなかった。裄《ゆき》の不揃いな紋付も、年が改まれば、新調しようと話し合っていたつい後である。

「ああッ……」

と両脚を踠《かが》んだ姿勢のままひろげ、片手で畳に体を支え、もう一方の手は虚空《こくう》を探るように宙を泳いだ。暮の仕立物がたてこんでいたので、露はこのところ無理を重ねていた。だから、馬喬は軽い暈《めまい》を覚えたのだろうと思った。

が、様子はおかしい。尻が畳に落ちるか落ちない裡《うち》に、しゃんと伸ばした背が、まるで一枚板のように激しく畳を叩いた。

「露！　おい、どないしたんや」

襦袢姿の馬喬は、慌てて、露を抱き起した。細い体が意外に重く、体が反《そ》り、花頸《かけい》の哀れな水仙の花のように、首が下った。馬喬は片手を彼女の後頭部に当てて、首を持ち直した。

「おい！」

「へえ……」露は薄く目をあけたが、視点は定かではなかった。彼女は朦朧《もうろう》の世界に焦点を定めようと黒目の部分を動かした。

「しっかりせえや、露！」

路地には粉雪が舞い、長屋の子供たちの遊び声が馳けまわっていた。

「彦一郎……」と、子供の名を呼んだ。

死ぬ、と馬喬は直感した。養父の死に際と同じように、露の開いた口の中で、舌は丸められ、喉の奥に巻き込まれていくのが見えたからである。

「ゼゼ……」と、いった。

馬喬は、咄嗟《とっさ》に、大丈夫やでエと答えていた。大阪では、銭《ぜに》のことをゼゼともいう。だから、妻が生計《たつき》を気にしていると彼は早呑み込みをしたのだった。が、その夫の気持を祭してか露はかすかに首を振った。
「ゼゼ、たのしおました……」といったのだ。狼狽した彼は判断に苦しんだ。
これが露の最後の言葉になった。馬喬は暫くの間、片膝立てて露を抱いた姿勢のま
ま、茫然《ぼうぜん》としていた。ひらかれた露の目から光は次第に喪《うしな》われていったが、そこから
また死者の清澄《せいちょう》な別の光が湧いてくるようであった。目蓋《まぶた》のない魚がもっている目で
あった。
馬喬は、そっと露を畳に寝かすと、跣足《はだし》で狭い三和土《たたき》に降り、たてつけの悪い格子
戸を開けると、這って出た。薄く雪が積っていて、黒い土の部分が奇妙な斑点になっ
ていた。馬喬は、すべての音と色が失われているように思われた。
彼は、襦袢姿で這いながら、文我の家に入った。文我は留守で女房が長火鉢の猫板《ねこいた》
の上で急須《きゅうす》に湯を淹《い》れているところだった。
「なんだすねんな、馬喬はん……」
愕《おどろ》いた女房は急須が転んで派手に灰神楽《はいかぐら》のあがる中に竦《すく》んでいた。
「ち、違う。違うわ」と、馬喬は隣家を見周《まわ》した。
「あ、あんたとこは隣りですがな……」文我の女房は吃《ども》りがちにいった。彼女は、馬
喬のいった「違う」を単純に「家を間違った違い」にとったのだが、彼のいった「違
う」は、二軒の家の幸福度についての「違い」であった。

「嫁はん、死にましたんや」ようやくのことで、これだけいい、後は、諸観音諸菩薩の勧請文《かんじようもん》を唱えていた。両手で煤《すす》けた柱を握り締め、這い上ろうとして、また辷《すべ》り落ちながら檽袢姿の馬喬は幽鬼さながらに見えた。

露の身内が数人と馬喬の仲間が集り、通夜が淋しく夜明けを迎えた。雪は大阪には珍しい牡丹雪にかわり、路地に舞った。露もお茶子あがりの貧しい家の娘であり、親族と呼ぶ兄弟は、河内《かわち》の武骨な百姓であり、芸人との話に溶け合わないままに、夜明けを迎えたのだった。

「そや、そやそや、わかったわ」

馬喬が突然頓狂《とんきよう》な声を張りあげたので通夜の客は愕《おどろ》いた。目の下に隈《くま》をつくり、普段でも落ち窪んでいる眼をさらに窪ませた彼が、正座の腰をあげた恰好《かつこう》で、虚空を両手で包み込むようにして叫んだのだった。

「馬やん……」

文我が倒れかける馬喬を支えた。

「あ、あんな、露が死ぬ時にゼゼがよかったなあというのん、わい、わかりましたんやがな。あこです。琵琶湖の膳所《ぜぜ》だすがな。ほれ、五、六年前に、わいと露が大津、膳所と旅まわりしましたやろがな。あのことだすがな。……露は生れた河内と、この大阪と、一番遠いとこで、あの膳所しか知りよらんのでんなあ」

といいうなり泣き崩れた。額《ひたい》を畳に擦りつけて、おいおい泣き、頻《しき》りに畳を拳で叩きつけるのだった。ひとしきりの号泣がぴたりと熄《や》むと、彼は体を起して、通夜の客に猜疑《さいぎ》心と憎しみの目を向けた。

「ぞおッ」

仲間の一人が感じを口にした。誰も笑わない。洒落《しやれ》の通らない状況だった。

「一寸《ちよつと》、そこの襖《ふすま》を閉めてんか」語尾が唸《うな》るようであり、思わず腰を浮かした一人は、襖を閉めにかかったが、たてつけの悪い一枚は一寸ほどの歪《ゆが》んだ隙間をつくった。襖ひとつ隔てても、馬喬の動作、物音は一同の目の前にあった。

「可哀相に……可哀相になあ……胸に閊《つか》えてる言葉も仰山《ぎようさん》あるやろになあ」

馬喬は啜りあげながら、座棺と呼ぶべき桶に取り縋《すが》っていたが、蓋を開けると奇怪な動作に出た。黄と白の花が散り、経帷子《きようかたびら》姿のぐったりした露の屍《かばね》を抱き上げて、古畳の上の座布団に座らせようとするのだが、屍は、重心を失った巨きな蒟蒻《こんにやく》の有様で、垂れ下った両の手は、甲を下にして擦《す》り音を繰り返した。

「可哀相に、可哀相になあ……」

死後硬直の解けた露の体は、向い側にべったり座り込んだ馬喬の腕が、彼女の両の脇《わき》窩を支えていることで、ようやく保たれていた。

通夜の客は、身動きも出来ず息を呑んでいた。露の死顔が向うを向いているのが、せめてもの救いだったが、馬喬の落ち窪んだ眼窩の底の鈍い光を宿した目と、削《そ》げた頬の無精鬚の方が死相を映して気味悪かった。

馬喬は、露の腕から片手を抜こうとするのだが、彼女の体の重みが抜こうとする手にかかって、思うように運ばない。

「可哀相に……わいの手《てエ》を離すんがいやなんか……」

呟きながら、愛《いと》しさを表情に見せて、馬喬は露に頬ずりを繰り返した。根の据《す》わらぬ首は、背に垂れた長い黒髪を生きもののように波うたせて、左右に揺れ、彼は必死に取り縋《すが》るようにして、頬ずりをつづけるのだった。

「この顔は、不幸になる顔やあらへんのになあ……」馬喬は露の輪郭を丹念に唇で舐めはじめた。盗見の連中の中に、思わず胴顫《どうぶる》いをする者もいた。

「……ここの輪《りん》も福々しいのになあ……」馬喬は露の耳朶を咥《くわ》えた。そして、咥えたまま、ほんまになんでこないに冷《ちみ》たいのやろなあと溜息まじりにいい、唇を耳穴の方に這わせていくのだった。

「ここはな、風門というのやでなあ。風の門と書くのやけども、もうお前には風の声も聞えへんでなあ……」

唇は耳穴を離れ、耳弦を這って、耳朶の下の部分を舐めはじめた。

「この垂珠《すいしゆ》も厚いしなあ、不幸になることてないのになあ……」

次は、己の耳朶を露の唇に寄せるような仕草に出た。が、こっちの方は、体の重みとぐらつく首根が思うようにならず、彼は諦《あきら》めた様子で、静かに露を横たえた。ぐらっと二つ折の座布団から露の首が外れて、顔が隣り部屋を向いた時、親戚の女が、ひえッと声をあげた。閉じていた筈の露の目は薄くあき、唇はなまなましく濡れていたのだ。

「待ちや、そのままで待ちや……」

馬喬は、もどかしげに衣類を脱ぎ捨て、褌ひとつで、露を横抱きにして、帷子《かたびら》の胸をわって両手を背に入れ、己の体の温《ぬく》みで、彼女の肌に温みをつたえようとしているのだった。

「ほれ、ほれ、乳房《ちち》も温《ぬく》もってきたやろがな、なア」

上ずった声で、馬喬は彼女の胸に顔を埋めた。彼にとって、妻を愛する術は、これ以外には見当らないのだ。この行為は、子供の尻に唇を当てる愛し方と同じものであり、死者を慰めるに最も厳《おごそ》かな行為と信じてのことであった。露の土色の背が曝《さら》された。馬喬は彼女の弾力のない肩に歯をたてた。

「気が狂うた……」

そんな声が洩れた。

奇妙なことに、露の体は捩《よじ》れをみせ、生命が甦《よみがえ》ったように羞恥《はじらい》を見せた。馬喬の腕のなかで不自然な反《そ》りを見せる彼女の体は、きわめて煽情的であった。

「可哀相に、可哀相に……冷《ちみ》たいなあ、冷たいなあ……」

馬喬は抱き寄せ、離し、また犇《ひし》と抱き寄せて、愛《いと》しさの言葉を繰り返した。乾いた皮膚の音が、流れる砂の音に似ていた。

五

経帷子《きようかたびら》の上に紫矢絣《やがすり》のお召《めし》を重ね着にして棺桶に入れ、露は骨になった。馬喬は、まだ温みのある骨を噛み嚥《くだ》して、一同を仰天させた。焼場の横の青く苔蒸《こけむ》した石の手洗《ちようず》鉢にたまった雨水を飲み、彼は彼なりに潔斎《けつさい》に入ったつもりらしい。誰もなにもいわなかった。もし、彼が誰かに狂った危害を与えるなら話は別だが、もともとの奇人であってみれば、好きなようにさせておいてやろうと一同は考えた。

馬喬は妻の骨を持ったまま、姿を消した。仲間が不安がって、二、三の心当りを探してみたが消息を摑むことは出来なかった。

「骨と一緒に死によるんやないか」

「あいつが死ぬんやったら、身投げやでなあ」

「いや、首吊りやで」

「それも変った首吊りしよるでえ。目嚙《めエか》んで死んでたりしてなあ」

「よっしゃ、ほなら、どないして死ぬか賭けよか」

「わいは首吊り」

「わい、身投げ」

「わいは、石見《いわみ》銀山猫いらず……」

楽屋うちでは、すでに馬喬は死んだ者とされていた。この時代に芸人の死はさして珍しいものではなかった。芸が行き詰れば、相当に名があり、贔屓《ひいき》筋がないかぎり、すぐに明日から食いはぐれてしまい、高座《こうざ》から叩き出された。野良犬どころか尻尾を切られた金魚同然で、進む方角を見喪《うしな》うどころか、煮ても焼いても食えない代物《しろもの》になり果てるのだった。だから、馬喬が死んだと思い込む楽屋内は、ごく自然だといえた。

一月ほど経《た》って、馬喬が堀江の賑江《しんえ》亭に姿を現わした時、誰もが自分の目を疑った。幽鬼が佇《たたず》んでいるとしか思えなかった。

薄い京花紙を咥《くわ》えていて、唇だけが毒々しいほど紅で飾られていた。目は澄み切って、青味がかり、復讐とか怨恨《えんこん》の翳《かげ》りがないのがせめてもの救いであった。

それに着ているのは女物の長襦袢で、腰紐には団子結びの目がいくつも数珠《じゆず》のように垂れ下っていた。

「馬やん、どこへ行ってたんや。皆《みな》、心配してたでえ……」文我がいうと、ようやくかすかな反応が表情に見られた。

馬喬は、腰の骨が崩れるようなへなへなとした横座りをして、京花紙をとった。

「馬やん、なんやいな。お前、鉄漿《かね》をつけてるんのんか」

文我は目敏《めざと》く薄く開いた唇の奥を見てとった。

「うん、そうや」

「どないしたんや。まさかお前、月夜《つきよ》になったんやないやろな」

月夜とは「月夜に釜をぬく」からきた語で、男娼を意味している。馬喬は、かすかに首を横にふると、しゃんと背筋を伸ばして正座するや、両手を組んで天井の方にあげ、異様な声張りあげて、その手を一寸刻みに下げ、膝まで落ちると、また頭上にかかげるのだった。

「文我師匠、こら、上本町に行く露地でおまっせ。宿縁輪廻《りんね》を生身にのせて、人の心の奥底の懊悩《おうのう》を解きほぐしていき給う……」弟子の文八が言葉の後の方を講談師ふうにいって、師匠の顔を窺《うかが》った。

「ははあ、馬喬は巫女町《みこまち》に行っとったんかいな。まだ、あるのやなあ……」

文我の合点がいった。天王寺の伽藍《がらん》境内を南に望み、六万体から寺町（谷町筋）を東に入った狭い道の両側に巫女《みこ》の家があった。家造りは大阪独特の中二階で、表格子を黒く塗ってあるところから黒格子と俗に楽屋内で呼ばれていた。

馬喬は一応の霊寄《たまよ》せの言葉が済むと、今度は右手で立てた琵琶《びわ》を弾くような手付をした。

「びゅーん、びゅゅん……」紅を塗った唇を顫《ふる》わせながら、弓弦《つる》の真似を巧妙にやるのだった。

「ははん、こら文八のいいよるのに間違いないわ。黒格子に行っとったんや……」

文我は、馬喬の手付が巫女同様に右手に小さな矢を持ち、左手に梓弓《あずさゆみ》を持って弦を鳴らしているのと同じだと知った。巫女は霊を降《お》ろすと、その弓で前に置いた文筥《ふばこ》を何回も打って、あの世の人を現世に甦《よみがえ》らすのだった。どの巫女も綿々と悲しい声でいうのだが、それぞれに特徴があって、俗謡や諺《ことわざ》を巧みに入れて、芸人顔負けの洒落をいったりもした。無気味さを売りもんにする異端の芸人ともいえた。

「はッ」

馬喬は、舌の尖《さき》を上顎でタンと鳴らして、動作をやめると、以前よりも陽気な声で文我相手に喋りはじめたのだ。

「わい、露の魂を招《よ》び寄《よ》せてもらおと思て、巫女町へ行きましてん。あれは、なんですてなあ、明治のはじめに、諸事御改《おんあらた》めの太政官の布告が出て、堺県令から大阪府知事と行政が変った時も、巫女は官許で残されたもんやそうでんなあ。昔はもっとあったのにと訊《たず》ねたら、明治十年の西郷はんの戦争の時分に弾圧されてちりちりばらばらになったそうや。稲荷下《いなりさ》げとか巳《みい》さんになったようやでなあ」

「ほいで、嫁はんの霊は降下《おり》てきたんかいな、馬やん」

文我も陽気に合の手を入れた。

文我は馬喬が痩せ細ったものの、元気よく帰って来てくれたのが、なによりも嬉しかった。

「霊は毎日降下《おり》てきてくれましたでエ」

馬喬の声は弾んでいた。

「そら、よかったがな。なんていうてた……」

「うん、あての寿命は、ほんまは後三十年あったそうなで……」

「あ、そうか」

死んだ者が残りの寿命をいうのが奇妙だったが、文我は茶化すわけにはいかなかった。

「そいで……」

「うん、そいでな、露がいいよるには、あんさん、後三十年、あての分も生きておくれやっしゃ……いうてなあ……」

「そうか。よう出来《でけ》た嫁はんやなあ。泣かすこといいよるがな、なあ……」

「わいのこれからの寿命にやな、三十年足《た》すのやさかいに、わいは百歳ぐらいまで生きるんやないかと思うのや……」

「よっしゃ、馬やん、頑張りや。いや、よかった、よかった」

やがて、馬喬の陽気な気持の弾《はず》みの原因がわかった。彼は梓巫女《あずさみこ》から芸を仕入れてきたのだった。

「わい、露が死んだんで、ようようひとつの芸をわいのもんにすることが出来たといえるんや」

彼は、子供を露の親戚筋に預け、家財道具を処分し、家を返して、大阪市内を彷徨《さまよい》歩いた。長襦袢に肩までの蓬髪《ほうはつ》、口紅をつけての放浪人は、たちまち町の話題になった。何度も警察に連れて行かれ、その度に、賑江亭の席主が引受に走らなければならなかったが、それがかえって評判となり、最後《しまい》には、警察の方も、見て見ぬふりをした。

馬喬は、高座で、たしかに独自の芸を開拓した。

「エー、今日は寒《さぶ》いのによう来てくれはってからに……」

とか、

「遠いところをわざわざお運び下さいまして……」という落語家の常套句を抜かして、のっけから異様な神がかりの雰囲気ではじめるのだった。

「天清浄地清浄、内外清浄六根清浄、天の神、地の神、家の内には井の神、庭の神、竈《かま》の神、神の数は八百万、過去の仏未来の仏、弥陀薬師弥勒阿閦、観音勢至普賢菩薩知恵文殊、三国伝来仏法流布、聖徳太子の御本地は……」

ここまで一息にいい、聖徳太子の御本地は……で、一際《きわ》高い声になった。

「……霊山浄土三界の、教主世尊の御事なり。この御教えの梓弓、釈迦の子神子《みこ》が弦音に、引かれ誘われ寄り来たり、逢いたさ見たさに寄り来たよのう……」

ここで馬喬は深く呼吸を肺腑《はいふ》に吸い込んで目を閉じ、断片的に息を吐いて、次第に背を丸めていくのだった。

馬喬は出鱈目をいっているわけではない。丸一ヵ月かかって、巫女から口うつしに憶えてきたそのままをいっているのだ。かつて、講談をやった素地は、こういった語り口にはぴったりしたし、経典の知識も大いに役立った。客は、懼《おそ》れて近付けない巫女町の秘密を覗き見る好奇心も満足出来たし、この前唱の後で、馬喬がどんな小咄《ばなし》を出すかにも興味をもった。

彼は、いつも、この後で、あの世から招いた霊と巫女と客の小咄をやるのだ。客の方はいつも一寸間の抜けた落語の与太郎ふうで、巫女は大真面目ながら、どこか間が抜けているというふうに演じ、あの世の霊が困り果てて退散というものであった。

「あの……わたいとこの死んだ子供の霊を降《お》下《ろ》してもらえまへんか」と、客がやってくる。すると、巫女は厳《おごそ》かな声で、何歳で亡くなったのかという。

「へえ、生れて丸一年目でおましたかいな。疫痢《えきり》で死によりました」

「ふむ、生れて丸一年目なら、口はきけても言葉はわからんであろうのう」

「口はきけんでも、一目会いたいもんだすねん、頼みますわ」

「巫女は口寄せが本業。死んだ者の霊は招くが、姿を見せるようなイカサマはせんでのう」

「水くさいこといわんといとくなはれな、なあ。あ、口がきけへんということはおまへんで……」

「生れて丸一年であろう」

「そやけども、死んでから十三年経ちますのやさかいに、なんとか、ひとつ……十三年やさかいに、そらもう充分に喋りまっさかいに……」

こういった具合に話は進展していくのである。そこで十三歳の悪戯《いたずら》坊主があの世から招かれるが、これが問い正してみれば、隣りの亭主の子供であったりするのだ。

「もう一寸話の筋を膨《ふく》ませて長うにしたら、古典落語として後の世まで残ると思うのやけどなあ……」

文我が親切心でいっても、馬喬は頑として受けつけなかった。

己の拓《ひら》いた芸に他人の案を注ぐのは、己の体に他人の血が入り込むのと同じじゃ、気《き》色悪《しょくわる》というのだった。以前の文我の生活形態までを学ぼうとした愚かな馬喬はどこにも見当らなかった。

「馬喬、お前《ま》はんの巫女噺《ばなし》はなかなか面白いけんどなあ、あの世の魂の声と巫女と抜《ぬけ》作《さく》の客という同じかたちは、その裡《うち》にな、行き詰ってしまう懼《おそ》れがあるで。声の使い方も三通りしかないやろがな。下手やると、客は、なんぼも聞かん裡《うち》にサゲがわかってしまいよるさかいになあ。小咄でサゲのわかったもんほど気の抜けたもんはない。それよりもやなあ、相撲場風景みたいに、御霊《みたま》を降《お》ろ下してもらいに集ってきた待合室のな、色々と面白い男女を語りわけたらどうやいな」

先輩の月亭文都がいってくれたが、馬喬はこの有難い忠告までも拒んだのだった。

「わいの芸はわい一代の芸やねんさかいに、誰ぞに語り継いでもらおうとは思えへんのやで……」

その挙句の果ては、

「この芸は、死んだ露がわいに授けてくれよったもんやさかいに、そうそう風呂の湯浴びて垢をおとすように変えられへんのですわ」

といい切った。これは頑固の壁の方便ではなく、実際にそう思っているようであった。

「この芸は、わいの魂の中に棲み込みよった死んだ嬶《かかあ》がわいの口を借りて喋らしてまんのやさかいに……。わい自体が、その巫女のようなもんで……」

と高座でいう時、馬喬の目にきらりと光るものがあった。

「死んだ嬶の名前は露だす。この目に光る露は、嬶の化身でおますのや」といって、舞台の袖に入った。わっと湧きかけた客席が、その一言で妙に湿っぽくなることがしばしばだった。

六

月亭文都の予言どおり、馬喬の芸は次第に袋小路に迷い込んでいった。彼は彼なりに工夫を凝《こ》らした。冥界《めいかい》から間違った死人が現われたり、疫病神《やくびよう》や貧乏神、さらに閻《えん》魔《ま》大王が迷い出したりするものの、いずれも破綻になるか、オチがびしりと決まらないのだった。浄瑠璃《じようるり》の中のおさんとかお園を登場させてみても、浄瑠璃の素地のない馬喬には荷が重過ぎるのだった。一旦、咄の途中で箍《たが》がゆるんでしまうと、たちまち後半に混乱が生じるのだった。己の芸であるという矜持《きようじ》を保とうにも根底から揺り動いてくる咄に無理に辻褄《つじつま》を合わすのは冷汗三斗のおもいであった。

一旦、袋小路に迷い込むと芸の飛躍は難しい。

「目の前の壁をひょいと飛び越せたらなあ……」

馬喬の口癖になった。そのひょいが出来ない。見えない壁は飛越出来ない。そうかといって袋小路をそのまま戻るのは芸の退却であった。

結局、忘れていた経典を引っぱり出し、なにか経典から使嗾《しそう》される部分がないかと探してみたが、芸の上に膨《ふく》らみをもたすものはなにもなかった。絶望して経典を閉じると、その表紙から一匹の紙魚《しみ》が這い出した。

「糞ったれ奴が。おのれがええ所《とこ》を全部食い尽してしもうたんやろ」

指先で紙魚を殺すと、冥《くら》い悲しみが余計に深くなるのだった。

人気の下降は如何《いかん》ともし難い。人気とは書いて字のとおり、他人の気持であってみれば、移り気なのは、当り前のことであった。すでに、彼の後からは、新しい芸を下げた芸人たちが追いついてきた。それは、波のように思えた。

「ざばッと頭から波に呑み込まれてしまうがな……」

夜半に盗汗《ねあせ》びっしょりで目を醒《さま》すことがあった。波は、いつかは退く。その退いていく波に、彼は沖合遥かに連れ去られる悪夢を見るのだった。睫毛《まつげ》に溜った眼脂《めやに》の幕から、白々あけの大阪の町を眺めていると、虚《むな》しさはさらに増してきた。

「一年はつづかんかったなあ……」

彼は、枕がわりにしている経典を積み直し、拾って来た綿のはみ出た掛布団を取りのぞき、木箱と紙箱を組み合わした仮の宿から立ち上ると、その下に大阪の南一帯が見えた。この乞食生活も身についてしまった。そして世間の人は、乞食芸人にもう好奇の目を向けなくなっていた。生活状態においても宣伝の価値をもたなくなったのだ。

「もっと乞食になったらええのやがな」

馬喬は、高座で、客に向って物乞いをした。食べものを恵んでおくれやす……と、蚊の鳴くような女の声音でやるのだ。目は深く閉じたままである。盲目の巫女《みこ》を演じた。

「大阪の巫女町追われた哀れな巫女でおますのやけど……。なんでもよろしおますさかいに食わしておくなはらんか」

細い腕を差し伸べ、白い肋骨《ろっこつ》の見える胸を襤褸《ぼろ》から見せた馬喬は、蓬髪の中に埋まった顔が端正なだけに、余計哀れに見え、凄味があった。

客は、つい本物の巫女の物乞いにのせられた気持で、馬喬の前に食い物を置くことがあった。饅頭《まんじゆう》が置かれ、その頃のわが国には珍品にして高価な林檎《りんご》が置かれたりした。彼は、それらを両手で摑んで、狂ったように貪《むさぼ》り食うのだった。舌の上で味覚を愉《たの》しむといった食べ方ではない。

歯に当った次の瞬間には、もう喉を音たてて胃の腑に落ちているのだった。

「へ、おおきに。こら、うまい、うまいッ」

調子よくいって、痩せた胸を露《あら》わにした。食道から胃に落ちていく固形物の動きが皮膚の上に見えることもあった。

去っていった筈の人気が、ほんの少し漣波《さざなみ》のように戻ってきたかのようであった。

客は、常に珍しい芸、新しい芸、面白い芸を求めている。その最低の位置で、馬喬は危うく踏みとどまっている感があった。なんとか、その底から必死に這い上ろうとしているのだ。すると、たちまち仲間うちから非難の声が挙った。

「みっともない真似すんなよ」

「芸人の名折れやで、馬やん」と文我は面と向っていった。

「ふん、芸人ちゅう人間は、もともと名折れから出発してるんやおまへんか。それを今更、あらためて名折れやておかしいわ。芸人ちゅうのは、もとは門付《かどづけ》でっせ。物乞いや。わたいは、その……」

芸人の原点から歩み出そうとしているのだと反論した。もう誰も口をはさむ者はない。一旦、彼がこうだと主張したなら、首を締めて殺さなければ仕方がないというのが楽屋内の常識であった。

が、彼に乞食以下の芸人のくせに、ちゃらちゃらと絹物を着て、座敷に出向くなといわれた若い落語家が恨《うら》みを肚に据えかねて、高座の馬喬に乾いた馬糞を食わせようとした。

本人では気がさすし、客も前座に出ている彼を知っているので、他人を雇った。いつものように馬喬が恵みを乞うと、頼まれた男が、和紙に包んだ馬糞を馬喬の前に置いた。前の席の客には、それが乾いた馬糞だとわかり、騒ぎはじめた。馬喬も手探りで摑んだ饅頭形のものが馬糞だとすぐにわかった。

食おうとして、鼻尖《はなさき》に持っていくと、藁《わら》の腐った匂いと饐《す》えた泥の匂いが入り混った臭気が、酸味のせいで、つーんと鼻の奥のあたりを刺戟した。

「あかん、馬の糞《ばば》や」

という悲愴な声があがったが、彼は、唇を蠢《うご》めかせながら、いつもと違って、ゆっくり味わって咀嚼《そしやく》したのだった。そして、食べ終ってから、馬糞を摑んで右の手の拇指を丹念に舐めてみせた。

「えらい、今日のお饅《まん》頭は、ええ味でおましたなあ。これは、どこの老舗《しにせ》のお饅《まん》頭でっしゃろかなあ。ほんに、これが、ほんまの一杯食わされたということでっしゃろか」盲目のまま、笑いの反応を待った。やや、間があって、どっと客席から笑い声が湧いた。

「へえ、今日から、わいの芸名は桂馬喬をあらためて、桂馬尻《ばけつ》ということにしまっさ」

この一言で、彼の人気は、またも浮上したのだった。楽屋内でも彼は馬糞の一件については なにもいわなかった。かえって、それが芸人たちには無気味であった。激昂して然《しか》るべきなのに、彼は楽屋内の仕業《しわざ》と知りながら触れなかった。客の方は、騙《だま》されて馬糞を食った馬喬に惻隠《そくいん》の情を催し、贔屓《ひいき》の層が厚くなった。

「わいも最近は、とんと耄碌《もうろく》しましてからに、つい先日も、お客さんのくれはりました馬の糞を食べてしまいました。糞ったれと思いましたが、食べた後は、蹴った糞悪《くそわる》いという気になってしまいましてからに……」というと、客は一斉に湧いた。心にゆったりした部分が生れてきた。楯突《たて》くことは、高座でも楽屋内でも滅多にしなくなった。ただ、贔屓《ひいき》のすすめで、服装《なり》だけは改め、住居《すまい》も御蔵跡《おくらあと》の土蔵ということになった。一旦、放浪の生活が改まると、今度は、掌の裏と表といった変り方で、夏羽織ひとつも凝《こ》りはじめ、六月は絽《ろ》の羽織で七月に入って八月になる頃には紗《しゃ》の羽織でないと身につけないというようになった。上布《じょうふ》の着物に紗の羽織を身につけた馬喬に、お座敷の口がいくつもかかってきた。もともと男振りがいいわけで、垢にまみれても風格は微塵《みじん》も崩れなかった彼を、花柳界の女たちが捨てておくわけがない。乞食生活、馬糞を食ったという前歴も負《ふ》の目にはならなかった。

「馬喬はな、馬の糞を食いよった芸人やけど、誰ぞこの中で馬喬と接吻《くちすい》をやる粋な妓はいてえへんかいな」

　贔屓の旦那衆がいうと、堀江の芸者も新町の芸者も嬌声あげて殺到した。

「あきまへん、あきまへんて。そないなことやったら穢《きたな》い、病気になりまっせ」

　馬喬は両手で口を封じて遁《に》げまわった。追いつめられて、彼は怒鳴ったこともある。

「一寸、やめとくなはれ。わいの口は、死にかけの子供の肛門《けつのあな》から糞を吸い出してやることは出来ま。女房と唇《くち》を合わすことは出来ま。死んだ女房の冷とうなった肌を舐めてもやりま。高座で馬の糞を食べることも出来ま。そやけども、その他のことは出来まへんのだす」

酒の勢いで華やかに舞っていた芸者たちは、彼の生真面目な顔に気負されて、しーんとなった。

馬糞の件で上昇気流に乗った芸は、所詮《しょせん》は虚しく消えていくものだと彼自身が知っていた。すでに巫女真似の芸は壁に当っていたし、もう二度と馬糞を食ってお茶を濁すことも不可能とあってみれば、彼は、次なる新しい芸を己のものにしなくてはならなかった。

彼は閑《ひま》な時は土蔵の前の陽溜《ひだまり》に座わり、膝を両手で抱く姿勢で、陽を遮《さえぎ》っている大榎《えのき》の一点を瞶《みつ》めていた。樹齢三百年という榎を仰いでいると、人間がますます哀れなものに思えてくるのだった。根を地中に張り、味もなく聳《そび》えている大樹には、それなりの大きな風格が備わっている。清澄《せいちょう》な気持を抱くと同時に、落語家としても一人前になれず、ただ珍芸、見世物として命脈を保っている己がたまらなく淋しかった。このままでいけば、講談と掛合いが一体になった珍芸で終るほかはない。苛立ったが、それから先の道は、どう考えてみても、迷路また迷路の連続のようであった。角を曲り、路地を抜け、また角を曲れば陽の射す表通りに出るという目安はなにもなかった。

榎の、遥か彼方《かなた》の葉の隙間を移動《うつろ》っていく陽を仰ぎながら、時は刻々と過ぎ去って行くのに、己はなにほどの名案にも取り付くことが出来ない不甲斐なさを噛みしめた。

一日中、食も摂《と》らずに土蔵の前に蹲《うずくま》っていることがあった。それでも死ぬという意識は、まったくなかった。己の肉体が滅びても、なお巫女の言葉どおりに露の寿命三十年が加算されると思っていた。信じていた。

彼は生命が薙《な》ぎ倒されても、芸を追う別の肉体があると信じていた。

芸人たちは、毎年、盂蘭盆《うらぼん》の頃になると、真夏の昼の汗をさっと流して浴衣《ゆかた》に着替え、聶屓筋の招きで盆踊りに出かけた。馬喬も出来るかぎりの盆踊りに出た。鼻の穴に銀煙管《ぎんきせる》を突込み、頬被《ほおかむ》りした異様な面相で、彼は踊り狂った。疲労の皮膚から大粒《く》の汗が吹き出しても、彼は瘠せた毛脛《けずね》を剝《む》き出しにして踊り狂うのだった。露への供養《よう》は、己を無我の境に誘い込み、その間だけでも芸の行き詰りを忘れて、彼は亡妻と同じ世界に遊ぶことが出来た。

夜明け、櫓《やぐら》の下に俯伏《うつぶ》せになっている馬喬が見付かった。

「おい、おとっつぁん」若い衆に抱き起された馬喬の目は釣りあがり、鼻にはまだ銀煙管を差し、片方の頬は砂にまみれて無残だった。彼は、意識の朦朧《もうろう》とした中で、おかしなことを呟いていた。

「助ア、目と鼻の先にいるってのに、どうして来ねえんだよオ。足腰たたねえ病人なら、おれア、香奠《こうでん》を置いていくぜエ」

高熱の馬喬は、講談時代を彷徨《さまよ》っていて、助五郎を罵倒する国定忠治になっているのだった。

その日の夕刻、彼は意識不明のまま、天然痘《てんねんとう》の疑いで河内《かわち》の施療院に隔離され、その翌日には、激しい疼痛が起り、その高熱の中で天然痘特有の麻疹《ましん》が下腹部や大腿部の内側に散らばり、真性と診断が下されたのだった。

「馬やんがミッチャになりよったんやて……」

楽屋は上を下への騒ぎになった。消毒と焼却がはじまった。

「ミッチャの神さんの札《ふだ》を祀《まつ》れや、なあ」

天然痘で面貌が無茶苦茶に崩れるところから滅茶を訛《なま》ってミッチャと呼んだ。

七

馬喬の全身に赤色の斑点が小さく散らばり、そのひとつひとつが盛りあがり、真ん中あたりが窪んで、丘疹《きゅうしん》になった。

殺風景な窓ひとつない病室で、熱が退き、衰弱し切った馬喬は己の腕、腹、大腿部の赤い丘疹が次第に水を含んで柔かくなり、その透明に近い水が濁った膿液になっていくのを観察していた。

「わいは、これでミッチャになっていくわけや」

怯《おび》えは一切なかった。彼は冷静に変貌していく己の五体を見守っているのだった。熱は波の大きなうねりに似て、一日に何回も襲ってきた。その度《たび》に、彼は、遠い過去に連れ戻され、視界はかすみ、丘疹がいくつも重なりぼやけ、水玉模様となり消えていった。そんな中でも、彼は絶対に己の死を予測しなかった。丸太棒のように投げ出された両手、両脚からすべての熱が立去っていくとは、夢にも考えていなかった。意識の溷濁《こんだく》の中で、彼は、新しい生を意識していた。それは新しい芸を生むための新しい生命の誕生であった。

「これでよろし……これでよろしのや……」

彼の譫言《うわごと》は、いつもこの言葉であった。

二週間もこの状態がつづき、馬喬が骨と皮になった頃に、ようやく熱は退散し、膿《う》汁《み》を含んでいた丘疹は乾燥しはじめた。

病室には、鏡に類するものはなかったが、彼は己の顔がどういう具合に変るかは十二分に予想出来た。天王寺の境内で物乞いをするミッチャの老人に、己の顔を重ねてみることで納得出来た。

乾燥がはじまると、全身にむずがゆさが広まった。皮膚の一点一点に多足の小さな虫が這いまわり、彼の想像では、それらの虫は、小さな嘴《くちばし》を具《そな》えていて、肉の内部を食い荒しては別の斑点に移っていくように思われるのだった。全身には高熱の後の痺《しび》れが残っていた。身動きもならず、体の上から何枚もの版木が重ねられている感じの中で、小さな虫の退散を待った。

「わいは、忍冬《すいかずら》みたいに生きていったろかいな」

一日に何回も馬喬はこんな独語《ひとりごと》を口にした。彼の、これからの人生は、四つ目垣に絡《から》みつく忍冬のように執拗で方向見定めないでいくより仕方がないと肚を決めたのだった。

夏の終り、瘡蓋《かさぶた》がぽろぽろと落ち、指先で顔を撫でてみると、破れ唐紙《からかみ》のような乾いた感触があった。頰から顎にかけて指先を這わせてみると、そこは虫の食った舟板で、額《ひたい》は細工の下手な閾《しきい》であった。毬《いが》のように指先にちくりとくる部分もあった。

「看護婦さん、鏡を見せとくなはらんか」

これが馬喬の入院してから他人に放った第一声であった。

看護婦は躊《ため》った。彼が歪み窪んだ顔を見たなら絶望するか、悪くいけば発狂するのではないかと思ったのだ。彼女は、馬喬が、異常な芸人であると仲間うちから噂を仕入れていた。

「わい、他人《ひと》さんに見せる前に己の顔をじっくりと眺めとおますのや」

と、いった。

看護婦から手鏡を受けとった馬喬は、廊下から差し込む明りの中で、己の面をじっくりと眺めた。想像以上に歪み、肉は瘻《つ》れて、窪みは深く、黒い赤と茶が垢と膿汁の乾いたあたりを色彩《いろど》っていた。

「ふむ……」と長い息を吐いた後で、「慢心外道《げどう》の罰《ばち》かいな」といった。出来もしないことをやろうと思った罰が当ったというのだ。といって、決して、彼の顔は、自嘲に歪んだのではなかった。

「今、着たはるのは、全部焼き捨てて、お風呂に入って下さい」

「へ、久しぶりの湯だすな」

消毒液で白濁した湯に浸り、全身の垢を洗い落したつもりで、湯気に曇った鏡を掌で拭って愕《おどろ》いた。顔の窪みに白い湯が湛《たた》えられているのだった。ぶるんと顔を横振りすると、四方八方に湯滴が散った。

「これも芸やないのかア」彼は鏡の己に語りかけ、鏡の中の馬喬は、これに答えたのだった。

「そうやでえ、馬喬はん、これもひとつの芸やでえ」

タオルで拭うと、とめどなく涙が溢れてきたが、涙もまた窪みにたまり、頬をつたうことがなかった。

「着替えですけど……お仲間さんが持って来てくれはりました」

看護婦の声に振向くと、絹紬《けんちゅう》の袷《あわせ》は粋な藍一色で染めあげられていた。

「なんと……粋なもんやなあ……」袷を手にすると、はらはらと今度は涙がまともに藍を濃く染めあげたのだった。

着替えてさっぱりした気分で廊下の陽差しに佇《たたず》むと、陽は眩《まぶ》しく、風はすでに初秋の気を孕《はら》んで冷たかった。庭の薄い色の土も、何気なく土の上に投げられている如雨露《じょうろ》も、馬喬の目には新鮮な輝きに見えた。足の裏の麻裏草履の感触も申し分なかった。庭木の一本一本が明確な名を甦らせて迫ってきた。

「あれは檜《ひのき》でっしゃろ。その向うが百日紅《さるすべり》、こっちは紅梅……」

鳥の啼《な》き声が耳の底を射た。声は豁然《かつぜん》と馬喬のもうひとつ奥の扉を開いたのだった。

「どこで啼いとるんやろ」

首を巡《めぐ》らしてみたが、鳥の姿は何処《どこ》にも見当らなかった。が、馬喬は、小枝をしっかと摑んでいる小鳥の透《す》けた嘴や爪の淡い紅色の血の流れを見たと、思った。

「ありがとさんでございました……」

黄昏《たそがれ》の道頓堀に立った。藍が、ひらりと裾の方で舞い、堀の風にも秋の気配が感じられたのだった。

「あ、鬼や！」

「鬼が出たア」橋の下で小鮒《こぶな》を掬《すく》っていたらしい子供たちが、馬喬を指して叫ぶと、一目散に遁《に》げ出した。

「鬼かいな。追いかけたろか。これが、ほんまの鬼ごっこやで……」と、馬喬は微笑で見送った。文我の鬼を真似た時は、誰も「鬼」とは思ってくれなかったのに、ただ立っているだけで鬼と呼ばれる皮肉さを嚙みしめたのだった。

「鬼……鬼か……」

ふっと視線を動かぬ水面に投げた。まだ四十には間がある己の過去を、何百年もの道程を歩んできたかのように縹渺《ひょうびょう》の思いで眺めている自分を覚えた。遠く、櫓音《ろおと》が聞える。音はただひとつ、その他、諸〻《もろもろ》の音は消え失せていた。

水面の少し上に透明な羽を小刻みに顫《ふる》わせている蜻蛉《とんぼ》が一匹いる。時たま、思い出したように、体を折り、水面に近付き、尾の先で一刷《は》け水脈を入れて、水を吸いあげた。

「芸とはあんなもんや……」

馬喬は小さな昆虫の動作に、芸の本質を見た思いだった。弱い羽で空中にとどまっていなければならぬ。そして己の欲求のために、水面に降りねばならぬ。が、欲を大きく求めて羽を濡らしてはならぬ。そこに、馬喬は芸を見たのだ。倒れる前に榎の大樹に人間の小ささを見た馬喬は、一匹の蜻蛉に人の生きざま、芸人の生きざまを眺めるまでに成長していた。

「よっしゃ、鬼の噺やで……」

楽屋に小机を一基持ち込み、創作落語の構想を文字にした。どこで手に入れたのか古い朱硯《しゆけん》に、朱筆を用いた。

朱文字の稿は、『鬼』の咄《はなし》には、もってこいの色合いだった。

賑江《しんえ》亭を振り出しに「ミッチャの鬼」こと桂馬喬は、鬼を主人公にした噺を披露した。講釈、講談、巫女の口調に、文我から盗んだ鬼の手付まで加えた『鬼譚《おにばなし》』は一種独特の芸風で客席に迫りはじめたのだった。

「えー、大阪というと天神さんのお祭りでおますわなあ……ここに、地獄の鬼共も、是非ひとつ天神祭を見たいもんやと思いまして、閻魔《えんま》はんのお許しを得て、地上に降りて参りました……」

喋りの口調も滑《なめら》かになっていた。

「その鬼が、このわたいを見まして、声をかけてきたんでおます。仲間と見まちがえたんでおますなあ……」ここで、客は湧いた。あたかも、鬼が身内話をしている面相に見えたからである。

「四つ足を借り切りましてからに、朝から難波橋の下に繋《つな》いで見物しておりましたら、先ずお迎い舟がきましての黄昏《たそがれ》……川の面一面の火となりまして、笹の小舟は流れにそうて照らし、いさめの声も静々トウトウとして、舟に御輿《みこし》を移すの儀、管絃水底に響き心耳を清《せい》し……」

　情景描写も見事に定《き》まった。以前の彼は、こういった短い表現を用いることが出来なかった。客は、落語を聞いているのを一瞬忘れて、講談一節の妙に酔った。酔っている客の感情を今度は、ぶった切って、たちまち奈落《ならく》の底に叩き込む術も心得ていた。

「おい、兄《あに》やん、旨《うま》そうな人間が仰山集ってきよったなあ……え、わいは、細いのよりも肥《こ》えてんのがええのや。男より女《おなご》がええ……すると、兄貴株の赤鬼が怒りますわなあ。……ド阿呆、そないなみっともないこというな。他人さんの耳に聞えたら、どないすんのや……。な、兄やん、どれを食お……待て、待てちゅうのに……」

　鬼たちは、あまりの尊さに平伏してお渡船《わたり》の儀を待っているところに、船頭がやって来て揶揄《からか》うくだりは、人間対鬼の対話になり、人間の方が鬼よりも優位な生きものとして描くのだった。すると、奇妙なことに、客席の反応は、馬喬を鬼に見立てて、自分たちが高座の鬼をいじめている錯覚に陥るのだった。

「おい！　鬼。おのれ、今日はえらいおとなしいやないけ。どないしたんじゃ。煎餅《せんべい》でもやろか。饅頭の食《く》い端《はし》でも食うか。なに、いらん。ははは、ほな、ま、夜明けまで、そないにしとれ。そのうちな、上の方から土左衛門でも流れてくるやろて……」

　船頭は鬼一族を散々に罵倒するのだ。

　ここで、馬喬は、気弱な一匹の鬼に変身して、平伏した両手で高座の座布団からずり落ち、両手で頻《しき》りに板を擦りながら、上眼《うわめ》遣いになっていうのだ。

「へ、わたいは、あの橋の上が目当てでおますのや。人と人と人が押し合うて、鮨《すし》みたいになってまいりました。おっつけ、橋が落ちて、人の鮨が川の中に落ちてくる。それを食いますので、へえ。水につかった方が、喉のとおりもようなります……」

　これがオチであった。客は笑いながらも、背筋に凍りつくような恐怖を覚えるのだった。

　他の誰もが真似出来ない芸を馬喬は己のものにした。醜悪な面相に風格が宿ってきた。

　それでも、彼は飽き足らなかった。さらに新しい芸を試みた。

話の途中で、不意に飛びあがり、そして這いつくばい、電球をぺろぺろ舐めるという芸で、鬼の異常さ、凄さを表現しようとした。電燈が発明され、寄席に導入された新兵器に、彼は肉体を挺して挑んだのだ。

「ぺろぺろの、ぺろぺろは……」

　独自の節まわしの鬼語を口にしながら、指三本を立てて、電球を舐め、その熱で、彼の舌は、電球に貼りついてしまったこともある。

「ら、ら、ら……」

　彼は、必死になって、舌を外そうとした。

客は、それもまた彼の芸として爆笑した。

一旦、客が湧いたとなると、舌の火傷《やけど》の癒《い》えぬのに、またも高熱を舐めるのだった。次第に、呂律《ろれつ》が怪しくなってきた。舌は苔むした状態になり、乾いた鱗《うろこ》状の亀裂がはしった。呂律が怪しくなってくると、その舌足らずを利用しての小咄を痛む舌の上に乗せたのだった。

「えー、天王寺《てんのうりー》さんにお参りした田舎者が、大阪の人間に物言《いちやもん》をつけたんだすなあ。やい、天王寺の塔も高いけろも、大阪の地で売っとるもんは、なお高いやないけエ。土産物の塔が五十文、門だけが三文、七輪《かんてき》が七厘やて法外な値《ねエ》をつけくさってからに……。それを聞いた大阪人は肚《はら》たてよりましたんやなあ。そやけんろ、そこは商人《あきんろ》、肚の虫をぐっと抑えて、いや、道頓堀に行ってみイ。ただえもんばしと、その傍《わき》にそえもん町があるわいな……」

太左衛門橋を只《ただ》え物橋と洒落《しやれ》、宗右衛門《もん》町を添え物町と洒落たのだった。この種の小咄は、客に受けたが、やはり限界があり、出来不出来の生じるのは、如何《いかん》ともしがたかった。客は一度聞いた小咄の出を耳にすると、容赦なく罵声を浴びせかけるのだった。

「おい、馬喬！　それは聞き飽きたで……」

「もっとええのん考えてや」

高座の上で、馬喬は絶句し、半泣きになり、その顔に客は笑声を浴びせた。客は、その顔を見たい一心で心ならずも罵声を浴びせるのだが、彼は芸の行き詰りを指摘されたと思い込み、痘面《あばたづら》を歪め、ひょいと座布団から腰をあげると、「ほなら、こうさしてもらいま。許しとくなはれエ」と嗄《しやが》れ声で喋るなり、電球に噛みついた。

ガリッと乾いた音がして、電球の灯は消え、馬喬の唇と舌から血の糸が床に垂れる。その糸を汚してはならじと手繰《たぐ》り寄せて、客を湧かした。

舌に、びっしりと苔がつき、口内炎で膨《は》れあがった口は、言葉はおろか、食べ物も受けつけなくなった。

「馬やん、なにをするんや。ええ加減にせえよ。そないなことで、死んだら、どないするのや」思いあまった文我たちが忠告を放っても、彼は鬼の笑顔で「やりま。大丈夫《だいりようぶ》だっせエ」と、瘠せた片手を、ひらひらと鼻の尖《さき》で振ってみせるのだった。

その彼が、最後の芸に取り組んだ。

痘面の窪みに、煙管《きせる》の雁首をひっかけて、小咄をすることであった。小咄は旧来のものであったが、客は、今日は何本の煙管を釣り下げるやろかという期待で集ってきた。

「一本!」

「二本！」「三本！」と、客は囃《はや》したてた。囃し立てながら手拍子を打ち、小咄なんぞは耳に入れなかった。それでも、道頓堀に進出した馬喬は絶大な人気を集めた。文我の古典、文枝の好舌、それらも凌《しの》ぐ笑いの渦をつくりあげた。

「三十五本！」

もう窪みはない。

顔は揺れる煙管の林の中に垣間《かいま》見える態《てい》になった。銀色の吸口が揺れた中に、鬼の泣き笑いの顔があった。

「馬喬！　そんだけか」

「馬喬！　三十六本や」

「荒木又右衛門は三十六人斬りやで！」

が、三十六本目を下唇にかけようとして、失敗《しく》じると、顔中の煙管を一束にしてとり、にやッと痘面を歪めて、苦しく絞りあげるような声音で、

「へ、三十六計、にーげーるウが、勝《かち》イ！」

といいざま、小走りに舞台の袖へと退ったのであった。

馬喬の姿は、翌日から楽屋に見られなくなった。木戸銭返せと客たちは叫んだ。かつて、これほど客の支持を受けた芸人が道頓堀の小屋に登場したということはなかった。文我、文枝の渋い芸、一輪亭花咲等の珍芸ともいえる掛合い軽口には根深い人気

の層はあったものの、この馬喬に寄せられた狂気ともいえる爆発的人気はなかった。

ようやく、馬喬の芸は『煙管釣り』という珍芸で頂点に達したのだった。

本来、客は芸人に加虐的な歓びをもつものだ。その点で、馬喬は加虐の的《まと》として申し分のない芸人であった。

芸が客筋の加虐の的になった時、その芸人は奈落《ならく》の底に堕ちたということである。底なしの奈落であればまだいい。厄介なことに、芸の奈落地獄には底があった。その底を気付かずに這いずりまわる芸人はまだ倖せである。底に気付き、もう堕ちる所がないと知った芸人に残された道は、ただひとつである。一本の綱を攀《よ》じのぼりその綱が切れて落ちた芸人に残された道は、一生一代の芸しかなかった。

馬喬の姿が楽屋から消えた。

「今度は、あッという芸を見せまっせ」

席亭にいった後、彼は羽織の紐を結び直して劇場《こや》を出、その足で羽織を質に入れ、銀煙管をひとつ買った。

銀煙管は馬喬最後の芸の勲章であった。姿を見せないので席亭は文我等を同行して、二ツ井戸の棟割《むねわり》長屋に馬喬を訪ねた。

馬喬は、着た切り雀の藍一色の袷《あわせ》を着て、腕を組み、半眼瞠《みひら》いて端坐し、その顔には無数の煙管が釣り下っていた。

「死んどる！」

これが一同の直感であった。

「馬やん！」

文我が悲愴な声で答えぬ友の肩を叩くと、馬喬は、そのままの姿勢で横倒しになった。釣り下げられていた煙管が埃の舞う古畳の上に散った。散った煙管は三十五本であった。残る一本の銀煙管は、眉間に抉《えぐ》られた傷口にかたまった血糊と共に食い込んでいた。

検死の結果は衰弱による自然死であった。

贋芸人抄

一

へ、ほな、はなさせてもらいます。

死んだあの人と出会うたんは、大正八年の秋でおました。文楽座《ぶんらくざ》は、その頃《ころ》は平野町の御霊《みたま》神社の境内におましてからに、木戸の前は石畳になってまして、御霊さんの朝詣《あさまい》りの人々の下駄の音や草履の音、からんからんと乾いた鈴の音が今でもあての耳の底に残っとります。

いいえ、あては文楽座にいてたんやおまへん。あては、座の木戸口の斜《はすか》いにあった「文楽饅頭《ぶんらくまんじゆう》」の雇い人でおました。文楽座の隣には本家茶屋がおまして、そこのお絹さんとあてとは大の仲良しでおました。ま、お互いにお茶子《ちやこ》風情《ふぜい》で気易《きやす》うに話し合える仲でおましたんやなあ。あてが細面《ほそおもて》、というとなんやら別嬪《べつぴん》に聞えまっけど、早よいうたら狐面《きつねづら》、お絹さんは丸顔、木戸番の精やんは二人を揶揄《からこ》うて杵《きね》と臼《うす》やなんかといいはったもんでおます。

あての数年《かぞえ》の十七の時に、あの人と出会うたんだす。精やんの従兄筋、それも遠縁にあたる筋を頼って、あの人は熊野から大阪へやって来はりました。なんというたらよろしいやろか、頭の頂天《てっぺん》が平《ひら》とうてからに、顎《あご》が細うて、逆の三角という顔、そうそう才槌頭《さいづちあたま》とでもいいまんのやろなあ。眉が薄うて、目がちょんちょんとありました。薄いのんは眉だけやのうて、唇《くちびる》も薄うて、そやけども小さい唇は可愛らしさがおました。へえ、あの人の写真がおましたら、お見せしたらようわかりますのやけども、相憎《あいにく》とおませんねん。生前に写さへんかったということやおません。写したことは写しましてんけども、あの人、死ぬ二、三日前に自分の胃の腑《ふ》に入れてしまいはったんだす。そうだす。食べてしまいはったんでんな。

——こんなもんをこの世に置土産しても詮《しょう》がない。地球の埃《ほこり》ぐらいにしかならんやろ。そんなことをぶつぶついうて、古い赤茶けた写真の、それも自分の写ってんのをアルバムから剝《は》ぎとりはって、食べてしまいはったんだす。いえ、あて、別にびっくりはしまへん。あの人は、いつ何時、そんなことをしはるかわからしまへんのや。狂人やおまへん。そんな突飛なことをするのが好きな人でしてん。ま、あてとしても気持がわからんことはおまへんわなあ。自分の写真を始末するのに、破るのもなんや気がひけますし、焼くのも気がひけます。食べるのが一番ええような気がしますわなあ。

あの人とあてが仲良うなった動機《きつかけ》といわれても、うまいことといえまへん。所詮《しよせん》、男が女を好きになり、女が男を好きになるちゅうのは、これというはっきりした線はないもんでおます。ま、そうでんなあ、そのひとつに考えられるんは、あてとあの人が熊野の出やったということもおますやろ。熊野三山ちゅうのは、御存知やと思いますけども紀州の東牟婁《むろ》郡におます本宮、新宮、那智、この三熊野三所権現のことで、なんでも平安の時代から秘密の宗教がさかんで、その証拠に、吉野、大峯という修験道がおます。あてが新宮、あの人が那智の石工の倅《せがれ》、そういう縁が二人を近付けたというてもよろしいと思いますけど、どうでっしゃろか。あの人、十五の時に、修験者の群に入りはったそうでっけど、三日も経たん裡《うち》に山を下《お》りて、家に遁《に》げて帰らはったんです。

「あんなもん、人間のするこっちゃないわ。わい、なんのために人間に生まれてきたんかわからんようになった。あんな不味《もみ》ない飯食うて、滝にうたれて、あれ、一体なにになんのや」

いうてはりました。ま、親父さんにしたら、一人前に鍛えようとしはったんでっしゃろけども、そんな気持やったら、何辺《なんべん》山へ追い返したところで帰ってくるにきまってますがな。そこで大阪に出して修業さそと思いはったんでっしゃろな。ところが頼りになる精やんも木戸番でおます。精やんの腰巾着《こしぎんちゃく》になってなんとのう働いて毎日を送ってはりました。本名が松崎善兵衛ちゅう威厳《いかめ》しい名前やのに、座の人は誰《だれ》も彼も善六、善六と呼んではりました。なんでも、お染、久松に絡む男にチョイセの善六という喜劇仕立の男がいてます。大阪ではチョイノセの善六ともいうそうで、あんまりええ男やおまへん。その善六の渾名《あだな》が付いたことでおます。

「善六、煙草を買うといで」

「へえ」

ちゅう具合に、座の人やお客さんの用事ばっかりしてはりました。年齢《とし》はあてよりもふたつ上でおました。背は五尺足らず、鯨尺《くじらじやく》やおまへん。今でいうたら、なんぼだす。一メートル五十センチというのでっか。なんし、小男でおました。瘠《や》せてはりました。肋骨《ろっこつ》が一本一本算《かぞ》えられるほどでおました。小指を鼻の穴に突込んで鼻糞《はなくそ》ばっかりとってはりましたなあ。神経質そうやのうて、どことなく極楽蜻蛉《ごくらくとんぼ》の風情がおました。極楽蜻蛉の訳でっか。これは一寸難しおますなあ。なんというたらよろしいやろか。ノホホンというたらわかってもらえまっしゃろか。呑気《のんき》坊主とも一寸違いまんなあ。さよ、風のまにまに舞う蜻蛉の生活、いえ性格というのがよろしいやろなあ。なんでもよう知ってはりましたなあ。それも学校の先生に賞《ほ》められるような事柄やなしに、昔からの因縁故事来歴《いんねんこじらいれき》というもんに詳しかったんだす。なんで頑固《がんこ》な頭の持主を石頭《いしあたま》というかとか、先勝《せんかち》、友引《ともびき》、先負《せんまけ》、仏滅《ぶつめつ》、大安《たいあん》、赤口《しやつく》とはなにかちゅうようなことを知ってはりましたわ。石頭ちゅうのは毛のない頭を揶揄うて梨《なし》の実を叩《たた》きつけたら、梨も頭も割れたそうでして、先勝ちゅうのは、戦国時代に、先に戦さを仕掛けたらええ日をいうらしいですなあ。豊臣秀吉が明智光秀を討った六月十二日、関ガ原で家康が戦さに挑《いど》んだ九月十九日、赤穂浪士が吉良上野介に夜討ちを掛けた十二月十四日、これ、みな先勝ですねんてな。ほかにもいろいろというてはりましたけども、あてが特にこのふたつのことを憶《おぼ》えているというのは、あの人の石頭、それにあの人には一生先勝ちゅうことがなかったさかいに憶えてますのだす。そういう人でした、あの人は。

お互いに親許《おやもと》を離れ、それに立場も似たり寄ったり、故郷が同じ熊野というので、いつとはなしに深い仲になりました。お互いに心の、ぽっかりと空いた穴を埋め合わすちゅう具合でしたな。忘れもしまへん。大正九年の春の晩に、御霊はんの境内の高い縁の陰で、あの人ちゅうたら、あてに枕絵《まくらえ》を見せはりましたんや。お月さんの光で見て、それがいやらしい男と女の裾《すそ》まくりあげた姿やとわかった時に、あて、ああ、いやらしい、嘔吐《へど》が出そうやいうて破り捨てましたんだす。赤と青の泥絵具《どろえのぐ》の色だけが目《めエ》の隅《すま》に残って消えまへんのに、あての脚は動かしまへんのだす。膝《ひざ》小僧と足首が顫《ふる》え、遁げないかんと思いながらも、その場から動けしまへん。そのあての肩を抱いて、あの人、チュをしはりましたんや。チュというたらおかしおますか。へ、なんというたら、ああ、キッスでっか。あての歯もあの人の歯もかちかちと鳴ってからに、頭の芯《しん》のあたりに冷たいもんがはしり、それがぼやっとした霞《かすみ》みたいにひろがっていきました。

「わい、竹ちゃん、好きや」

いいはりましたけども、その声もわなわなと顫えてましたなあ。もう、あて、たった今の枕絵の一件は綺麗《きれい》に忘れてしもうてました。勝手なもんだす。絵で重なり合うて、舌が絡み合うてる図はいややのに、あては自分が同じことをしながら、あれとは別や、あの絵の女とは別やと自分にいい聞かせてましたもんだす。

「竹ちゃんは、わい、嫌《きら》いか」

あの人がいいはりました。あては黙って、首を縦にも横にも振りまへんでした。それだけ十二分に返事になってました。

二人の体がひとつになったんは、それから二月ほど経った初夏でしたなあ。香櫨園《こうろえん》ちゅう海水浴場の近くの宿屋でしたけど、畳が塩気でねたねたしてて風が強う窓硝子《まどガラス》をたたいてたんを憶えてます。窓の隙間からの風が、ほんの狭い床の間の軸をからからんと嬲《なぶ》ってました。あてのその時の気持、ややこしいもんでしたなあ。複雑ちゅうんだすか。嬉《うれ》しいて、怕《こわ》うて、ほいで、悲しいて、涙が出ました。なんで泣いてんねんて、呼吸《いき》をころして聞かはった時、あて、声をあげて泣いてしまいましたもんだす。阿呆、こんなとこで泣いたら、わいら心中もんと間違われるやないか、さ、泣きやまんか、いいはりましたけど、涙は胸から喜びや哀しみを掬《すく》いあげるように喉《のど》に迫ってきて、嗚咽《おえつ》になっていつまでもつづきましたもんだす。

「これから、どないしますねん……」

ちゅうたら、

「わい、芸人になってこましたろと思うねんけどもな」

いうて、あての頬《ほお》を濡《ぬ》らした涙を唇で掬うてくらはりました。下座《げざ》で篠笛《しのぶえ》の哀《かな》しさが尾を曳《ひ》くように、風が泣いてました。

朝、ふっと小さな音で目を醒《めエさま》しましたら、もう夜の風は死んだように消えてまして、小さな蟹《かに》が一匹、畳の縁《へり》から縁へと歩いてました。沢蟹の子供みたいなのが、ぼかしの紅の爪《つめ》をふりあげて、せかせかと歩いていくのを見てる裡に、あては、これから、どんな苦労が舞い込んできても大事ない、そんな気になりましたもんだす。石工の倅と水呑百姓《みずのみ》の娘が大阪で倖《しあわ》せちゅうもんが摑《つか》めると思うたことだす。今倖せちゅうもんが、どんなもんやらさっぱりわからしまへんでしたけどもなあ。今でも、わからしまへん。あんさん、おわかりでっしゃろか。……わからん。そら、そういうもんでっしゃろなあ。

ほいで、世帯をもちました。

二

あの人、芸人になるといいはってもでっせ、下足番の手伝いをしたはっただけで、三味線、太棹《ふとざお》ちゅうようなもんを手にしはったこともないお方ですがな。あてとしたところが、行儀見習いの御奉公にあがったという身分やなしに、一日中寒い三和土《たたき》を小鼠《こまねずみ》のように走りまわって、お客さんが文楽饅頭買いにきはったら、へえ、おおきにというて包んでお渡しするだけの役、こんな二人が一緒になって、ままごと遊びみたいな生活してたところで暮しむきに陽《ひ》があたるということはおまへんわなあ。こら、あたりまえの話でおます。まわりの皆はそれとなくシダンチョーショーでおます。え、シダンチョーショーて、ほら、こう書きますのや。指と、弾と、嘲《あざけ》り笑うで指弾嘲《ちよう》笑《しよう》。これもあの人の口癖やったんがあてに継がれたんでおますなあ。咄嗟《とっさ》痛切《つうせつ》たら、旁々奔走《かたがたほんそう》、こういう言葉をよう使いはったもんです。

あて、はじめの裡は店に毎朝六時に通うて来てました。あ、そうそう、いうのん忘れてましたけども、二人は平野町を出てでんな、二つ井戸の天婦羅屋《てんぷらや》はんの二階に住んでましたんや。家財道具ちゅうようなもんはひとつとしておまへんでした。着たきり雀《すずめ》の、食うてチョンということですわなあ。そやけど、神様や仏様だけはきちんとお飾りして、お守り申しあげてましたんだす。一寸思い出しただけでもでんな、伊勢神宮の御札、野州二荒《やしゅうふたら》神社の御札に県一ノ宮はんという弥彦《やひこ》神社の御札だっしゃろ。天満《てんま》の天神さんに恵比須《えべ》っさん、大黒天、まだまだ並んでましたなあ。べつに二人とも信仰心があつかったというのやおまへん。神棚《かみだな》にそういうた神様を並べておくとでんなあ、なんやしらんけども頼りになるという気持でんのやなあ。溺《おぼ》れる者は藁《わら》をも摑むちゅう気持に通じるのやおまへんやろか。

あの人は、精やんの口ききで、道頓堀《どうとんぼり》の芝居小屋の下足番に入りました。

「わいちゅう男は、どこへ行っても下足番やなあ、そやけども、鮨屋《すしや》のゲソちゅう烏賊《いか》の足はなかなか味があるもんや。噛《か》みしめればしめるほどに味があるもんや。大体やな、あのゲソというのは下足番から出た語やねんでえ」

というたはりました。下足番をしながら、自分の仕事を愛して、自分を卑下してはったんやおませんねん。誇りとまでいかんとしても、自負をもってはったんだすなあ。駕籠《かご》に乗る人、担《かつ》ぐ人、そのまた草鞋《わらじ》をつくる人、ちゅう言葉がおますけども、うちの人はその草鞋をつくりながら、いつかは駕籠に乗ってやるぞという気構えをもってはりましたもんだす。ま、あても、あの人のそういう点に惚《ほ》れてたといえますなあ。

「芸人になんのやったら、どなたか師匠を選びはったらどうですのや」

といいますと、

「ド阿呆、弟子入りすんのに、師匠をこっちから選ぶわけにはいかんわい。師匠がわいを選びはんのやないか」

といいはって、依怙地《いこじ》なもんでおましたなあ。ま、いわれてみると筋道は通っているようなもんの、そんなことしてたら、いつの日に芸人の入口に立つことが出来るやらわからしまへん。そやけど、あてはそないに思うても一言も口には出しまへんでした。口に出したら、あの人の依怙地はだんだん深うなってしもうてからに、梃子《てこ》でも自分の気持を変えへんでということになってしまう懼《おそ》れがおましたさかいになあ。潤沢にまわるもんでも、あの人は故意に曲げてしまいはるのです。着物ひとつにしても、故郷で着ていた年古いた木棉《もめん》ひとつを着つづけるちゅうところがおましたなあ。それをあの人は行住坐臥《ぎょうじゅうざが》の魂やというたはりましたけども、さあ、一体、どんなもんでおますやろなあ。

あても、その裡に文楽饅頭のお店を辞めまして、家で賃仕事をして生活《くらし》の一片にしました。主に仕立物でおます。時には楽屋の繕物《つくろいもの》の仕事もしたもんだす。針を運びながら、まあ、二人ともまだまだ若いのやから、気永うにやっていこかという気が起きれば、すぐまた、いつまでもこういうふうになって暮していくのかいなあという不安もおました。考えんでおこうと思うたら、余計に考えるもんでおますんやなあ。それというのも、お店では下駄《げた》を鳴らして駈けまわって、そんなことを考える余裕も閑《ひま》もなかったんが、今度は畳の上で一日中坐《すわ》ってるわけで、ほんまにつまらん行末のことが頭の中をかすめるんでおますのやなあ。そういう時は聞きおぼえの浄瑠璃《じようるり》の一節を口ずさんだもんでおます。〽いとしいと、可愛《かわゆ》いという二人づれ、相合傘《あいあいがさ》の手と手と手、いつもうれしき風呂敷《ふろしき》に、包む人目も今日は又……。お染・久松、隅田川道行《すみだがわみちゆき》の段の一節でおますけども、その結果が心中やとわかっていても、ここだけを口にしてましたら、気持が穏やかになってくるのでおます。一日の食べもんちゅうたら、朝は若布《わかめ》の味噌汁ではじまって、昼は油揚《おあげ》さんとひじきの煮つけ、夜はまた小さい魚の塩焼ちゅうもんで、二人とも熊野で育ったせいか、魚もんが好きでおました。あの人、お酒は、晩酌《ばんしやく》に、ほんの一合ほど飲んでも、ああ、酔うた、酔うたという程でして、無茶《むちや》飲みしはるようになったんは、あれは戦争が終って、昭和二十二、三年頃からだす。戦前は、そらもうええお酒でおましたなあ。

へ、ま、そういう暮しが一年ぐらいつづきましたやろか。一日《あるひ》、あの人、鼻緒の切れた下駄《げた》を片手に息せき切って帰って来はりましたんや。

「おい、わいな、芸人の門口に立ったでえ」いうて、泥《どろ》の足で二階へ馳《か》けあがって来はりましたんや。

「へえ、ほんまにィ」

「そうやがな。噺家《はなしか》の桂春団治師匠がな、わいにな、お前、面白《おもろ》い顔してるやないかいな、ひとつ芸の道に足踏み込んだらどうやいなちゅうてなあ」

「へえ、桂春団治師匠がでっか」

「そうやがな、そうやがな」

　春団治師匠については、今更、あての口からいうこともおまへん。かた破れの語り口と暮しで、大阪咄《ばなし》の担《にな》い手の第一人者でおます。その方からお声をかけられたというのは、こらもうお墨付《すみつき》を頂いたんと同じことでおまして、うちの人が喜びはんのも無理ないということでおます。

「わいな、芸人になるにはやな、噺家か、それとも珍談の世界で名をだしたろと思うててん」

　漫談のことをその頃は珍談というてましたんや。これは亡くなった花月亭九里丸師匠あたりの話しぶりにつけられたもんやおませんやろか。

「そら、よろしおましたなあ」

　というもんの、あては一寸ばかり不安になりました。下足番をやってると、その日、その日の、所謂《いわゆる》日銭というのが間違いのうに手に入るもんだすわなあ。それに大入りとか御祝儀もたまには入るもんだすなあ。それが弟子入りとなれば、その日からなんにも入らんことになりますのや。そやけど、そんなことを口にしたらいかんと、あては自分にようういい聞かせたもんだす。そんなことというてみなはれ、あの人が折角摑みかけはった運が指の間からするッと遁げてしまうだけやおまへんか。あてが働いたらなんとかなる、あの人は贅沢《ぜいたく》いいはる人でもないし、そう肚《はら》を決めたんでおます。一人前の芸人になってくれはったらええ、いえ、一人前、一枚看板という高希《のぞ》みはいらん。それよりも、芸の虫になってくれはったらええ、その上で生活《くらし》が出来たらもうなんにもいうことはあらへん、そんな気持でおましたなあ。あの人は、春団治師匠の手から漫才師の由丸、菊枝のお二人に預けられはりました。由丸、菊枝の御両所は、春団治師匠を落語界の雄と呼ぶなら、地味ながらも、着々と地歩を固めてきはったお人でおます。現在もお元気でおますやろ。顔艶《かおつや》もようて、まだまだ現役やと張り切ってはりますのやさかいに、まだまだつづくのやと思います。この間、大阪の夕刊で読みましたけども、古典漫才というのがはじめて大阪の土地に誕生したという評が掲《の》ってましたけども、そういえばそういうもんやろと思います。ま、そういわれはるぐらいになりはったということは、あの人の力もあってのことでっさかいに、あてとしても、なんとのう嬉しいちゅう気持がいたしまっけども……。なんや奥歯にものの挟《はさ》まったようないい方でっけども、あてとしては、そんなふうにしかお二人のことをいえまへんのだす。女の愚痴というもんは、こういうもんでおます。もし、あんさんが、いやな女やなあとお思いになりましたら、帰ってもろうて結構だす。あてとしても、そんな気持で眺《なが》められてると思うと、この先の話をいうのが、気が重いことでおまっさかいになあ。

いややと思いはりまへんか。そうでっか。それやったら、話をつづけまひょ。

三

あの人、師匠に従《つ》いて、全国をまわりはりました。ま、主には大阪の南地、法善寺境内の紅梅亭の高座《こうざ》を、舞台の袖《そで》から垣間《かいま》見ての訓練、練習に励みはったわけでおますけども、地方に行く時には、あの人も高座にあがる機会が与えられるやもしれんと、ひそかに考えてはって、いつもよりも元気でおました。勇躍というわけでおますなあ。あても、家で賃仕事をしながら、前座《ぜんざ》でもええさかいに、そういう機会があったらどんなにかええやろうと思うてました。出囃子《でばやし》にのって高座にあがりはるあの人の姿を想像するだに、こっちの方の心臓が高鳴ってくるという按配《あんばい》でおました。

「とうとう、わい、高座にあがらせてもろた。高座でな、落語を一席やれというて、師匠がいうてくれはったんや」

あれは確か、紀州の紀之国座の巡業が終って帰って来はった時でおます。由丸師匠がやってみいといわはったんで、一席うかごうたというのでおますがな。ようよう聞いてみると、紀之国座が三十分早う開《あ》けて、その隙間をあの人が埋めたというわけで、客はちらほらやったということでおましたけれども、間違いのうに高座にあがりはったんは事実でおますのに、なんの世界でも一足跳びには真打になられしまへん。中入りまでに喋《しゃべ》れたらもう後は努力、そこの関所を通り過ぎたなら、せめてシバリまでやり抜こうというのが芸人の欲というもんでおます。切席から二つ手前のシバリまで漕ぎついてからが、またまたえらい努力がいるもんでおますのや。

「そやけども、紀州で出来たちゅうことはやな、一応、故郷に錦を飾って帰ったちゅうことになるんやさかいになあ」

あては、小《ちっ》ぽい鯛《たい》を買うて来まして、赤飯を炊き、二人で祝い膳を囲んだもんでおます。

「真打になるまで、歯を食いしばって、なにがなんでもやり抜かないかん」

あの人、顔を赤うにして、何辺もなんべんも同じ言葉を繰り返しはりました。あても、その度《たんび》に、何辺もなんべんも頷《うなず》いたことでおます。ほんまに、真打になるまで、一刻たりとも心が許せんというのが芸の世界でおまして、モタレから二ツ目に格がどか落ちしても文句のいえんのがこの世界の常識でおますのや。現在ではラジオや、ほれ、テレビやというて、漫才にしても、落語にしても売れっ子ほど格が上やという風潮がおますけども、あの当時はそんなもんなしに、座主の采配《さいはい》ひとつで決定したもんでおます。アタルか、アタランか、客にウケルか、ウケンか。これが基準になったんでおますなあ。ま、そないいうてみたら、今のテレビ局はんが座主ともいえんこともおまへんけども、一寸ちがうんやおまへんかいなあ。テレビで当るというのは、あんまり厳しさがないのやおまへんやろか。本人も、なんでこんなもんに客が拍手喝采《かっさい》、それに笑いを送ってくれるんかがわからん裡に、それこそ糸の切れた凧《たこ》同然に、あれよ、あれよという具合に天の隅《すま》の方に消えていくのが大方の人やおまへんやろか。テレビ局はんの目《めエ》も、あてからいわすと正しいとは思えまへんなあ。昔の座主はんの目の方が何倍も正しいと思いまんのやけど、あんさん、どないに思いはりますかいなあ。天分を研《と》ぎすますという言葉がおますけども、今のテレビ局はんのやり方やったら、天分を磨《みが》かんと擦《す》り切らして、へえ、もう、ポイというやり方ですなあ。ま、現在は、なにかにつけて流れが早いもんやさかいに、それも詮《しょう》のないことですやろけども、なんとしても淋しい気持でおます。艱難《かんなん》苦行とか、満々たる覇気《はき》ちゅうのが今のお人にはどうも見えしまへん。これは悲しいことだすなあ。ま、これも時代というもんでおますかいなあ。

へえ、紀之国座以降、何年も何年も、あの人に機会は巡ってきまへんでしたんや。紀之国座での喋《しゃべ》りがあかんかったわけではおまへん。

「みな、賞めてくれよったんや。我都師匠の語り口に似たところがあるいうてなあ。由丸師匠も素質はあるというてくれはったしなあ。あかんかったら、お前はペケや。あかん。ものにならん。鰯《いわし》売りで日《ひ》銭《ぜに》でも稼《かせ》げ。といいはるとこやのに……」

師匠が弟子にお世辞をいう世界やおまへんさかいに、あの人の芸には天稟《てんぴん》の味が漂うていたんでっしゃろなあ。そういうことから考えてみたら、あの人には運というか、ツキがなかったんでっしゃろなあ。それに、御大典が済んで、昭和の御代になってから、新しいかたちの漫才が次々と出て参りましたわなあ。エンタツ、アチャコはんというコンビはんが古い語り口を遥かの彼方に押しやってしまいなはった。しかし、まあ、古い伝統を持ってはる由丸師匠の祭文《さいもん》風の語り口の漫才に小太鼓を胸にさげはった姿、お大女の菊枝はんにデボチンを扇子で叩《たた》かれはるやり方は、新しい語りの漫才の波の中でもお客さんに受けに受けましたもんだす。

「矢張り、ほんまもんの芸は残るんや。嘘《うそ》の芸は新しい強い敵が出てきよったらひとたまりものうに潰《つぶ》れてしまいよるけども、ほんまもんの芸は、どんな荒波をかぶっても崩れよらんもんや」

あの人は、目の前にまざまざとその状景を見て、一心に由丸師匠に傾いていきはりました。それはまた、あの人の気性ででもおますんやなあ。

「わいの芸の道の前には、由丸師匠ちゅう大きな強い俥《くるま》が走って行きはんのや。わいは忠実な犬みたいになって、その轍《わだち》の痕《あと》のくぼみを走りつづけるのや。それしかあらへんのやわ」

そういうのがその当座のあの人の口調でおました。そういいはる一方で、自分でもなんぞ新しい工夫を凝《こ》らそうと思うてはりましたんやろなあ。食べるもんも切り詰めてからに、古本屋で色々と本を買うて来《こ》ては、夜遅うまで読んだはりましたもんだす。あて、今でも不思議に思いまんのは、あの人が切支丹《キリシタン》とか基督教《キリストきょう》の歴史の本を買うて来はった時だす。どこで探して来はったんや知りまへんけど、あて、あれ、どないいいましたかいな。そう、そう、昔から日本には万世一系の天皇さんがいたはるさかいに、そないな本を読んだなら不敬罪に問われはるんやないかと懼《おそ》れておりましたけれども、別に宗旨替えをしはったわけやおませんで、切支丹や基督教を材料にして新しい咄《はなし》を創《つく》ろうとしてはったんですなあ。師匠の立派な轍を踏んでいくと口ではいいはるものの、なに糞《くそ》、師匠の伝統を踏んだ上で、さらに新しいもんを創ろうとしてはったわけです。春団治流といわれる従来の殼を破った無鉄砲さが、大正、昭和と生きつづけてきたのをも目にし、耳にしてきたあの人は、その殼を破った銭丸《ぜにまる》独自の滑稽芸《こっけいげい》譚《たん》を自分のものにしようと必死になったはったんでおます。あ、そうそう、あの人の芸名が銭丸というのはまだいうてやしまへんでしたなあ。へ、はじめは善丸、花山善丸でおましたんやけども、いつの間にか善丸が銭丸になってしもうたんだす。

「銭丸、ゼニマル！」

といわれて、へ、へというてはる裡に、銭丸が芸名になってしもうたんだすな。それというのんも、律儀者のあの人は、いつもバレの勘定方を引き受けてはったんだす。バレ、知りはらしまへんか。なんというのだっしゃろ。好色落語会とでもいいまんのかいな。一般の高座では出来ん男と女の秘めごとを話す会合でおます。新町や堀江のお座敷に旦那衆を集めてやる会で「かさね会」とか「卯月《うづき》会」ちゅう名前で呼ばれてましたわな。かさねというのは男女が重なり合うの意でおまして、卯月ちゅうのは四月というのやのうて疼《うず》くという語呂合わせでおます。楽屋では、隠語でこれをバレと呼んでました。バレたら警察沙汰やというわけやおまへんやろか。そら、バレたらえらいことでおまっせ。一蓮托生《いちれんたくしょう》で縄目《なわめ》の憂き目になろうというもんでおまっさかいにな、券を売るにしても、ちゃんとした筋を通して売り捌《さば》かんことには、その筋にわかってしまいますがな。うちの人は、その点、文楽座時代のお友だちの筋やら、下足番してた時の間違いない筋を通して、券をうまいこと売り捌きはったんだす。新町の瓢《ひさご》亭《てい》やら、新町廓《くるわ》の越後町の藤田屋はんのお座敷を借りて会を持ちましたもんで、いつも看板になるのは春団治師匠でおました。由丸師匠もちょいちょい出はりましたけども、やっぱり、なんちゅうても春団治師匠の右に出る人はなかったちゅう話だす。うちの人は、この気骨《きぼね》の折れる売り手になって、いつもうまいこと銭《ぜぜ》を集めて来やはりました。ま、そういうところからもゼニマルと呼ばれはったんでっしゃろなあ。そういうもんの、うちの人は、バレの咄には耳を一切傾けはりまへんでした。バレの咄は、今のわいには毒になるちゅうてなあ。券を気ように売ったげて、そいで咄を聞かんちゅうのはおかしおまっしゃろけども、なんし、あの人には、そういうお人好しの面と、ゴリガンというか頑固な一面が同じ胸の中におましたもんだす。バレの座敷は正面に高く壇を組みまして、そこに赤毛氈《もうせん》を敷き、男と女のあられもない姿を描いた浮世絵まがいの貼《は》り交ぜ屏風《びょうぶ》を立てる趣向でおますんやが、うちの人は、金を集めた上に、その用意万端をしてから、へ、さいならと帰って来はりましたんや。

「銭丸ちゅう奴《やつ》は、なんと不粋な奴ちゃないか」

そんな声があの人に向けられるちゅうのは、こらあたりまえの話ですわなあ。それだけ、心に余裕がなかったといえるもんでっしゃろなあ。それとも、糞真面目《くそまじめ》とでも……。これでも、矢張り、心の幅がなかったということになりますわなあ。自分はというと、切符、券を売り歩いたのに一文の得もなしに帰って来はりますのんや。一向に銭丸は高座にあがらずに、銭ばっかり集めとる。バレたらあいつが一番の縄目やでと笑われても、知らん顔でおましたなあ。そんなことをいわれてはったある年の暮に、あの人ちゅうたら、あてに、けったいなことをいいはりましたんだす。ほんまに、けったいなことをいいはりました。あてもまた、それをけったいなふうに受けとりましたんやなあ。ほんまに、なんぼ考えてみても、これは、けったいな話でおますのやなあ。

四

「わいな、お前に頼み事があるねんけどもなあ……」

お風呂屋はんから帰って来るなり、浮かぬ顔でそないにいいはりましたんや。その時は二つ井戸の二階借りをやめてからに、御蔵跡に宿替えてました。あんまり離れてはおまへんけども、二階借りより長屋住いの方がええということでおます。御蔵跡いうたら、ほれ、日本一の停留所を南に下ってからに、旧の松坂屋はんのあった横手を入ったあたりでおますがな。

「なんだす……」

あては軽い気持で聞き返したんだす。すると、あの人、恬《てん》と一枚袷《あわせ》の膝《ひざ》折って古畳の上に坐《すわ》りはりました。暮で火の気のない古畳の冷たさは、思わず身顫《みぶる》いが出そな気配でしたなあ。あの人いうたら、薄い眉毛《まゆげ》の中央に縦皺《たてじわ》を刻み込みはってからに、凝《じ》っとばかりにあてを見据《みす》えはるやおまへんか。

なんだす。あらたまって、おかしいこと。女房のあてに頼み事て、そら、なんですのんというと、

「わい真剣やねんで。決して、悪戯《てんご》でいうてんのやあらへんで」

と、こうですやろ。なにやら見据えはった眼は尋常なものやおまへん。あて、咄嗟

のことに次の言葉が出まへんでしたわ。蛇《へび》に見込まれた一匹の蛙というもんでおました。

「わい、本心からいうて、お前が好きやねんで」

今更、なにをいいはりますねん。おかしな人やこと……好き同士やよってに夫婦になったんやおませんのか。こう口に出かかりましたけども、言葉を呑みましたんや。そんなことというと、あの人の平手打がとんできそうな気配でおましたのや。滅多に平手打をあてに食らわす人やおまへんでしたけど、その場の様子ではなんやそんな気でおました。あて、あとにも先にも、あんな怯《おび》えた、怕《こわ》いちゅう気持を抱いたことははじめてだすなあ。……いいえ、もっと後になって、もう一辺《いっぺん》、そんな気持になったことがおましたなあ。

「そやけどもな、わい、お前を他の男に貸してやらないかんと思うんや」

「え……」

なにをいい出しはったんか、最初、あてには、さっぱりわからしまへんでしたなあ。お前が本心から好きや。そやけども、お前を他の男に貸してやらないかんとは、一体全体なんのことをいうてはるんやら、さっぱりわからしまへん。

「どないにいうてはりますのん」

あては、あの人の顔を窺《うかが》いましたんや。すると、あの人の頬のあたりが、ひくひく

と痙《つ》れましてからに、

「あんた、わいはな、由丸師匠の弟子や」と、訳のわかったことをいいはってからに、

「由丸師匠に義理がある」

といいはりましたんや。

「そう、そうでおます」

あてとしたなら、合槌《あいづち》をうつより他に方法がおまへんがな。なんにも間違うたことをいうてはるわけやないし、無下に反対することはなんにもあらしまへん。

「その義理、恩義のためにやなあ、お前、由丸師匠の所《とこ》へお歳暮がわりに行ってくれへんか」

なんと答えたらよろしいやろか。人身御供《ひとみごくう》ちゅう言葉がおますけども、弟子が師匠に自分の女房を、それもお歳暮がわりに贈ったちゅう話は聞いたこともおまへん。咄の中にもこんなけったいな人は出てきたことはおまへんでしたで、な、あんさん。

「わかってくれるか」

わかってくれるかもおまへん。あて、昔に文学座の太棹《ふとざお》のおっちゃんに聞いた西鶴《さいかく》の胸算用《むねさんよう》の話を思い浮かべましたんや。あれはたしか「小判は寝姿の夢」とかいうもんでおまして、矢張り暮になって文無しで、女房を乳母に出す亭主の話になんとのう似てると思いました。ははん、食い扶持《ぶち》減らしのために、無賃で暮から師匠の家に住

み込んで働いて来いということかいなあ。長屋でお餅《もち》ひとつない正月をあてに送らすのが不憫《ふびん》やさかいにこんなことというてはんのやなあと思いあたりましたんや。ところが、これは、ただのあてだけの思い過しだしたなあ。

「なんし、師匠は無類の女好きやさかいになあ」

といいはったやおまへんか。ただの手伝い、無賃奉公やおまへんのだす。この人、本気であてにいうたはんのやろかとまじまじ見ましたんやけども、冗談やおまへんのでんなあ。

「行ってくれるやろなあ」

念を押しはったんで、あてもあの人の気魄《きはく》に呑まれた態で頷いてしまいました。ほな、硯《すずり》と筆を持っといでといいはって、由丸師匠宛に持参する手紙を書かはりました。なにをどう書かはったんかは存じまへん。すぐに封をしてしまいはりました。

「これを持って行きィ」

ただ、それだけいいはりましたんや。

「そら、あんたがそないにいいはるのやったら持って行きまっけども……」

あては言葉を濁しました。なんでていうて、へ、そうでっか、ほな、あては師匠に抱かれてきまっさいうて出かけるわけにはいかんもんだす。あの人のいうてはることが冗談とわかっててもでっせ、底の真意ちゅうもんがまだひとつはかりしれへんというのが本音だすがな。

「一張羅《いっちょうら》、着て行きや」

といわはっても、着たきり雀のあてのこと、別にどういう着物を着、どういう化粧をするということではおません。ま、下着、肌着《はだぎ》だけは洗濯《せんたく》したもんを着ていかないかん。着替えながらも、あてはもうひとつ、しっくりいかん気持でおました。あの人はと見れば、胡坐《あぐら》かいて俯向《うつむ》いたまま、片脚を貧乏ゆすりしながら、平べったい才槌頭を左右に振ってはりました。台所の隅の方で、主《あるじ》のない蜘蛛《くも》の巣が隙間風にふわりふわりと揺れているのも悲しい風景だしたなあ。注連縄《しめなわ》ひとつない正月を迎える夫婦、これは長屋のどこにでもあるもんでおますけども、これから師匠の許にお歳暮がわりにわが体をもっていけという亭主は、まあ滅多におらんもんでっしゃろなあ。あの時の気持、うまいことといえんのでっけども、それ、折紙細工で騙《だま》し舟ちゅうのがおますやないか。平べったい帆かけ舟をつくってからに、

「目閉《めつぶ》って、この帆の先を持っててみィ」

いうて、子供が一所懸命に持ってて、目をあけてみたら、持ってた筈《はず》の帆先がいつの間にやら、舟の舳《へさき》に変わってるという、あれだす。あてのあの人との結婚生活、夫婦生活というもんが、そんなカラクリのもんやなかったかいなあと思いました。妻が夫を信じ、夫が妻を信じてたら、こんなけったいな発明、いや、こんな時は発明とい

うたら当りまへんなあ。なんというたらよろしいやろか。発想というのだっか。そんな気持にならんやろという気持だした。

「あんた……」

あては風呂敷に着替え一式と、割れた鏡台の上の椿油《つばきあぶら》や化粧水、紅花に眉墨《まゆずみ》という女の身上《しんしょう》を一式包みまして、まだ俯向いたままで貧乏ゆすりしてはるあの人に呼びかけてみましてんけど、あの人は返事ひとつしはりまへん。なんや憎らしなってきました。今の娘はんやったら、そこまでいかんかて、あっさりと離婚に踏み切りはるとこでっしゃろけども、憎たらしいと思いながらもそんな言葉も吐けず、ひょっとしたら、これが夫婦の道、あの人を出世させるには、これぐらいの犠牲は必要やないかいなと思うたもんだす。

「ほな、行って参じまっけども……」

まだ、あの人は黙ってはりましたもんだす。

「師匠の家に行ったらよろしいのでんな」

「そうや」

「師匠の家に奥さんがいたはったら、どないしたらよろしいのや」

「なんにも奥さんに、これこれしかじかで来ましたということはあらへん。そっと、わいの書いた手紙を師匠に渡したらええのや」

怒ったような口ぶりでおました。この時もあてには背を向けたままでしたなあ。あては温《ぬく》った布団から出る冬の朝みたいな気持で家を出ましたもんや。ふと、立てつけの悪い格子戸を閉めながら、あの人の背を見ますと、貧乏ゆすりはやめてはって、瘠《や》せた肩を左右に振って、腕を拱《こまね》く、という恰好《かっこう》に見えましたもんだす。

暮の大阪の町は、がらんとした殺風景なもんでおました。市電通りに出ますと北の方から一台の霊柩車《れいきゅうしゃ》が走って来たのが見えました。夜空から黒い羽根をひろげた不吉な鳥が舞いおりてきたようないやーな気がしたもんだす。ま、あて自身の気持が、そんな暗い兆を招くように用意されていたせいかもしれまへんなあ。車は速さを増しまして、黒門市場から東の方にまわって行きました。大方、阿倍野《あべの》の斎場の方に行ったんでおますやろなあ。はじめは、いやーな、不吉なあての人生を垣間見《かいまみ》たような気でおましたけども、ここでそんな暗い考えをもってはいけないと思うと、今度は、こんな押しつまった暮に死にはる人もあんのやなあ。ここえらい物入りやでなあと思うと、他人さんの不幸に救われるちゅうのもいけまへんけども、ま、生きてたらええ、なんぼ貧乏でも、生きてたら損はないちゅう気楽な気持になりましてからになあ。芸人、それもお客さん方に笑うてもらうための芸人の女房や、もっと、尻《しり》をまくって踊るほどの陽気さがないとあかんのやと思うたもんだす。家を出る時も、あんな恨みがましい声で、師匠の奥さんのことを持ち出さんでもよかった。あははと笑うて、そうでっか、あんたて、ほんまにけったいなことを考えはる人でんなあというて出て来たらよかったと悔んだもんでおます。

え、あてが本心からあの人に惚れてたさかいにそない思うたんやて、でっか、そら、そうですやろなあ。本心から縋《すが》りつくような気持がないことには、芸人の女房にはなれまへん。縋りつくような気持ばっかりやったら、こら荷が重うになります。時には、ああ、あてがいてえへんかったら、この人は行末が案じられるちゅう気持をもって、甘えようとしても甘えんという心の抑えもいりまっしゃろなあ。へ、そうでっか、女のもってる母性愛というもんでっかいなあ。

市電が参りました。大阪市のマークの澪標《みおつくし》が入っとりました。これで動物園横の、ライオン歯磨《はみがき》の広告の入った初代の通天閣《つうてんかく》横の停留所、恵美須町で降りて、阪堺線、大阪と堺を結ぶ阪堺線の安立町《あんりゅうまち》で降りて、住吉神社の方に入ったとこに師匠のお宅がおますんだす。

師匠の奥さん……それは師匠と一緒に舞台を勤めてはる菊枝はん、初代の菊枝はんでおました。今の菊枝はんと、ほぼ同じような体格でおましたなあ。そうそう、ぼてっと大きい人でおました。顔はそら、今の菊枝はんの方が、ずっと美人でおます。初代の菊枝はんは、なんちゅうたらよろしいやろか。のっぺりした顔、馬面《うまづら》でおましてなあ。楽屋の連中は「ノシイカはん」いうてましたわ。ノシイカて鯣《するめ》を引き伸ばしたあれだんがな。ま、気のええ人でしたわ。

五

「ま、上がっとくなはれ」

内弟子の晴丸はんが玄関先で拭《ふ》き掃除してはりました。ええ按配《あんばい》に今日は師匠は家にいたはる。元旦からは小屋が三つもかかってて、体がいくつあっても足らんというような話を晴丸はんとして、奥さんはというと、朝から親許《おやもと》、親戚《しんせき》筋、御贔屓《ひいき》筋に年末のお礼に出たはるということで、あてはほっと一息つきました。

「寒《さぶ》いのんに、よう来てくれましたなあ。ゼニマル、今日はなにしてますのや」

師匠は一人、お炬燵《こた》に入ってはりました。虫眼鏡やら鋏《はさみ》やら新聞やらが由丸師匠のぐるりに散らばってました。あの時の話はうろ憶《おぼ》えでしたけども、なにやら新聞に、師匠は漫才の発生について書いたのを切り抜いてはったんだすなあ。漫才の歴史は六、七百年前に遡《さかのぼ》るちゅう話やら、三河萬歳《みかわまんざい》というのは、実は尾張萬歳《おわりまんざい》ちゅうのが正確で、知多郡がどうのこうのという話を、あてにしはったことを憶えてます。そんな歴史のことなんぞは無学のあてにはとんとわかりまへんでしたけども、師匠が骨の髄から漫才という芸が好きで、古典を崩さんと現代に持ちこたえさせる努力をしてはるという気魄《きはく》が読めましたもんだす。うちの人も、こんな師匠の魂に惚《ほ》れ抜いてきはったんやなあと思いました。

「ほんまに、ゼニマルも、来年はええ芸を摑《つか》んでくれたらええと思うんやが、もうひとつ摑み方がわからんというとこもあるし……」

嫁はんにこんなことというのはなんやけども、うちの人は、もっと派手に、借金してでもええさかいに遊びのコツを習うたらええのにともいいはりました。

「ま、暮の忙しい時に、挨拶《あいさつ》に来てくれはっただけでおおきに、おおきに……」

あては手紙を差し出し、師匠は怪訝《けげん》な面持で受けとりはりました。師匠がなんといいはるやろうと、そればかりが気懸《きが》りでおました。阿呆なと笑いはるか、それとも、此処《ここ》にいなはれといいはるやろうか、ふたつにひとつやろけども、笑いとばしてくれはるだけで、どんだけ気楽やわからへん。そんな気持でおました。庭の方を見ましたら、部屋の暖みに曇った硝子《ガラス》の向うに、ぼんやりと梅の枝がありました。

「あのな……」

「へ」

あては由丸師匠の前で、膝《ひざ》をきっちりと揃《そろ》え、固唾《かたず》を吞《の》みましたもんだす。すると奇妙な話でおまっけども、うちの人と師匠の顔がなんとよう似てるもんやと思いました。才槌頭《さいづちあたま》といい、髪の生え際といい、年齢《とし》は師匠の方が二十も上やというのに、眼の窪《くぼ》み、薄い鼻梁、ぜんぶが全部瓜《うり》ふたつやおまへんか。それまでは、似ていると思いもせんなんだのに、ほんまによう似てましたなあ。師匠の声で、はっと振り向いた瞬間、あては、うちの人と相対してると思いました。うちの人が真打に出世しはって、あてが御寮人《ごりょん》さん扱いになっているように思うたことだす。

「ゼニマルがあんたを寄越したわけがわかった。今、この手紙ではっきりとわかったけれども、これ、どういう具合に解釈したらええのやろなあ」

さあ、あてにもようわかりまへんのだすと答えると、師匠は深刻な面持で腕を組みはってからに、口のなかでなにやらボソボソというてはります。一体なにをいうてはんのやろかと耳を澄ませてみると、あの男は洒落《しゃれ》でこんな手紙を書き送りよったんか、それとも、根の律儀者がこんな手紙を書きよったんかと迷うたはる態でおました。義理堅い男のこっちゃさかいに、洒落や冗談とは受けとれんなあ、こら、本気でこないに思うとるんやろなあ、そんなことを繰り返してはりました。

「わしはな……」

師匠は低くいいはりましたんや。あては、思わず全身を緊張させましたもんだす。

「このゼニマルの律儀を本当《ほんま》の律儀やと思うのや」

「へえ……」

「この律儀を茶化してしまうほど、わいは臆面《おくめん》なしの性格やあらへん」

師匠が一体なにをいいたがってはるのか、あてには咄嗟《とっさ》にはわかりまへんでした。

茶化してしまう性格やないといいはる限りは、あてを抱いてもええと思いはったんやろか、こう思いました。ほんに好色な師匠やとも思うたことだす。そないな遠まわしのいい方をしはらんでも、色好みなら色好みらしく、ほな、席を替えて堀江あたりの馴染《なじ》みのお茶屋へでも行こうといいはったら、かえって、あての気持もすっきりするというもんでおますがな。

「あんたは、うちの嫁はんより、年齢《とし》が若いし、なかなかの別嬪《べっぴん》さんや」

舐《な》めるような眼付に思えました。

「あんた、稚児髷《ちごまげ》を結うても、まだ似合うようでな」

稚児髷ちゅうのは、少女時代、小学校を卒《お》えて奉公に出る時に結う髷でおます。事実、あては小柄で、顔の造作も小さかったさかいに、そういうとこがおました。生まれ落ちた時から小さかったのに、母親を難産で苦しめ、その後、ずっと母親は産褥熱《さんじよくねつ》がつづいたということでおますさかいに、あては月足らずの子供やったんかもわかりまへんなあ。

「わしはな、ゼニマルも知ってる通りに色好みや、酒や花札をやらんかわりには、女にだけ目がない」

「へえ」

「それでいてな、わしは稀代《きだい》の吝《けち》やねんで」

ます。

「へえ」

へえとしか返事のしようがおまへんでした。由丸師匠の吝については、うちの人もいうてはりました。地方興行に出て、旅館に泊って、歯刷子《はブラシ》を出されるとそれを一回使いはって、水を切って持ち帰りはるぐらいに徹底した吝ぶりやったということでおます。

「ド吝やさかいに、ゼニマルにはな、わしの子種《こだね》はやれんというといとくなはれ」

「へ」

なんと粋《いき》な答え方やなあと、あては感心しましたもんや。子種はやれんさかいに、家に帰れといいはるやなんて、一寸いえんことやおまへんやろか。

早々にあては師匠の家を出て、長屋に帰ってきて、うちの人に師匠の言葉を伝えましたら、

「うーん」

と、腕を組んだまま唸《うな》りはってからに、さすがに、師匠や、ええこといいはったというのだす。普通《なみ》の世間やったら気狂い沙汰みたいなことも、芸人の世界やったら、それがごくあたりまえに通るんでっしゃろなあ。うちの人は、なんべんも何辺《なんべん》も、これは粋な返事やないかと感心してはりましたもんだす。

「もう、わいな、死ぬまで由丸師匠から離れへん。わいの全身全霊を師匠に預けるん

や、わいは……」

えらい意気込みでおました。

あては、ふっとまた、けったいなことを考えましたもんだす。これは単なる思い過しでっけども、ひょっとしたら、うちの人は、あてが由丸師匠の子供を宿すことを希《のぞ》んでいたはったんやないやろか。あてが師匠の子供を生んだら、それだけ師匠に貸しが出来るとでも思うてはったんやないやろか。そんなことを考えましたんや。

その翌年の春に、あてはうちの人の子供を宿しましたけども、秋口に流産しまして、それから後は、とんと子供の出来ん体になってしまいましたんや。小柄というよりも、華奢《きやしや》すぎる体では赤子を生むに苦労やろうと、天の神様も心配してくらはって、子供を授けてくれはらへんようになったんでっしゃろなあ。

六

昭和の九年に桂春団治師匠が逝《な》くなりはって、その翌年に、由丸師匠の相方《あいかた》の菊枝はんが死なはりました。相手を失うた漫才師ちゅうもんは轅《ながえ》の折れた馬車みたいなもんでおまして、なんとも哀れなもんでおます。あてもそんな師匠を見るのは苦しいことでおました。菊枝はんの死因は、上顎に悪質な腫瘍《しゆよう》が出来たとかで、口さがない楽《がく》屋雀《やすずめ》は、喋《しやべ》り過ぎて儲《もう》けた罰やとかいうてましたけども、今でいう上顎癌《じようがくがん》ということやおまへんやろか。とにかく師匠は悄然《しょうぜん》となりはって、ひとまわりも体が小そうなりはったのを憶えています。肩の骨が羽織の下から尖《とが》って、まるで羽織に衣桁《いこう》を差し込んだような様子でおました。相手がいてえへん、その隙《すき》に誰《だれ》ぞに自分の座を奪われる、そういう精神的な苛立《いらだ》ちが強かったんと違いますやろか。昭和十年に入り、それまでの漫才は、大きくふたつの世代の交代に入りました。動きよりも喋くり専門、それも現代のハイカラな点を把《とら》えて、モダンな漫才にお客さんは拍手喝采《かっさい》をおくりはるようになりました。そういう新しいもんが出て来た時には、芸人の世界は、そら大きい波立ちをもって醜いもんを展開するもんでおます。ある組は狡猾《こうかつ》に動きまわって新しい座を得ようとするし、陰謀で相手を蹴落《けおと》そうという人も出てくるもんでおます。普通一般の社会でおましたなら、課長はんの上が部長はん。その上に社長はんというのがあったり、教頭先生の上が校長先生であったりしまっけども、芸の世界に一旦《いったん》新しい水が流れ込むと、途端にこれらの序列は崩れ去ってしまうのだす。あれよ、あれよという間に、中堅どころの人は大きな流れに押しやられ、泡立《あわだ》つように、それまでは下っ端にいた芸人さんが浮きあがってくるのだす。高座を観《み》るお客さんの方は、そういった内側の醜さを御存知おまへんよってに、やあ、また新しいのが出て来よった。やあ、なかなかやりよるなあ。これは面白《おもろ》いという具合になるもんでおまして、師匠は売り出した弟子に、お前はわいの教えに叛《そむ》いたなとか、古典の勉強はどこへ行ったんやとか、せいぜい厭味《いやみ》をいいはるんでおますなあ。女のあてから見てましても、なんで同じ釜《かま》の飯《めし》を食べた仲間同士があないな言葉を投げ与えんのかいなというようなことをいいはるもんでおます。

そんな渦中《かちゆう》にあっても、うちの人は、なんというか超然としてはりました。超然というよりも呑気者《のんきもの》。いや、これも当ってはいまへんなあ。模範的な品行方正というたらよろしいやろか。機会が出来た、新旧が交代する時期が来たというのに、一向に慌てもしはれへんのだす。あてが見ていても歯掻《はがゆ》い感じでおまんがな。

「な、あんた、今、新しいもんを出したらどうだす。今の機会を逃がすことおまへんやないか」

それとのういうてみますんやけども、いつも判で捺《お》したように、新しいもんはその場限りの夢のようなもんや。泡みたいに、中はからっぽで膨れて、パチッと割れたらそれまでやないか。それよりも昔から一筋に求めて来た由丸師匠の芸を自分のもんにせないかんといいはるだけでおますのや。そないにいうたかて、由丸師匠は菊枝はんを逝《な》くしはって、今は開店休業みたいなもんですやないか。師匠の芸を継ぐなら、今、適当な相手を求めて小太鼓胸に鳴らしてやりはったらどうですというと、いや、師匠は今、蟄居《ちつきよ》して次なる芸を一所懸命に考えてはるのや。その時に、わいが出しゃばって、師匠の芸そのままを高座《こうざ》にしたら、これはもう盗人芸《ぬすつとげい》やといいはって、はたして、うちの人は、いつ、どういうかたちで高座に花を咲かせはるのやら、皆目見当がつきまへんでした。あて、うちの人と対している時に、悪いことを思い浮かべたもんでおます。それは、死にはったんが、菊枝はんやのうて、これが由丸師匠やったらどうやろか。うちの人は、自他共に由丸芸を継ぐ人やと思われてはるのやから、たちまち、二代目由丸を継いで、そのまま一枚看板になり得はったんやないやろかと思いましたんや。そうとんとん拍子にすすまんとしても、近い将来にはそういうた兆も見えてくるのやないかいなと思うたりしました。それなら盗人芸やなしに、堂々とした二代目の芸として通用するやろうと考えました。勿論《もちろん》、このことは、あて一人の胸のなかの話でおましてからに、うちの人に片言たりともいうたことおまへん。

そんな二、三か月が過ぎて、あて自身、想像もしてなんだことが起こりました。ほん、びっくりしましたで。なにが起こったと思いはります。なんとなあ、あてが高座に立つことになったんだす。うちの人やおまへんで、あてが高座に立つことになったんだすがな。

「おい、一寸、話があんのや」

うちの人が昂奮《こうふん》して帰って来はっていいはることには、由丸師匠の相手を高座でせえと師匠がいわはったというのだす。なんのことやら、はじめはわかりまへんでした。このあてが高座にあがるんでおます。そんなこと考えたこともおまへんでした。

「そんな阿呆なことて……」

あては信じまへんでした。うちの人、あてを担《かつ》いではるんやと思うてました。そやけども、どうやら本気らしいのだす。あては尻《しり》ごみしました。あたりまえのことだすわなあ。あてやのうても、子供の時から芸の道一筋の人が仰山《ぎようさん》いたはります。その人たちを差しおいて、あてが師匠と一緒に高座をつとめるというのが解せまへん。

「そやけども、お前はフトが出来るやろ。そこに師匠が目をつけはったんやがな」

太棹《ふとざお》が出来るちゅうても文楽座の楽屋で遊び半分に弾かせてもろて、精やんあたりがお世辞に、なかなか出来るやないか、筋がええがなとおだてはっただけの話で、なにが出来るといわれても、どれもこれも耳から入った聞き覚え程度、満足に出来るもんて、なんにもあらしまへん。

「そんなことはなんでもええのや。師匠が浄瑠璃《じようるり》語りはるわけでもあらへんのや。師匠の小太鼓に合わせてやな、新式の琵琶《びわ》みたいな音色を出したらええのんやがな」

といいはって、嫌《いや》がるあてを師匠のとこへ引っ張って行かはったんだす。その道筋、市電に乗りましたら、市電のお客さんが、あ、由丸師匠やおまへんか、どないしてはりまんのや。嘘《うそ》いうてもあかん。えらい若い別嬪さんを連れてからにとうちの人にいいはるんだす。ちゃいます、違います。わいは由丸師匠の弟子のゼニマルだすといわはっても、なにを悪戯《てんご》いうてはりますのや。隠さはったかてあきまへん。あんたは由丸はんやといいはってからに、どないに申し開きしましても、うちの人と由丸師匠とは同一人やといいはったことだす。いいえ、その人、お酒に酔うてやおまへんでした。市電降りしなに、車掌はんでさえも、師匠、休みには紅梅亭でお顔拝ませてもらいまっさといいはる始末でおました。

「なんや、わい、悲しゅうなってきたわ。わいはわいやのに、他人さんから見たらわいやないとはなあ」

あては、髪かたちやら、由丸師匠独特のチョボ鬚《ひげ》を切り落さはったらええ、なんぼ師匠に惚れはっても、外観まで真似しはることおまへん、そやから間違えられますのやと注意しましたことだす。へえ、その後は、髪の刈り方も角刈りにしはって、鬚も落さはりましたけども。

「あんたは別に喋らずともええ。ちゅうて、ただベンベンと太棹の糸を鳴らしてはるだけやったらいかん。矢張り、わしの間《ま》をこころえてもらいたい。受け応《ごた》えするところは、ちゃんちゃんとやってほしいもんや」

師匠は、もうあてが納得したと考えて、高座へ出るまでのあれこれを細々《こまごま》といいはるやおまへんか。うちの人も横合いから、そうや、そうや、そういう呼吸を師匠からとことん教えてもらわないかんのやといいはりますのや。あては別になんにもいうてえしまへんのに、いつの間にやら師匠とうちの人があての立場をずんずんと決めて行かはりますのやなあ。その裡《うち》に、あての胸にひとつの決心が生まれはじめましたんや。乗りかかった船や、こうなったら見事に乗りこなしてみないかん。怕《こわ》いもん識《し》らずというのは、いつの世でも一番強いもんでおますなあ。師匠の芸を自分のもんにして損てなことはない。あての手で師匠の芸を摑んで、それを今度はうちの人に当てていくとなったら、これにまさることはないと考えましたもんだす。

「ほな、今日から、わいが口だてで漫才を教えていくさかいにな、ただ単に鵜呑《うの》みにするんやのうて、心で受けとめてや」

「へ」

ちゅう調子ではじまりました。はじめは一対一で面と向って、師匠の口だてで返していき、今度は一対一で受ける練習。その後は、これはまたけったいな話でおますけども、あてと太棹を便所の中に入れはるんでおます。それで、便所の戸を表からとんとんと釘《くぎ》で開けられんようにしてしまいはるんだっせ。そうだす、ほんまの雪隠詰《せっちんづ》めですのや。出るに出られんというわけだすし、相手の顔が板戸一枚向うでわからん仕掛になりますのや。相手の口許《くちもと》を見てのツッコミは易《や》すおますけども、口許の見えんのは、ツッコミにしても、ボケにしても、なかなかいかんもんでおますで。それだけやおまへん。あの、なんといいまんのかいな、お便所の壺《つぼ》からの臭気《におい》、そうそう、アンモニアでっか、あれがたまりまへん。鼻の穴から貫くように入ってからに、頭の芯《しん》がきゅっと痛うなってきますがな。一刻も早よう便所から遁《に》げ出したいという一心と、それなら、表の師匠との間《ま》をはかろうという苦心がごっちゃまぜになりましてからに、かえってそれが一途《いちず》な精神の統一に結びつくんでおますのやなあ。そんなことが十五、六日つづきましたやろか。即席の芸人が出来ました。というて、すぐそのままに道頓堀界隈《かいわい》の小屋にあがれるというわけやおまへん。地方の小屋まわりから、自然と舞台度胸をつくっていけというわけだす。

はじめての高座、忘れもしまへん。四国の高松だした。ようやく終って、顳顬《こめかみ》に動《どう》悸《き》を覚えるほどの頭痛がやってきました。高座では快活に振舞うたつもりだしたけども、それも芯からやのうて、なんとなく装うてのもんだすさかいに、終ればたちまち憂鬱《ゆううつ》になりましてからに、その気分の差があんまりにも大きいさかいに頭が痛うなったに違いおまへん。そんな頭をかかえて、板貼《ば》りの隙間風の入る楽屋に馳け込んでくると、追いかけるようにして入って来はった師匠が、あての手から象牙《ぞうげ》の撥《ばち》を取りあげはってからに、ずきずき疼《うず》く頭を打ちはりましたんだす。かーんと頭の骨が鳴ったような気がしました。他の芸人さんの面前でだす。うちの人もいたはりました。

「甘えて、もたれかかってきくさってからに、この阿女《あま》」

これに似たようなことをいいはりました。もっともっと強《きつ》いことといいはったんだす。あて、泣くまいと思いながらも、思わず口惜し涙がこみあげてきました。あての気持が芸人に向けたんやない。あんたらが勝手につくりあげはったんやおまへんのかと、余程いうてみたい気持だしたけども、それだけはいうてはいかん、これだけはいかんのやと自分にいい聞かせたもんでおます。どっちにしても、お客さん相手に芸を見せるんや、見せたんや、怒られるにはあたりまえやと自分に幾度もいい聞かせました。

そんな巡業の果てに、あては師匠に抱かれました。大津の五個荘という田舎の村に招《よ》ばれた時だす。（なんでも西国三十三番の札所のある観音寺の近くでおました）抱かれたというよりも、犯されたというた方がよろしいやろなあ。琵琶湖に注ぐ愛知《えち》川の流れが窓から見え、北の窓には伊吹山が見えました。あては、風呂《ふろ》からあがって、渡り廊下を踏んで、離屋に行きました。うちの人らは本館の二階で花札をやったはる様子でおました。巡業中、あてとうちの人とは、同じ部屋に夫婦といえども泊ることを許されまへんでした。なんでも師匠がいいはることには、うちの人があてを甘えさせたら、折角磨《みが》きかかったあての芸が死んでしまうといいはるのだす。それにうちの人があての芸を批評することにもなるし、それは絶対に高座での花を咲かせ、実を結ばすことにはならんといいはるので、あてらは別々の部屋に離されてましたんや。旅館といいましても、天保《てんぽう》年間に苗字帯刀《みょうじたいとう》を許されたお屋敷を芸人の寝泊りだけに提供してくれはったという所でおました。その離屋に入った途端に、あては大きな男の掌で口を塞《ふさ》がれて、転がされました。浴衣だけでっさかいに、襟《えり》を合わし、裾《すそ》を合わす暇もありまへん。ほんまに、あっという間に、片手はあての乳房を求め、唇《くちびる》は唇で塞《ふさ》がれてましたもんだす。

「なんでも呼吸《いき》が合わなお客さんを楽しませる芸は出来んのやで」

荒い乱れた息遣いの師匠の声が、あての耳朶に囁《ささや》きかけてきましたんだす。いややというにも、すぐに片手があての口を塞ぎ、片手があての股間を手探り、唇が乳嘴《ちくび》を口に含んでしもうたんだす。黒い巨《おお》きな鳥があての目の前を掠《かす》め去ったような気がしました。

離屋の軒廂《のきびさし》に、木の実が乾いた音をたてて枝から落ちてきた気配をあては憶えてます。

「ゼニマルにいうてもええで。いいたかったらいうたらええのんや。芸の世界では、こんなことは極くあたりまえの話やねんさかいにな」

師匠はそんな捨て科白《ぜりふ》を残して、自分の部屋に戻らはりました。

朝、気鬱《きうつ》な体で起き出して、不図《ふと》、離屋の裏庭を見ましたら、そこに朱や鴇色《ときいろ》の腰巻が何枚も干してましてからに、あて、女やさかいにそんなもんを見ても、どうちゅうことあらへんのがあたりまえの筈《はず》が、その日に限って、自分の裸を陽の中に曝《さら》したような気羞《きはずか》しさでおました。あれ、どういう気分でんのやろかいなあ。やっぱり、その、不倫の後めたさというもんでおますんやろか。

うちの人に、いえ、そんなことがあったやて、あの人が死ぬまで一言もいえしまへんでした。

そやけど、おかしなもんでおますなあ、師匠とは、その後数回そんな関係をもちました。どれもこれも待伏せされて、不意に転がされたというようなもんでおましたけれども、舞台の上で、肉と肉の繋《つな》がりが、今まで感じてても出来んかった芸の間をつくりあげ、ぴったりいった、魚と鉤《はり》がぴったり合うたという気持になったもんだすなあ。いえな、あては師匠に愛情やてもんは、これっぽっちも抱いてまへんでした。憎しみはもっていても、好きという感情はおまへんでした。それやのに、体の関係が、あてに芸のなんたるかを教えてくれたんだす。あれは不思議なもんでおますなあ。

七

あてと師匠との仲はつづきまへんでした。座元はんには、前の菊枝はんの、それ、なんたらいいますやないか。そうそう、イメージ、イメージ、それが強う残っていてからに、どうもあてとはイメージが合わん。撥で額叩《でぼちんたた》いてみても、どっちも小柄で、あてが精一杯に跳びあがってみても、その面白味ちゅうもんが一寸も出えへんといいはるのだす。そらそういうもんでっしゃろなあ。そこで、師匠は、今の二代目の菊枝はんを探して来はりましたんや。二代目はんは、初代とよう似た馬面《うまづら》で柄も大きいし、とぼけたはるところなんかは、ほんまによう似てはりますわなあ。なんでも新地、堀江新地で福太郎ちゅう名で出はった芸者はんで、師匠が座元はんと一緒に掘り出して来はったちゅう話でおました。三味は出来る、太鼓も出来る、これは芸人さんにとっては強いもんだすわなあ。鬼に金棒というところですわいな。そこに加えて、イメージたらいうのがぴったりとなれば、申し分おませんやないか。

「えらい世話になったけども、今度からは、この妓《こ》と一緒にやることになった」

こういうて、師匠は、当時のお金で五十円ほど包んでくれはりました。これは、現在のお金でいうと、大学校を出はった人の一月分の給料ぐらいのもんだす。あてとしては、身軽になったというか、解放されたような、吻《ほ》っとした気持だした。あてはただ単に器用貧乏、あての体の中には芸の虫たらは棲《す》まんようでおますなあ。やれやれ、これで一人になれた。いや、これで、あてにも舞台の経験が一応出来たんやさかいに、うちの人と漫才も出来るやわからんちゅう期待をもったもんだす。あても、芸の道でうちの人を助けていけるやろうと考えるのも人情やおまへんか。

ところが、世の中ちゅうもんは、うまいこといかんもんですなあ。支那事変でっしゃろ。若い者は軍隊にとられるわ、残った者は、笑わし隊、これは荒鷲隊《あらわしたい》をもじったもんだすけども、戦地へ慰問に出かけないかんちゅう状勢になってきましたんやなあ。こんな歌憶えてはりまへんか。サアサ、ミナサン、キマシタデ、上方生マレノ笑ワシ隊。笑ワシ笑ワセ、笑ワセタイ。知りはりまへんか。そう、ま、戦地で歌いはったんやさかいに、内地では一寸耳に入らんかったやろと思いまんなあ。落語、漫談、漫才、手品、笑わし隊合唱団、こんな組が四組ばかり結成されましてからに、うちの人も満州の方へ行きはりました。満州からは便りがあんまりおまへんでしたけども、虹口《ホンキュウ》からは色々なもんを送って来てくらはりましたもんだす。なんでもな、老鞄子路《ラウバウツロ》という上海一の大通りに、笑わし隊のパトロンはんがいてはりまして、うまいこと内地の家族に物資を送る手続きを組んでくれはったわけでおますのや、栗《くり》やらチョコレートやらイギリスの煙草やらで、これをあてはまた売って生活の足しにするという按配でおました。ほんまに、女というもんは、つまらんことを憶えているもんでおますなあ。

　師匠と二代目の菊枝はんとうちの人とは一緒の組でおました。なんでも、便りによれば、師匠の女好きはおさまらんと、支那の女を求めて宿舎に帰って来はれへんこともあって、その時は、うちの人が付け鬚《ひげ》して、鼻眼鏡をずらして、二代目菊枝はんと高座をつとめはんのやけども、声が同じもんやさかいに、将校はんまで騙《だま》されてしまいはるということでおました。あて、そんな便りを読みながら、一人想像してましたんやけども、そんな舞台をつとめはった後のあの人の気持はどんなもんやったやろということだす。自分は一所懸命に芸をしているのに、見物人の皆さんには本人の芸やない芸が映ってるというのは、これはサーカスのピエロ以上の悲しみと苦しみやおませんやろか。まだ、ピエロは顔にべったりと白粉を塗ったり、大きな瓜《うり》みたいな唇を描いたりして、悲しそうな身ぶり手ぶりも許されまっけども、うちの人のは、それすらも許されまへんやないかいな。ただ一途《いちず》に由丸師匠になり切らないかんのでっさかいになあ。他人になり切ってやらないかんちゅうのは、こう苦しいというよりも耐えるだけでも気持が重うなるもんやと思います。それでも、あの人は、わいの芸が師匠の芸と同じように認められたんは、わいの芸がそれだけ磨かれたことにも通じるんやと手紙に書いて来はりましたもんだす。本気でそないに思うてはったことやら、あるいは、あてを安心させたい一心でそない書いて寄越《よこ》しはったことやら、そこの点はわかりまへんけども、大方、あてを安心させたいがために、そないに書いて来やはりましたんやろなあ。あの人の性格には、一面非常に頑固《がんこ》なとこがありながら、一面また自分自身の痛む傷を頑固に隠さはって、一片たりとも表に見せんようにしようという気持のとこもあったもんだす。

戦争が終って、芸人さんらも、ぽつぽつ帰って来はりましたけども、昭和二十年の道頓堀界隈《どうとんぼりかいわい》といいますと、もう一面の焼け野原、三月の空襲で南一帯はすっぽりとやられ、六月の爆撃で北一帯がこれまたすっぽりと何処《どこ》へやら消えてしもうた按配で、布施にしろ、堺にしろ、なにものうて、八月、九月はただの雑草の町に化けてしまいましたもんだす。その冬に、あの人、中支の慰問団として帰って来はりました。行く前とたいした変わり方ものう東住吉の居候《いそうろう》の家に帰って来はりました。

「今、帰って来たで」

いうて、銭湯から帰って来たような調子で玄関にどたりと坐《すわ》りはったんだす。

「よう、まあ、御無事で……」

と、あては涙がとめどなく、言葉を見付けるのに苦労したもんだす。大根食いたいなあ、大根、フロフキと大根オロシが食いたいなあといいはりましたもんだす。これ、あの人の念願がいつの間にやら好物になってしもうたわけでしてからに、それ、下手な役者をダイコンといいますやろ。そやさかいに大根を食うてしまうのやという気持でおますのやがな。へえ、へえ、いうて、あの人の希《のぞ》みどおりに大根を近所の農家からわけて来てもろて、ほんまに久しぶりに差し向いで食べましたんだす。その時、ぽつッといわはったあの人の言葉、あては、はっきりと頭に残ってまっせ。

「これで、わいがはじめてわいになったんやでなあ」

腑甲斐《ふがい》ないというように肩を落さはって、ふっと溜息《ためいき》を吐《つ》かはって、複雑な微笑を泛《うか》べはりましたなあ。由丸師匠の真似、猿《さる》真似はもういややということだしたんやなあ。あていうたら、またも不覚に涙が溢《あふ》れましてからに、辛い大根の味でおました。

「なにもかも焼けてしもうたんや。これからが、わいの第一歩になるでえ」

「そうだす、そうだすとも」

「これからや、これからや……」

あてはあの人の腕に抱かれながら、戦争前の師匠に抱かれた時の肌《はだ》の苦しみに耐えてましたもんだす。体の火照りにくらべて、心の冷え込んでいくのをあては、うちの人に悪い、悪いと詫《わ》びたい気持だした。煩悩《ぼんのう》の哀れさみたいなものが、あてとあの人の間に横たわっているように思えました。押しつけられるあの人の胸板の底で、あての両の乳房は遁《のが》れようと苛立ってました。ただひとつの焼け残った紅絹《もみ》裏の布団だけが二人のこれからの暮しの全《すべ》てだした。

「高座がなかったら、わいらも場を失うた猿同然やないかいな。紀州に戻るかいな」

子供もおませんし、大阪に踏みとどまってたら、物の値段も上がる一方やし、闇市《やみいち》では厚さ三分ぐらいの焼芋三切れで、十円ちゅうような世の中よりは、故郷に帰って、うちの人は行商でもして、あては内職でもしたら、なんとかいけるやろうという気持がおました。

「芸人の古手《ふるて》は雑巾《ぞうきん》の古手と同じで、使い途《みち》あらへんなあ」

というてはったもんの、熊野に帰ると、あの人は高野豆腐の手伝いみたいな職にはしり、あては着物の賃仕事に精出しました。山も川も空も、大阪のような陰気な風景はなにひとつとしてなく、あては賃仕事をしながら、ふっと、あの人が芸人やのうて、昔からの熊野の馬力曳《ばりきひ》きかなんぞやったら、これもまた倖《しあわ》せやないかいなと思うたりもしたもんだす。そら、人さまざまで、倖せを苦労して摑む人もいたはるようだすけど、それは倖せやのうて幻の財産ちゅうようなものやったり、名誉というこれも束の間の幻の倖せやったりするもんやおませんやろか。それよりも、心に隙間がなかったら、それはそれで本当《ほんま》の倖せに一番近いんやと思いますけど、あんさん、どないに解釈しはりますやろか。

故郷に帰って来てから、あの人の顔の血色もようなりはって、なんやしらん恰幅《かっぷく》も出てきはったように思いました。海の魚も豊かやし、山菜にもこと欠かんのが楽しいもんでおました。そやけど、あの人ちゅうたら、一刻も芸のことを忘れられんようで、「もし、わい、このままで芸を捨《ほ》ってしまうんやったら、この高野豆腐を生《なま》で食うてしもうたるで」

いうたはりました。生の高野豆腐を一個食べると、胃の腑《ふ》におさまった高野豆腐が体の中の水を全部吸いとって、人間死ぬそうでおまんな。その言葉を聞いて、ああ、この人はどうしても芸の虫を自分の体の中から追い出せん人やなあと思いました。「芸の虫ちゅう虫は、ほんまに小《ち》っぽい虫やろけども、一旦これに食らいつかれたら最後、どないしても食い荒されてしまうなあ。芸の虫は、体の中で毒を吐いたり、昼寝したり、また忙しゅうに走りよったりして、どもならんわい」

こんなことを呟《つぶや》いてはったこともおます。

そんな生活、それでも二年あまりはつづきましたやろか。大阪にも芸能社が再建なってからに、あてらも一応、山王町の達磨《だるま》芸能社というところに登録をしてましたんや。山王町というと、ほれ、例の釜ケ崎でして、三流というよりも、地方巡業やら、余興やらを電話一本で引き受けるとこだす。闇米で収入の豊かになった大阪周辺の河内やら摂津《せっつ》やらの青年会やら団体さんが宴会の余興に招かはるのでんな。そこから、深夜に電報が来ましたんや。あてとしては、出来ることなら、もう芸の世界はいらん、新宮あたりの料亭の仲居しててもこの方が気楽やと思うてましてんけども、そうはいかしまへん。うちの人の眼の輝きをみただけでも、なあ、このままここで暮しまひょうなてなことはいえまへん。早速、大阪へ出まして、芸能社に顔を出しましたんや。

「実はな、ここ秘密の話やけども、あんたに由丸師匠の代行をしてほしいのや」

芸能社には一流の席亭《せきてい》はんがいてはって、行く早々にこう切り出しはったんだす。

「あくまでも、あんたは由丸師匠その人になり切ってほしいのや」

「え……」

「戦地でやってたてなあ」

席亭はんの角縁眼鏡がなんとも冷たい感じでおましたなあ。その底の他人を見据《みす》えるような目《めエ》も、蛇《へび》のようで、言葉つきは粘っこい何本もの糸が絡みつくような気配でおましたもんや。あては、うちの人の顔色を窺《うかが》いました。なんと答えはるやろか。ぽんと蹴ってしまいはるやろか。そんなことを考えましたんだす。

「師匠、なんぞお体でも悪いんでっか」

「そうやねん。糖尿病や。尿の中に糖分が混りよる病気や。なんし、便所の汲取口《くみとりぐち》には蟻《あり》が行列しよるというさかいになあ」

「へえ……」

「どや、助けてほしいんや。由丸師匠も菊枝はんも、それはもうよう理解してはんのや。師匠も頼みたいというてはんのやさかいになあ」

「さよか」

ああ、またしてもうちの人は贋《にせ》の芸を売りはんのかいなと、あては居ても立ってもいられん気持だした。頑固に蹴りはって、舞台を捨てて熊野に帰った方が、どんだけ倖せかわからへんのに、阿呆な人やなあと思いましたもんだす。そやけど、ここで断わりはったら、うちの人は一生高座に上られへんという気持にならはったのも、あてには痛いようにようわかりますのや。

「ゼニマル、頼むわ。わしの芸を継ぐ者は、お前をおいて他にあらへん。わしの病気は、疲労したらあかんというのやがな」

由丸師匠は瘠《や》せたはりました。往年の元気な色艶《いろつや》もおまへんでした。枯木のような手でうちの人を摑みはって、何度も、なあ、なあといいはりましたんや。それを見てる裡に、あての胸の中に、むらむらと復讐心《ふくしゅうしん》のようなもんが湧《わ》いて来ました。由丸師匠は死にはる。これは絶対に死にはる。そうなったら、こっちのもんやないかいな。うちの人が晴れて二代目由丸となりはるやわからへん。この気持は大津から抱きしめてた憎しみということにもなりまっしゃろなあ。

「やってくれるか……」

うちの人は、すぐには返事がしかねるちゅう面持で、凝《じ》っと考えてはる様子でした。

「あんた、代わりにやってあげはったらどうだす」

あては勝負に勝ったような気持でいいました。あの時ほど、あての気が晴々したことはおまへん。それでもなお、あの人は、凝っと考えてはりましたけども、こっくりと頷《うなず》きはりました。

「やりまひょ、師匠」

「そうか、そうか、やってくれるか、そら、おおきに、おおきに」

その次に、あんさん、なにをいわはったと思います。奥さんの二代目菊枝はんを顎《あご》で指しはってからに、

「な、ゼニマル、芸は呼吸《いき》が合わないかんのや。わしの嫁はん、可愛がってやってんか、わかったなあ」

聞き方によったら、そら、師匠の気宇がおおらかに聞えるやわかりまへんけども、

あての身となったら、それこそ臓物《はらわた》が煮えくり返るようなもんだすがな。というて、大津の件となったら、あてはなんにもいい出せまへん。心を許さんと誓うて体を許したら、芸の呼吸具合がぴったりしたのを、あてはこの身で確かめてますもんなあ。なんともいいようがおまへん。師匠はと見ると、落ち窪んだ鷹《たか》のような眼で、あてを凝っと見たはんのだす。な、そやろ、そうやらんことにはいかんかったやろといいたげな眼差《まなざし》やおまへんか。あては動悸が激しゅう打つのを覚えました。これは軽蔑されているのやろか、それとも、あてが間違うてて、芸の世界では、これもあたりまえのことなんやろか、もう、なにがなんやらわからん気持だした。師匠があてを犯しはったというのは、こんなことを予期してのことやったんかとも思いましたけども、それは単なる思い過しでおますやろなあ。それでも、あては、自分自身をどのようにいいくるめたらええもんかと迷いに迷いました。自分を納得さすことの難しさとはあのことだすなあ。なんというたら、あてがあてに向ってウンというかがわからしまへんでした。

「そうや……」

これは、なんというても、師匠が負けはったんや、軍門に下りはったんやといい聞かせ、そないまでして芸人として名前をとどめたいのを哀れやと思い込もうとしましたんだす。

「そうやで、それやで」

あては何回も何回も自分にいい聞かせたもんだす。

八

高座も復活しまして、芸人さんも一人、二人と集まって来やはって、楽屋うちも次第に昔ながらの賑《にぎや》かさになってきましたんや。

「キャバレーちゅうのが御堂筋《みどうすじ》に出来《でけ》たでェ。一辺《いっぺん》遊びに行こか」

ちゅうような話が楽屋内の話になりました。

あては、閑《ひま》あると高座にうちの人を観《み》に行きました。お客さんが由丸！　と声をかけはるぐらいで、女房のあてにも、うちの人は怕《こわ》いように師匠に似て来はりました。高座を垣間《かいま》見るのも、小さい時に地獄極楽の絵巻を見るのも同じようなもんでおました。華やかに、ぱっとしている舞台やのに、そこには、おどろおどろしたもんが一杯あってからに、うちの人の手肢《てあし》が舞台で踊る度《たんび》に、ああ、あれがあの図体の大きな菊枝はんに挑むのか、絡むのかと思うと、気が気でのうて、お客さんが笑えば笑うほど、あての悋気《りんき》の虫は肚《はら》の中で大きゅうに育って、どうしたらええか、大声で叫んだらどうなるやろか、そんなことしたら気狂いやいうて病院に入れられるやないかとも考えたもんでおます。それなら、二人の高座を見に行かんかったらええというようなもんだすけど、家にいてても立ったり、坐ったりで気が落ちつかしまへんのだす。それにしても、うちの人はようまあ化けはって、楽しそうにやったはると思うと、またまた、深い嫉妬《しっと》が頭を擡《もた》げましてからに、菊枝はんよりもうちの人に憤りの矢が放たれるんでおますのや。あて一人がきりきり舞いを演じてるのに、ようも呑気《のんき》にあての気持を踏みにじってからに、そう考えれば考えるほど、どうしようもおまへんのだす。

うちの人とあてとの体の繋《つな》がりも日毎に冷《さ》めていきました。これはあたりまえのことだすわなあ。如何《いか》に芸とはいえ、程というもんがおますわなあ。

「わいな……」

あの人がいいはるのだす。

「わいな、最近、けったいなことないか」

「そら、けったいなことだらけだす。普通の夫婦やおまへんがな、こんなこと。あんたもあんたや。舞台の上で……」

「わいかて、辛度《しんど》いんやでェ」

「ほな、あっさり、やめはったらどうだす。そうや、舞台の上で、あんたはいつも菊枝はんに殴られてはるけども、一辺、菊枝はんを殴り返さはって、それで、わいは由丸やおまへんと叫びはったらどうですのや」

「………」

「辛度い、辛度いというて、それは、あての気持を汲《く》みはっての言葉でおますのか」

そら、もう、二人の話はここまで行きつくもんでおますわなあ。これ以上は、どうにもいかしまへんがな。二人共に黙ってしもうて、冷たい布団の中で冷たい体を横たえるしかおまへんのや。そういうもんの、あては、一日も早うに師匠が死んでくれはったなら、天下晴れて、うちの人は二代目由丸となれるやろと考えてはおりましたんや。もしも、死なはったら、それでうちの人も終りになるんやないかいなあという惧《おそ》れもおました。お客さんを騙しつづけてはんのやから、お客さんの手前も、うちの人は抹殺されてしまいはんのやなかろうかと不安になりました。由丸師匠に怕いように似ているというのは、芸が上手やというわけやなしに、芸の猿やということになるんやないか。芸は、あくまでも一人の芸人が持つものだけやないかという気に襲われると、不安は不安を招いて、あて一人では答えをもつことが出来んように追い詰められましたもんだす。ここまできましたら、うちの人が不憫《ふびん》な芸なし猿のように思えてきましてからに、それまでの憎しみが、ふっといとおしさに置き換えられるんでおます。

人間の心ちゅうもんは、ほんまにけったいなもんでおますなあ。裏やと思うと表になり、その表がいつの間にか裏になって、また別の表を求めるという具合だす。とくに夫婦の心の揺れちゅうもんは、そんな微妙なもんでおますなあ。うちの人が菊枝はんの体を抱かはったとわかりながらも、あてはうちの人を抱き締めずにはいられしまへんのだす。不憫と憎悪と、それに愛情とが入り乱れてひとつになるといったもんでおますなあ。世界では若いお妾《めかけ》はんのあるのを認めて、御主人に抱かれたはる奥さんもあるのや、それに較《くら》べたら、これはなんでもないこっちゃと、わては幾度も自分にいい聞かせたもんだす。菊枝はんよりもあての方が若いし、魅力もあるわけやと、けったいな自惚《うぬぼ》れで苛立ちを抑えてもみたもんだす。

その裡、楽屋で、あては、うちの人がヒロポンちゅう薬の虜《とりこ》になったはるという噂《うわさ》を耳にしましたんだす。

「怕い薬やでえ。やめさせなあかんでえ」

忠告と思うても、その底には、なんやら意地の悪い言葉が隠されていたもんだす。なんでというたら、師匠の真似してからに、高い銭儲けてるさかいにヒロポンも買えるんやという含みがおますんや。当てつけみたいなもんですわな。え、贋《にせ》芸人というのは誰《だれ》にも見付からんかったのかといわはるんでおますか。へえへ、その点は楽屋裏には厳しい掟《おきて》みたいなもんがおまして、誰も口には出しまへんでした。赤新聞が嗅《か》ぎつけても、そこは揉《も》み消す算段もちゃーんと出来てましたし、それに芸人仲間、そのうち色物《いろもの》の芸人の世界にはでんな、浴衣一反《いったん》で口を封じるちゅう習慣《ならわし》がおましたさかいに、滅多なことで口を割るちゅうことはおませなんだ。誰それが浮気してるとなっても貝の殻のように口を塞いだままでおます。そやけども、一反を贈らなんだら、吝《けち》といわれた上に、なにやかやといわれるのがこの世界でおますのや。住み易《やす》いようで住みにくいというのがこの世界だっしゃろなあ。なんでも甲斐性、甲斐性で通用しますねんさかいに楽なもんでおます。甲斐性で済む問題も一旦こじれたら、これは不甲斐性、がしんたれということになるのでっさかいにね。

薬のことだけは、いうとかないかんと思いましたもんだす。そのまま捨《ほ》っておいたら、あの人の一生の問題になりまんがな。そういわれてみると、とろんとした目《めエ》してはる時もあれば、しゃっきりして、血ばしった鋭い目《めエ》したはることもおますのや。薬が効いてる時、効かなんだ時、切れた時の表情がはっきりと顔にあらわれてきまして、あてにもわかるようになりましたことだす。

「こんなことといいとうはおまへんけれども……」

と切り出しましたら、あの人、うん、うんと力ない返事で聞いてはりましたけども、乾いた唇を頻《しき》りに舐《な》めはってからに、

「そないいうたかて、わい、薬の力でしか高座はつとまらんのや。わい、芸人が一番に大切にせないかんお客さんを騙しにかかってんのやさかいになあ」

ようわかりますのや、その苦しみは。そやけども乗りかかった舟、今更、贋芸人だすと降りるわけにもいかへんがなといいはります。目《めエ》の縁が黝《くろず》んでからに、下手な彫刻に墨《すみ》を入れたような具合でして、正視に耐えられまへん。どこでつくらはったんか

額のところに血のかたまった古創《ふるきず》があって、昔のあの人の顔はどこにもおまへんでした。

「わい、お前を裏切って、菊枝はんを抱いてしもうてからに、済まんことや」

首垂《うなだ》れていわはるもんやさかい、あても師匠との一件がつい口をついて出るちゅうとこまでいき、いやいや、そんなことをいうてはいかん。もう胸の裂けるほどの苦しみでおました。

「ヒロポンだけはやめておくなはれ」

「わい、ポンだけが仲間みたいに思うてなあ、どないすることも出来へんのや」

「そやけど、なんちゅうても、体が第一やおまへんか。体に穴があいて、死んでしもうたらなんにもならへんわけだんがな」

ただ、うん、うんと頷いてはるだけでおました。目《めエ》に一杯涙をためはってからに、拭《ぬぐ》おうともせずに、黙ったはりました。皮肉なもんでおますなあ。うちの人がだんだんと老化《ぼけ》てしもうて、衰弱していくのに反して、師匠の方は次第に元気になってきはりましたんや。

「ラジオで聞いたけども、あそこの間《ま》がまだまだ本物やないなあ。真似しィやで、あそこは……」

なんぞとへらず口を叩《たた》きはっても、うちの人はただ、へえ、へえと聞いたはるだけておます。片やヒロポン中毒、片や糖尿病、どっちも頭だけ大きゅうて、手足は萎《な》えてはるわけで、半病人同士が話してはると、うちの人がだんだんと悪化する方の師匠の姿なんぞに思えてきましてなあ。もう、あての目《めエ》には二人の由丸師匠の姿としか映らしまへんのだす。

「もう、ぼちぼちと菊枝相手に研究をつづけとるんやで」

といわはるに至って、あての企《たくら》みは完全に潰《つぶ》れてしまいました。泣いても喚《わめ》いても、初代が生きたはるのに二代目は継ぐことも出来しまへんがな。初代が高座にあがらはっても、二代目を称して同じ芸を披露するわけにはいかしまへん。なんのために熊野から出て来たんかもさっぱりわからしまへん。空気のええ場所で健康で永生きして、それで余生を送ったら、あてら夫婦はどないによかったやも知れんと思いましたけども、もう後の祭りでおました。

「わいらもいかんかったんやで……」

ぽつんとあの人がいわはりました。なんのことやと聞き正してみたら、

「わいもお前もな、師匠が死にはるのをアテにしてたんがいかんかった。大恩ある師匠に一日も早う死んでもらわないかんと念じてたんがいかんかった。あの罰が当ったんに違いない」

どこまでも人のええことでおました。底から悪党になれる人やなかったんだすなあ。

「これだけの芸しか出来んちゅうことは、これだけの芸しかわいに生み出せんというこっちゃ。いや、生み出せんのやな、皆目。なんにも生めんのんや。わいは……」

「そんなことおまへん」

「いや、わいは所詮《しょせん》は薄っぺらな芸のペテン師や。芸人の風上におけん千みっつ屋やないか」

とはいうもんの、高座があるのに、そこから離れはると死んだ魚の眼のように、それは虚《うつ》ろな眼をしはるんだす。誰よりもあてには、そこのとこがちゃーんとわかっておりました。

今でもな、ちょくちょく思いまんのやけども、一体全体、芸ちゅうのは、なんのことでっしゃろなあ。芸ちゅうもんは稽古《けいこ》ひとつで上達するやていいまっけども、それだけのもんやおまへんような気がしますなあ。うちの人なんか、稽古一筋にやってきはっても、あきまへんでしたんやさかいになあ。真似と稽古とは違いまんのやろなあ。

ヒロポンはどうにかこうにかやめはりましたけど、今度は酒の道に一目散に陥《お》ちていかはりましたもんだす。一合が二合になって、二合が三合、五合となっていくのに、そないと時間はかかりまへんでしたなあ。美味《お》しいさかいに飲むというのやのうて、酔うために浴びるという飲み方になってきました。水溜《みずたま》りに転《こ》けはって、泥《どろ》にまみれて帰って来はることもありましたなあ。芸に憑《つ》かれて行末がわからんようになる酒はまだしもでっけども、もう芸の虫が体の中から這《は》い出してしもうたと思うて浴びる酒は毒以外のなにもんでもおまへんでしたやろ。あても、とめることはとめましたけども、とめればとめるほど酒の量が増えていきましたもんだす。

「気狂い水、気狂い水というけどもなあ。わいは気狂いになりたいのんに、なれんさかいに飲むのやでェ」

理にかのうてるかどうかわからんことを呟いて、酒の底に溺《おぼ》れていかはりましたもんだす。

反対に師匠の方は、日に日に恢復《かいふく》に向かいはって、うちの人は、そんな師匠が憎たらしいと思いながらも、そんな自分がたまらん嫌《いや》に思いはったんだっしゃろなあ。いつ何時《なんどき》、お前はもうええといわれるかと怯《おび》えてはったともいえまんなあ。色物《いろもの》の芸人さんというのは、誰方《どなた》も表面は呑気で陽気なと思われがちでっしゃろけども、内面はそんなもんやおまへんのでんなあ。神経質で何本もの先の尖《とが》った針が何百、何千本と突き出しているのが芸人さんの心でおますのや。

テレビで今やったはる二人の若い男はん、あの人かて、そうでっせ。

九

師匠が高座に戻らはりました。

うちの人は、頭をくりくりに剃《そ》りはって、鬚を落しはって、鼻眼鏡も外《はず》しはりました。

やっとのことで、あての掌にあの人は戻って来はりましたんやけども、もうその時は芸人さんではおまへなんだ。ただの人間でもおまへなんだ。

そう、なんちゅうたらよろしやろかなあ。

そう、そう、高座に魂を忘れて来はった藁《わら》人形みたいになったはりましたなあ。

「おい」

と呼びはる声は、あの人の声であって、由丸師匠の声でおました。自分でも、そのことに気がいくとみえて、わいの声、なんやいやな声やないかというたはりました。まだ、いうてはった時はよろしおましたけども、その声も出んようになったんです。水銀を飲みはったんだす。ほんまやったら死にはるとこでおましたけれど、お医者はんの早急の手当てで、どうにか生命は救うてもらいはりました。そやけど、水銀の灼《や》けつくような痛みが、喉《のど》の声の袋を破ってしまいましてからに、癒《なお》りはっても、ただ、ゴボゴボという音と、時々、ヒュー ッと笛のような音だけが出るという有様になってしもうたんだす。声を失うた芸人ちゅうたら、羽をむしりとられた鳥みたいなもんやおまへんやろか。仄《かす》かに声らしいものが出る時もおましたけど、それはお天気のええ日に限られているようでおました。筋肉の顫《ふる》えが自由に揺れて聞えるのでおますなあ。

あの人、苛立ちはったと思いはりまっしゃろけど、実は、そうやおまへんでしたんや。声が出んようになってからは、そら、ちょいちょいとけったいな振舞い……前にもいいましたように写真を食べはったりはしはりましたけども、以前よりは落着いた毎日でおました。絵を書かはったり、小鳥を飼いはったりして静かなもんでおした。高座には、足を向けんようにならはったんも、その頃《ころ》からだす。

——行っても詮《しょ》がない。

筆でこう書かはったこともおますし、

——声が出んようになったさかいに、わいが師匠の替玉やったとわいの口からいうこともない。

とも書かはったことがおます。

え、それだけ純粋やったといわはるんでおますか。あの人に代わって、お礼を申しあげたいとこでおますけども、あては口惜しいて、口惜しいて詮《しょ》おまへんでした。なにもかもぶちまけたらええのに。そんな気持だした。そこまで師匠に仕える必要やて、どこにおますやろか。そんなこと、なんにもおませんやないか、なあ。そやけど、筆談で悟り切ったようにあの人がいわはるので、あても言葉を呑んで耐えましたんだす。もう、なんにもいうまい。いうたらいうただけ、自分が惨《みじ》めになるということを、あてはあの人から一歩遅れて学んだんだす。

――わい、死んだら、お前、わいの骨を熊野へ持って帰りや。こないに書かはったんで、あては、あの人を睨《にら》んで、

――なにを阿呆なことをいうてはりますのや。

と返事を書きましたもんだす。

ところが、この阿呆なことが本当《ほんま》のことになってしまいましたんや。

市場から帰って来ましたら、部屋の中にガスの臭気《におい》が一杯でおましてからに、ガス管が畳の上を蛇のように這うて、押入れの中に入ってましたんだす。あて、びっくりして、押入れを開けましたら、がらんとした押入れの中に柳行李《やなぎごうり》がひとつ、その柳行李の隙間にガス管が入ってましたんだす。

「あんた……」

いうて、柳行李を開けようとしましたけれど、どういうわけか開かしまへん。ま、開ける前にガスを止めないかんと思て、台所に走ってガスの元栓《もとせん》を締めて窓ちゅう窓を全部開けたんでおます。それから、柳行李を開けようとしまして、木札が行李に結びつけられてるのに気付きましたんや。木札というよりも荷札というた方がよろしおますかいなあ。その札に墨《すみ》で由丸師匠の住所と本名がはっきりと書かれておました。それに、行李は、自分が中に入ってから、海老《えび》のように腰をまげて、行李の四隅を結びつけはったさかいに開かんかったわけだす。なんや死にはった顔は引込思案《ひっこみじあん》な様子

が窺《うかが》えましたもんだす。怒りを孕《はら》んではったら、あてはもっと救われたかしりまへんけども、あの引込思案の顔だけは、あて、いや、だした。

遺書ちゅうようなもんは、なんにもあらしまへんでした。そやけども、あの荷札の宛先だけは、あの人の一生一代の芸やったんやおまへんやろか。悪どい悪戯《てんご》やと見做《みな》す人もいたはりますやろが、あては、どないしてもそう思いたいことはおまへんのや。一世一代やおまへん。一生一代の芸でおましたんや、あの人の。

まだ話をせえといいはりましても、あてには、これ以上の話は出来しまへんし、やったとしても愚痴を並べるだけのことになりますんで、この辺でやめときます。

そうそう、顔は引込思案でしたけども、肩は聳《そびや》かすようにしてはったということを付け加えさせてもろときます。

下座地獄

一

箱田《はこだ》鶴は四十五歳でこの世を去るまで、自身の名前を漢字で書くことが出来なかった。

苗字《みょうじ》の箱田でさえ竹かんむりを草かんむりにしたぐらいで、字画の多い鶴という字を「ツル」と書いたり「つる」と書いた。

寄席《よせ》芸人の父親は博多の川丈《かわじょう》に出たという話だが、箱田某の記録はない。母の記憶に至ってはつるには一片の思い出もない。ただ、ものごころついた幼いつるを父親は膝に抱いて、日本で活動写真をはじめて観たのはわいぐらいのものやと自慢していた。つるの薄れていく記憶の匣《はこ》に蔵われたのは、この本邦初の活動写真館「浅草電気館」の話だけである。父は活動写真をカツドウシャシンとは発音せずに、カツロウシャシンと繰り返したものである。

父の死後数年経って、この浅草電気館が何時《いつ》開館したかを調べてみると、明治三十六年であり、上野と品川の間にはじめて電車が開通した年だとわかった。すると、父が活動写真を観たのは、つるの生れる七、八年前ということになる。つるの母親の菊と父親が知り合った頃なのか知り合う前の話なのかも彼女にはわからなかった。

「死なはったお父ちゃんは、お母ちゃんのことをなんぞ話してはったかいな……」

養女の籍に入った先で養母がつるに訊ねたが、答えなかった。実際のところ、父親は彼女に母親のことについては一切話していなかった。面影さえも摑《つか》めない。

「つるちゃんはお父さん似とも思われんしなあ。お母ちゃん似やったら、あんたのお母ちゃんも淋しい顔をしてはったんやろなあ」

学齢に達したばかりのつるに、淋しい顔という顔がどういった顔なのかはわからなかった。赤毛で薄く、眉がほとんど消えていて、小さな唇で顎《あご》が尖《とが》っているのが淋しい顔の輪廓《りんかく》なのだろうと思ったものだ。目だけが大きく切れ長なのが救いであったが、なにか悲しいことに出遭うと、黒目がちの大きな目に涙の膜が張りつめて、頰を伝うまでに時を要した。

「なんやねんな、そんな恨みがましい目で見てからに……」

と誰彼にいわれたものである。涙が自然に頰に流れ落ちてくれたなら、そんな罵声《ばせい》をうけずに済むのにと、つるは自分の目を恨んだ。

十歳の春、養家の経済的な理由があって、つるは道頓堀の芝居茶屋の女中に出て、その秋には千日前の一銭劇場《ごや》のお茶子《ちゃこ》になっていた。客筋に気をつかう芝居茶屋よりも、賑かな囃子《はやし》と笑い声に包まれたお茶子生活の方が気分的に楽であったし、養父母も一銭劇場の下座《げざ》と下足番をやっていた関係もあって、自然に寄席の空気に溶け込んでいった。痩《や》せて色の黒いお茶子が紅襷《べにだすき》で働いている様は、まるで川海老の踊りみたいやないかといった芸人がいたが、いい得て妙であった。

「一銭小屋の芸人やと阿呆扱いにすんなよ。一銭小屋の芸人にはな、それなりの芸に打込む魂があるのんじゃい。そのあたりの砂の芸と一緒にされてたまるかい」

夜になると定宿をもたない一銭芸人は楽屋で深酒し、がなりたてた。当時、寄席の木戸銭は講談で六銭、娘義太夫で十銭、浪花節の席で八銭であり、落語を軸にした色物《いろもの》で十銭から十二銭であったから、一銭の寄席は下の下の下という吹きだまりだった。彼等の生甲斐は砂の芸と内部《うちわ》でいわれる大道芸とはっきり一線を画して自らを慰める他はなかったのである。だが、砂の芸と蔑《さげす》みながらも、彼等はいつ何時《なんどき》その軽蔑している世界に自らを沈めなくてはいけないかわからない状態であった。

つるは、そんな自暴自棄と淡い希望の漂っている世界が自分の性《しょう》に合っていると思っていた。咽《む》せかえり咳《せき》が出る安白粉の花粉がつるの安堵《あんど》の場所であった。

「こんな世界におつるをいつまでも置いといたらあかんのや。おつるはこれから開く蕨《わらび》の巻葉のようなもんやさかいになあ。ここのような濁った水の中はいかん……」

蕨の巻葉を猥雑《わいざつ》な花粉で包んでしまってはいけないという人の好い下足番の養父に、いつもつるは感謝しながらも、お茶子をやめる気持は毛頭なかった。売れない芸人たちの哀れな闘争欲、嫉妬《へんねし》、躓《つまず》き、太夫元との折合い、屈服、そういった現実はたしかに醜い哀れな人間の断面を露《あら》わにしてはいたが、芝居茶屋で見かける売れた役者が贔屓《ひいき》筋の前で見せる妥協、卑屈、誤魔化しにくらべると、一銭芸人の態度は純粋であった。

売れている芸人たちは、軽業《かるわざ》師の水すまし、白い腹みせて中空に翻《とびあが》るあめんぼうの粋《すい》であっても、どこかに虚偽の脆《もろ》さがあるのにくらべて、一銭芸人には、秋の蟬《せみ》、蜻蛉《かげろう》蝶、冬の蟋蟀《こおろぎ》といった人間臭い悲哀と同居して、蟻の歩みに似た不屈の闘志が感じられた。臆病な日常生活を繰り返しながら、舞台では生命《いのち》を賭けて一発勝負に出る芸人たちにつるは強く魅せられた。

「わいをな思い切り叩いてくれ。殴ってくれや。殺してくれてもええで。どっちみち一遍は死なないかんのやさかいに……」

楽屋裏で漫才の元祖というべき三河や尾張万歳の芸人たちが、血ばしった眼でお互いに念をおしているのを見ると、つるは一種の爽快感を覚えた。産褥《さんじょく》熱をおして舞台で三味を弾く女に、つるは感動を覚えた。

読み書きが満足に出来ない一銭芸人の世界につるは安らぎを見た。十二歳の頃から彼女は特異な才能を現わしはじめた。見よう見真似で大太鼓から締太鼓《しめだいこ》、笛に鉦《かね》、三味の音を的確に記憶する才を発揮したのである。囃子《はやし》の呼吸《いき》を自分のものに出来た。特に三味線のリズムをいわせてみると、下座の三味線弾きも舌をまく正確さで、テンプラクイタイ、テンプラクイタイの新内《しんない》の旋律から、高度の××《なになに》節までも憶えていた。

「あんたのおかはんは、シャダレやなかったんか」

　下座の三味線弾きの老女が感心していったものだ。シャダレとは楽屋内の陰語で芸者のことである。そういわれてみると、音を耳で摑んで口で再現出来る天性の才は母譲りのものかも知れないとつるは考えてみた。下座の勤めは、段物《だんもの》から端物《はしもの》まで知らなければ役割を果せない。出囃子ひとつにしてもそれぞれの落語家独自のものがある。野崎もあれば奴さんもあり、元禄花見踊もあれば勧進帳は誰と定《き》まっている。江戸と上方《かみがた》の差もある。一銭劇場では単に賑かな出囃子でことが済むが、銭のとれる下座ということになれば、あらゆる旋律に精通しなければならなかった。音曲師がどんな曲を望むかわからない。それに合わせてみせるのが下座の真の腕といえる。師匠くずれの女がなったり、男がなったり、五目《ごもく》師匠と呼ばれる芸者《シャダレ》上りの者がなったりするのが普通で、それだけの音曲を自分のものにするためには勢い年期を積まなければならず、四十歳以上という年齢が下座の相場だった。

つるは架空の三味を抱いて、口三味線で音曲をやるのが、一息入れた後の唯一の楽しみになった。

「つるちゃん、あんた口三味線でやらんと、一遍ほんもので弾く稽古してみたらどうやねんな……」

いつも昏の隅に腫物《できもん》をつくっている下座の三味線弾きが、自分の古い棹《さお》を彼女に渡したことがある。撥皮《ばちかわ》の色も褪《あ》せ、乳袋《ちぶくろ》のあたりも剝げ、胴掛《どうがけ》もみじめに陽に灼けた三味線が、つるにはこの世で一番尊いものに思われた。一の糸、二の糸、三の糸、これが上駒《じょうごま》ちゅうて、この頭の部分が海老尾《えびお》やと教えられながら、つるは背筋に顫《ふる》えがやってくるのを覚えた。

「古いけども、これは上等やで。犬の皮やのうて、猫の皮やさかいになあ……」

女は四個の乳痕《ちこん》を指した。

「おばちゃん、猫て、お乳が四つおますんかいな」

「いや、四つやあらへんのや。八つあるのや。猫一匹で三味の皮が二枚とれるんや。それもな、牡《おす》を知った牝《めす》やったらいかんのや。牡を知らん牝やないとええ音は出えへんのや。牡が牝の腹の皮をかき毟《むし》ったりしてなあ……。牝も、よがって牡の腹に己の腹をつけよるやろ。そやさかいに、三味線の皮に使う猫は、生娘《きむすめ》やないとあかんのや。つるちゃんみたいになあ……」

つるは女の卑猥《ひわい》な嗤《わら》いに顔を赤らめた。楽屋内で交《か》わされる男女の秘め事の話で、彼女は大体の様子を想像することが出来たのである。

一番太い一の糸に教えられた通りに撥《ばち》を当ててみた。絹糸の顫《ふる》えが胸を痛《きつ》く刺した。

「おばちゃん、うちに三味線教えてくらはらへんやろか」

「そら、教えんこともあらへんけどもな。つるちゃん、悪いことといわへん。下座の三味線弾きにはならん方がええのやでエ。それよりもな、お茶子してて、大工さんか左官屋はんに嫁にしてもろたら一番ええのや。日銭がたっぷり入るしなあ、それが女の倖せちゅうもんやさかいに……」

「ううん、うちは三味線を習いたいですねん。下座でもええのや。うちは……」

つるは、はじめて頑《かたく》なな態度を見せて、女を愕《おどろ》かせた。

「ほんなら、閑《ひま》を見付けて教えたげるさかいに、あての家においない」

下座の女は根負けしたという顔で頷《うなず》いてみせた。

二

稽古を迫るつるは執拗《しつよう》だった。師匠格の春江はたじたじで、もうええがな、これは年季でわかるもんやさかいにとつるを諫《いさ》めにかかったが、彼女は聞き入れず、もう一回頼んますと血ばしった目で食いさがった。われていた三味の音色《ねいろ》が、次第に澄みはじめ、やがて透明な音色になった。質草の流れを養父に買ってもらったのだが、胴掛を外すと、金箔《きんぱく》を塗り込めて「きく」という字があった。つるは母の使ったものとは信じなかったが、いじけた字体の「きく」という名に因縁めいたものを感じた。

「つるちゃん、あんたなア、その三味線でそんだけの音色を出せんのやったら、名人のつくらはった三味線やったら怕《こわ》いように澄んだ音色を出せるでエ」

春江は二十数年かかって体得した芸を、わずか一年あまりで自分のものにしたつるに感嘆の声をやった。春江には嫉妬の感情は片鱗《へんりん》もなく、惜しみない賞讃をつるに与えた。下座から楽屋内の誰彼に春江はつるの才能を吹聴《ふいちよう》した。

「もって生れたちゅう言葉があるけれども、つるちゃんの場合はそうやなあ……」

つるは生魂《いくたま》はんの近くにある春江の棟割長屋が自分の本当の住居のような気になっていた。二年目の夏になると露地《ろじ》に湧く蚊柱《かばしら》までがなつかしかった。ふたしかな円筒型が宙に浮かび、一匹一匹は激しく藻掻《もが》くように飛翔しながらも、全体はゆっくりとした移動を見せる蚊柱を見ていると、それは一銭芸人の群のように思えた。春江の十日に一度の休みにはつるも休みを貰い、昼間から春江の家を訪れることがあったが、夏場は地熱の退《ひ》いた黄昏時《たそがれ》に訪ねた。

「今日は……」

返事がないと、つるは、勝手知ったる他人の家……などと講談師の口真似をして上り込み、薄く埃《ほこり》や砂のたまった猫の額《ひたい》ほどの縁を拭き、畳にも雑巾《ぞうきん》がけをやった。そんなことをしている裡《うち》に、春江が湯から浴衣がけで帰って来たり、夕飯のお菜を掌に乗せて帰ってくるのが普通であった。

その日、つるは、まだ陽盛りの余韻の残る露地から、暗い部屋に一歩踏み込むと、そこには冷めたい影の部分がひっそりとあり、つるは手探りで台所の掘抜井戸にまですすんだ。朽ちた釣瓶《つるべ》で水を汲み、雑巾をひたして、彼女は縁にまわったが、奥の六畳間に寝そべっているステテコ姿の男に危うく蹴《け》爪《つま》ずきそうになった。

「す、すんまへん……」

「おつるちゃんか……」

男は、すでにつるが訪ねてくると予期したふうにいい、ゆっくり上半身を捩《よじ》るようにして彼女を仰いだ。

「あ、富岡はんでっか」

上半身裸の富岡からつるは視線を慌《あわ》てて外《はず》した。富岡は杵屋《きねや》某の直《じき》弟子だったといつも吹聴してまわり、長唄はこうの、囃子部屋の厳しさはどうのと口喧《くちやかま》しい男で、楽屋内ではその気《き》障《ざ》ったらしさで嫌われていた。口ではいうものの、彼は長唄を披露するわけでもなく、囃子に手をつけようともしなかった。彼の本業は専《もっぱ》ら芸人をあちらからこちらへと斡旋《あっせん》する所謂《いわゆる》五厘屋の類《たぐい》らしかった。十銭の芸を売る芸人からは五銭を奪い、百円の芸人からは五十円というわけだが、とても彼は高額をとる芸人に寄生出来ない一銭芸人相手の、まったく文字通りの五厘屋だといってよかった。

「おつるちゃんは三味線が上手やてなあ。春江がいうとったわ」

「そんなことおまへん。うちら、まだまだですわ」

つるは肩が緊張して、縁を拭きつづけた。富岡の視線が背を舐《な》めていると思うと、いつものように大胆に腰をあげることも出来なかった。長屋の鋳掛屋《いかけや》から丹念に金属板を叩く音が聞え、桶屋《おけや》からは木槌《きづち》の音が聞えている。つるは背に富岡の視線とそれらの音を背負って同じ個所を拭きつづけた。

「二階の畳なあ、砂埃でざらざらしてるんやがな。濡れ雑巾で、さっと拭いてくれへんかいな」

富岡の声につるは救われ、へえと気軽に立つと踵《きびす》を返して軋《きし》む狭い梯子段を上った。閉め切った二階の六畳一間には、まだ昼間の熱気が澱《よど》んでいて、富岡のいった通り、足裏に薄く砂埃がついた。硝子戸の鍵に手をかけた時、不意につるは背から抱き締められ、温気《うんき》の漂う古畳の上に無惨に転がされ、口一杯に濡雑巾《ぬれぞうきん》を押し込まれていた。雑巾の生魚の臭気に似た匂いがつるの鼻をつき、叫ぼうとしても声にならず、渾身《こんしん》の力を籠《こめ》て突き飛ばそうとしても、男の力には抗することは出来なかった。

「なんにも怕《こわ》いことあらへんのや」

唾《つば》のたまった富岡の声は、牡《おす》の呻きだった。春江は故郷《くに》に帰りよったんや。もう大阪へは戻って来えへんのや。富岡は浮《うわ》ずった声でいった。両手を万歳のかたちにひろげられ、手の甲が古畳の砂埃に痛かった。暴れる力も次第に失せていき、乱暴にひらかれた股間の激痛がつるの脳天を刺した。祭文《さいもん》語りの錫杖《しゃくじょう》の音が何本も頭の中の地面に突き立てられ、がちがち鳴りひびいた。紮《から》げられた着物の裾がつるの顔を覆い、瞬間、古畳は大きな傾斜をつくったかのように感じられた。つるの八重歯が唇に血を滲《にじ》ませ、意識は遥か彼方に押しやられた。

つるが気付いた時、二階六畳には温気の名残りがあり、暗い夜に包まれていた。目を凝《こら》すと、古畳に黒い汚点が腥《なまぐさ》い。娘から女になった証《あかし》であった。不思議と悲しみはなかった。颪に乗った悪夢が通り過ぎて行って、もうふたたび同じ風がやってこないという奇妙な安堵があった。

つるは、のろのろと起きあがり、狭い急勾配《こうばい》の梯子段を足の指先で探りながら階下に降りた。階下にも灯がなく、露地の花火の煙が舞い込んでいた。

ずっと後になるまで、つるはこの時の記憶が鮮明に浮かびながら、日時の記憶は不明だった。手品師の右手にあった箸の象牙の赤玉がいつの間にか左の手に移っているといった感覚だけが尾を曳いた。一銭劇場のお茶子をやりながらも、以前の敏捷《びんしょう》さが失われ、つねに虚《うつ》ろな淵を遊泳している表情であった。

「五厘屋が春江を連れて夜遁《よに》げしたらしいな」

「一寸ええ男やったさかいになあ。噂やと九州の方やというなあ」

養父母の話をつるは他人《ひと》事のように聞いていた。五厘屋の富岡は、貧しい芸人たちの日銭を持ち遁げして、再び大阪の土地は踏めないだろうということであった。つるは厄病神《やくびょうがみ》の方から退散していったのだと考えてみた。厄病神に行きがけの駄賃《だちん》をくれてやったのだと思えばいいのだと悟ると、喪《うしな》われていた気力が徐々に湧いてくるのを覚えた。

「おつるちゃん、春江はんの代りに下座《げざ》で三味線を弾けへんか」

劇場主《こやぬし》からいわれたつるは耳を疑った。一介のお茶子が下座で三味を弾く。前座が一足跳びにもたれの位置に飛びあがるようなものだ。いや、見習が真打《しんうち》になるといってもいいだろう。見習一年、前座三年、二ツ目七年の修業を積んで、ようやく真打の世界に手が届くか届かないかといわれるのが噺家《はなしか》の世界である。これはまだ一段ごとの希《のぞ》みがあるが、お茶子の世界はこの一段ごとの希望のない世界なのだ。その中でつるは異例の出世をした。

「芸は身を助けるというけども、ほんまのことやなあ」

純朴な養父母は祝福の赤飯を焚き、小さな鯛の塩焼で膳を飾ってくれた。おかしなものだと鯛の身を毟《むし》りながらつるは呟いた。五厘屋の富岡が春江を連れ出さなかったなら、自分に下座の三味がまわってこなかっただろう。そう考えると行きがけの駄賃に与えた肉体が価値をもっていたようでもある。富岡への憎しみは消えないが、男の残していったものが貴重なもののように思われ、つるは複雑な心境になった。

つるの下座での評判はよかった。春江の癖はあっても音色は透明であった。とくに、彼女の考案したナイフや皿の曲取りは、その軽やかな手捌《てさば》きに準じた旋律で拍手をうけた。普通なら三味の他に太鼓を用いて雰囲気を盛りあげるのだが、つるはすべてを三味一本に絞って弾いてみせた。きらりと輝くナイフが舞台の空に舞い、観客が固唾《かたず》を呑む一瞬は、主に三の糸の鋭くて小さな旋律で綾取《あやと》り、ナイフが無事に曲芸師の手にもどった瞬間に素早く太棹《ふとざお》に切り換える手法は、他の下座にも出来ない芸当であった。簾《すだれ》の中から舞台の芸人の、ほんの小さな動きを摑んで、それを自分の旋律に合わせてみせた。毬《まり》の曲芸には常に円味《まるみ》を帯びた旋律を用いた。

「おつるちゃんの糸はみんな生きとるがな、なあ……」

誰彼がいった。囃子が終った火照《ほて》りの顔を、さらに撥《ばち》を握りつづけた熱っぽい掌が包む時、つるは生きているという実感をわがものにすることが出来た。毬の曲芸師が囃子のお蔭で今までにない芸が出来たお礼にと二銭銅貨を握らせてくれる時もあり、伊勢の太神楽《だいかぐら》の人たちが褒めていたという噂もつるの耳に入った。

富岡の記憶も苦《にが》いものになり、憎しみの情は次第に消えていった。これは、つるが下座で自信を得た裏付けでもあったが、もうひとつの大きな原因は、十六歳の春に前座の落語家玄吾朗を知ったことの方が大きい。玄吾朗は五歳上の二十一で、上方では少しは名の知られた常磐津《ときわず》の師匠の倅《せがれ》だった。木綿地の絣《かすり》の裏に、ぽってりと柔かな羽二重などをして、男ぶりもよく、なぜ彼が一銭劇場の三流芸人で甘んじているのかがつるには解《げ》せなかった。

「お養父《とう》ちゃん、なんで玄吾朗はんは、こんな劇場《こや》に出たはりますのん……」

つるは、それとなく訊ねてみた。

「勘当されたちゅうなア。若いさかいに向う見ずの坊《ぼんち》なんやろなあ」

実のところは、三友派《さんゆうは》の寄席芸人を真の芸人やないといった一言で、玄吾朗は三友派を追われたのだった。生活に豊かさを求めながら芸を磨く芸人は真物《ほんもの》の芸人やないと若気の至りで口にした十七歳の玄吾朗は、三友派一派の逆鱗《げきりん》に触れて、三流芸人の群がつくる反対派と呼ばれる一派に彼は落ちたのだった。だが、彼は悄然《しょうぜん》とするどころか、日毎に三友派に対して傲岸《ごうがん》の胸を張った。

つるの気持を把《とら》えたのは、玄吾朗の男らしい気迫であった。淡い恋心が募《つの》ると、玄吾朗の芸そのものを批評する余地をつるは喪った。彼の噺《はなし》はなんでも日本一であり、世界一であると思い、羽二重の裏をちらと見せて舞台に出ていく玄吾朗に出囃子の三味を握ると、掌にじっとりと汗が滲み、鼓動が激しくなった。

「あかんなあ。三流芸者の三味線やないかいな。なんぼ一銭屋の下座やいうても、もう一寸、気色《きしよく》のええ音を出してえな」

彼だけが容赦ない批判をつるに放ったが、つるは嬉しかった。この人だけには、なんぼ怒られてもかめへんのやという独りよがりの特典を自分に課し、玄吾朗はんは、常磐津の家に育ちはったんやさかいに、音曲については誰よりも詳しいのやと解釈し、納得した。

十六の秋、つるは、なんの躊《ため》らいもなく玄吾朗に体を預けた。道修町《どしようまち》の薬種《やくしゆ》問屋の主人が一銭劇場の若手噺家を贔屓《ひいき》にして、一夜有馬の温泉に招いてくれた時、湿気の籠《こも》った布団部屋で酒に酔った玄吾朗がつるを求めたのだった。

「三味線の猫の皮かて手入れを忘れたら裂けてまいよるのや。お前は猫や。芸者《シヤダレ》のことをネコというやろ。おれが手入れをしてやるがな。さ、これがおれの棹《さお》やがな……」

玄吾朗は酒臭い呼吸で、手慣れた指先を這わせ、ねっとりとした唇を重ねた。つるは男と肌を合わせるめくるめく恍惚感をはじめて味合った。

三

「なんや、お前、生娘やなかったんかいなあ。わからんもんやなあ、女《おなご》ちゅうやつは……」

晩秋の宵だというのに、閉め切った布団《ふとん》部屋の中は熱気が漂い、玄吾朗の顔から開《はだ》けた浴衣の胸は、汗がびっしょりであった。半分欠伸《あくび》まじり、興醒《きょうざ》めの態《てい》でいう玄吾朗の視線を真正面からうけて、つるは恥しさと過去の無念さの入り混った複雑な気持で俯向《うつむ》いた。

「ま、そんなこと、どっちゃでもかまへんわなあ……」

汗で粘《ねば》った胸板を叩きながら、玄吾朗はいった。つるは、吻《ほ》っと救われた気分になった。肩の力がすっと脱《ぬ》けるのがわかった。

「おれのいうことなんでも聞けよ」

「へえ」

嬉しかった。

「籍を入れる入れへんは別にしてやな、今日からおれとお前は夫婦《めおと》やさかいにな。いや、それと一緒みたいなもんやさかいになア」

つるは涙が溢れてくるのをどうしようもなかった。ついぞ頬を伝ったことのなかった涙が顎にたまり、膝に落ちた。はじめて体も心も預けられる港を見付けた小舟だった。港の静かな波のない入江に、なにもかも投げ出してみたい衝動に馳《か》られたが、踏みとどまった。

高津に低家《ひらや》の一軒を見付けて、玄吾朗とつるは祝言の披露をするわけでもなく同棲した。勝手口の向うに廂間《ひあわい》もちゃんとあり、一銭芸人の住居としては立派過ぎるものだった。生魂《いくたま》の春江の棟割長屋には人の汗くささが満ち充ちていたけれども、高津の新居は坂を上り降りする俥《くるま》の鉄輪の音が時折聞える程度で、ひっそりとしたものであった。この家の敷金や家賃が玄吾朗の実家から出ているのをつるは知っていたが、それらの援助を二人の力でなんとかしてみたいと希った。

「玄ちゃんは曲師の女が好きやでなあ。二、三年前は、腕に刺青《いれずみ》入れた東京流れの伝《でん》法《ぼう》な曲師と世帯まがいを構えていたのやしなあ……」

下座の囃子方がつるに告げ口しても、彼女は聞かぬふりで三味の調子をみたりした。芸人が女道楽をするのも芸のうちやとつるは悟り切っているつもりだが、露《あら》わに持ち出されると気持が昂《たか》ぶった。

「玄ちゃんは女に手《テエ》が早いさかいに気《キイ》つけや。うまいこと止めないかんで。真綿のようにじんわり止めるんやで、つる」

養母の忠告も彼女には肚《はら》立たしい限りの言葉に過ぎなかった。

「わかってますねん。うちも子供やおまへんのやさかいに……」

恩を感じなくてはいけない筈の養父母なのだが、こと玄吾朗の件に及ぶとつるは反論に出た。自然と養父母の家を訪ねる足が遠去《ざか》った。劇場《こや》でも会えなくなった。理由は玄吾朗が反対派から脱け出して、一度は尻をまくってみせた三友派に接近しはじめたからである。一銭芸人たちは玄吾朗の日和見《ひよりみ》的な態度を批判した。仲間を見限った芸人に芸の本筋が摑めるものかと罵声を浴びせた。つるの耳にも玄吾朗の節操のなさ、悪口が聞えよがしに入ってきて、つるは下座に出るのが苦痛になった。

「己に力がないさかいにそないなこといいよるのや。今までの芸人と、これからの芸人はな、泳ぐ世界が違うんじゃい」

玄吾朗は威勢がよかった。つるは泥人形じみた一銭芸人で玄吾朗が朽ち果てる人間とは思いたくなかったので、彼の主張に頷《うなず》いてみせた。面汚《つらよご》しといわせておいたらえ、面汚しと罵《ののし》った男たちが今に吠面《ほえづら》かきよるという玄吾朗の言葉を信じた。

「おれはな、ただ単に昔の三友派に近付いてるんやないのやでエ。三友派の命運も終りを迎えはじめたちゅうこっちゃ。そやから、おれも三友派に近付いてるちゅうわけやないか。わかるかいな」

玄吾朗は謎めいた言葉を吐いた。彼の言葉には常に微妙な論理の襞《ひだ》が隠されていて、つるには解釈出来ない点が多かった。だが、つるは、それも自分の無学のせいと解らぬままに頷いていた。楽屋独特の符牒には通じているものの、世間一般の考えには従《つ》いていけない女となっていた。麻裏の突っかけ草履の音がすると、縋《すが》りつく大樹を見付けた夢の気持でつるは玄関に走り出るのだった。

「みてみイ、おい、この新聞を！」

　玄吾朗は上《あが》り框《がまち》に夕刊を叩きつけた。文盲《もんもう》のつるは悲しかった。道頓堀の劇場《こや》の写真が大きく掲《の》っていて、握り飯ぐらいの活字が紙面を占めていたが、三友派とか反対派とかいう文字だけをようやく拾い蒐《あつ》めることが出来るぐらいで、新聞の報じている内容については、さっぱりだった。

「ええか、おれが読んだるよってに、よう聞けよ」

「へえ」

　つるは上り框に正座して、彼の口許《くちもと》を凝視《ぎようし》した。

「岡田興行部が掌握《しようあく》していた寄席芸人の集りである反対派は……」

　反対派に巨大な資本が加わり、吉本興行の傘下《さんか》に入ったというのである。これに呼応して、反対派と常に対立の姿勢をとっていた三友派も呼応して、反対派に合流し、ここに花月《かげつ》連吉本が誕生したと彼は読みあげたのである。

「へえ、二つの派が一緒になりましたんかあ……」

「そうや。世の中はわからんもんやでなあ。おれはこの匂いを前から嗅ぎつけてはいたけどもなあ」

「松鶴《しようかく》師匠は、どないにしはりましたんや」

「四代目は頑固に三友派に残ってるけども、これも時間の問題ということっちゃなあ……」

玄吾朗は不意に玄関の二畳の間につるを押し倒した。彼の性の行為は常に突飛であった。まったく衝動的で、獣が小鳥を爪で弄ぶようにつるを求め、自分の納得のいく姿勢を強《し》いた。つるは、これを彼らしい愛情の表現だと解釈して許していたが、玄関の間で、今読んでいた新聞を三和土《たたき》に散らして挑んできたのには愕いた。

「なにをしはりますのや」

「わかってること聞くな……」呻くようにいった。

「まだ、あんた、陽が高いのに……」

廂間《ひあわい》に強い西陽が差し込み、仰向けになり、髪の乱れを気にするつるには眩《まぶ》しかった。

「陽が高いさかいになんやねんな。男と女のやることをやったらいかんというのんかいな。誰がそないなこと決めくさったんや」

「玄関で……」

「玄関も奥の間もあるかい……」

つるは忘我《ぼうが》の谷に落ちた。全身の肌がゆるみ、膩《なめら》かに毛穴がひらき、脂《あぶら》と汗が魂を流し出すようなはじめての経験であった。

終ってから、つるは今の時間が夜明けなのか黄昏なのか、それとも深夜なのかがわからなかった。茫然と揺曳《ようえい》する感覚の中でつるは彷徨《さまよ》っていた。

「おい！」

玄吾朗はつるの髪を一束に握って、乱暴に引き上げた。頭の盆のあたりに、鈍《にぶ》い痛みがあった。

「へ、へえ、わかってます」

つるは乱れた裾をなおし、座ろうとしたが、見えない手で胸を押されたように、体の重心が崩れた。

「聞けよ」

「へ、へえ、聞いてます」

「おれはな、これを機会に噺家をやめるんやで……」

「え、なんですて……」

「やめるちゅうたら、きっぱりとやめるのやがな。というてもやな、おれは、五厘屋に落ちるわけやないのやで、芸人には変りはないで」

五厘屋と聞いた時、つるの胸裡《きょうり》に暗い富岡の記憶が横切った。こんな場合に、絶対に思い出してはいけない記憶であった。

「ほな……」

あんたと嗄《しゃが》れた声になった。

「なにになると思う……」

になった。

「さあ……」

つるは乱れた長い黒髪を束にして、両手で掻きあげてみた。稚児髷《ちごまげ》のようなかたち

「これはおれ一人で出来るものやないのや。是非ともお前が一枚加わってもらわんことには出来んのや」

「へえ……」つるの羞恥《しゅうち》の火照りが信頼された、頼られた火照りになった。

「なんですやろか。うちに出来ることやったらなんでもしますけども……」

「噺家の看板をおろして……」

玄吾朗は奥の間に小忙《こぜわ》な歩き方で入って行った。つるは小走りに追い、額《ひたい》を抑えた。顳顬《こめかみ》のあたりに、玄関の間の余韻の動悸があった。つるには普通の娘に見られる恋に対する感傷的な憧憬といったものはない。儚《はかな》い少女の恋を意識したことはない。彼女の過去は一日一日の生活で塗り潰されて、すべてが現実の積み重ねで費《つい》やされていた。

「おれな、万歳をやろうと思うんやけどもなあ。噺《はなし》ではのうて万歳やがな……」

当時、漫才という字句はなかった。漫談は診談であり、漫才は万歳であった。

「万歳……」

「そや。新しい万歳をつくったろと思うのやがな。今までのやな、尾張万歳、三河万歳の亜流やない新しい万歳をやったるのや……」

玄吾朗は興奮気味で饒舌《じょうぜつ》であった。

「そこで必要なんは、相手《あいかた》や。色々と考えてみたんやけど、鳴物がなんでも出来るお前が一番やということに気付いたわけや」

「へえ、やります。あんたがものわらいになりはらへんように頑張ってみますさかいに……」

つるの目に涙が張った。

「野釣《のづ》りでも従《つ》いていきますさかいに……」

「阿呆か。おれはな、野釣りに出るような一銭芸人やないわい。阿呆んだら！」

玄吾朗は凄い権幕《けんまく》で怒鳴り、唸りを放った拳がつるの鼻尖《はなさき》をかすめた。野釣りとは目的《あて》のない旅興行である。このあたりなら客あつめが出来るのではないかと推定してふらりと降り立つわけだ。つるとしては、どこまでも、どんな辛《つら》い目にあってもあんたに従いますといったつもりだったが、彼の方は侮《あなど》られたとうけとったのだ。この感情の食いちがいが、つるには悲しかった。それでも一度胸に点《つ》いた灯は、次第に明るさを増しはじめた。正式の夫婦の籍が認められるのではないかと思ったのである。つるの考えるところ、玄吾朗の実家が難題を持ち出している様子であった。それを確めてみたい気持があったが、怕《こわ》かった。

四

玄吾朗、つる枝の万歳は当った。特につる枝の絶妙な撥捌《ばちさば》きに客は拍手を惜しみなく送った。が、越後獅子をやっている間、玄吾朗は憮然とした表情で突立っている。肚立《はらだ》たしい限りだという無愛想さである。色の浅黒い、にがみばしった顔に眉間《みけん》に縦《たて》皺《じわ》が刻み込まれると、座が白《しら》けた。客の、ほとんどの視線はつるの撥捌きに向けられているものの、少し離れて見たり、舞台の袖口から見ると今までの調子がぶった切られたようであった。

「もう一寸愛嬌《あいきよう》があってもええと思うのになあ」

養父母もこんな意見を吐いたが、つる一人は、今のままでよろしいのやといいはった。

「面白い顔の男やったら、ボケで受けるんやけどもなあ」という芸人仲間もいたが、そんな顔やったら、百面相の芸でもしてはりまっせ、うちの人は……と、つるは一蹴したのだ。

それでもつるは次第に三味の部分だけを削っていった。舞台が終《はね》た後で、玄吾朗が殴る原因がそこにあるように思われたからである。痰壺《たんつぼ》を投げたこともあった。理由は、間《ま》が外れたというものの、定《き》まって、三味の部分が客にうけた日に荒れたからだ。

「ま、かまへんわ。三味に生命を賭けたわけでもないんやさかいに……」

つるはいつも、こんな諦《あきら》めの言葉を自分にいい聞かせていた。

玄吾朗が新町の芸者とできているという噂が入ったが、芸人と艶聞《えんぶん》は、糞と蠅みたいなもんだすとつるは万歳師らしく洒落《しゃれ》で遁げた。色恋沙汰になったらえらいことやと思い出しながら、そんなことは口に出さなかった。入った金をパッと使ってしまう玄吾朗の性格に花街の女が気持を傾けるのは、ごく当り前だと思っていた。それよりも、あてがいんようになったら、いてえへんようになったら、舞台は一人で出来んという自負が常につるにはあった。事実二人の客受けの比率は四分六でつるに軍配があがっていた。たしかに三味には磨きがかかり、馭者《ぎょしゃ》の一鞭に似た間合いが見事であった。出囃子を自分でやりながら、玄吾朗が背広姿で先に出て、ぴたりと舞台中央に位置を決定すると、二人は客席にゆっくりと頭を下げて一揖《ゆう》した。その間もつるの手許の三味線は小さな音を奏《かな》で、顔をあげた途端に、音はぴたりと熄《や》んだ。

芸の出来は生身の人間がやることであるから、その日その日に微妙な食い違いをみせたが、客を前にして加虐《かぎゃく》的な歓びを感じる場合もあれば、被虐《ひぎゃく》的な陶酔を得る日もあった。万歳の呼吸をツッコミとボケが綱渡りのように演じてみせる妙味をつるは、はっきりと自分のものにすることが出来た。一定の線上に浮きあがるまでには、いつも不安に怯《おび》え、一旦浮上すると、今度は安定を自信という板の上にのせることが出来た。

「あのな……」

神戸の新開地の劇場《こや》に向う電車の中で、玄吾朗がいい忘れたことを追加する口調でいった。

「へえ、なんだす」

窓を開け放った枠に後頭部をのせた恰好《かっこう》の玄吾朗が細い金縁眼鏡でつるを見ていた。背景は六甲山系に真白い積乱雲が浮かび、紺碧《こんぺき》と白がつるの目に痛かった。

「お前、下座へ戻りイ、な」

玄吾朗がなにをいったのかつるにはわからなかった。え、と聞き返すと、緩《ゆっく》りとした口調で彼はもう一度同じことをいった。

「下座へ戻り、ちゅうてんのや。おれの相手《あいかた》は、春ちゃんにするわ。あの娘、洋服似合うしなあ。これからの万歳師やで」

つるの目の前の風景が、くらっと一回転した。緑の山が天になり、積乱雲が波のように揺れた。

「は、春ちゃん」

「そうや」

玄吾朗はパナマ帽の縁を弄《もてあそ》んで、ごく自然にこうなったのだといわんばかりだった。

春子は二十歳で楽屋の雑用をしながら女の噺家になるといっている女で、淫《みだ》らな視線と均斉美が男の好奇心をそそり、噂の的《まと》であった。

「おもろい娘《こ》やでなあ、あの娘は……。滝にうたれて芸の道を探ろうというのやなあ。良家《ええし》の娘やそうな……。ちゃんとした家のな。それだけに面白いと思うてな……」

つるはむらむらと嫉妬の感情が湧いてくるのを覚えた。一度楽屋風呂で春子と一緒になったことがあるが、白膩《びやくじ》を盛るという形容がぴったりの裸身で、内股のきわどいあたりに睛《せい》を点じたといった具合に黒子《ほくろ》があった。あの黒子も、うちの人はよう知ってはるに違いないのやとつるは思い、車内のまばらな人影が一斉に嘲笑する錯覚に陥《おち》入《い》った。

「な、そういうこっちゃ。来月の新京極の富貴《ふうき》から、そういうことにやるわ」

その日、神戸の舞台でつるは失敗《へま》の連続であった。これだけ見事に呼吸も三味も外れたことは今までになかった。

「阿呆んだら奴や。客の前で恥かかしくさって！」

玄吾朗は髪を一束に摑んで、楽屋の畳の上を引きずりまわした挙句《あげく》に蹴りあげた。肩を蹴られたつるは、ひとたまりもなく仰向けに倒れて、哀れな亀の死様《しにざま》となった。

新京極の富貴亭に、春子は二代目つる江の名で登場した。豊麗な肢体《したい》を誇示する大胆な洋服を着て、つるの三味にのって出たのである。つるは死にたかった。涙が溢れたが頬を伝わなかった。

「あんたとこの嫁はん、古《ふる》なったさかいに棄てはったんでっかいな」

「そういうわけや。古畳ちゅうのはケバが立ちよるし、埃は出よるし、湿っとるし、あかんわ」

万歳だと自分にいい聞かしているものの、この罵《のの》りにつるは全身が顫《ふる》えた。

「おれ、帝塚山で春子と世帯をもつさかいにな。実家の方もオーケーちゅうわけや」

「そんな！　そんな阿呆なことて……」

「そら、お前には苦労はかけたわなあ……。その礼に、かたまったもんを渡そうとは考えてるけども……」

「そんなもん、いらしまへん！」

三味線の棹《さお》を握るが早いか、つるは柱に叩きつけた。皮が破れ、糸が蔓《つる》になった。

「ま、お前ちゅう女は、そういう女ということっちゃ」

「そういう女て、どういう女ですねんな、あては……」

生れてはじめて見せた激昂《げっこう》であった。

「三味線を粗末にするような芸人やというとるんや」

つるは言葉を喪っていた。そのつるに向って玄吾朗は容赦なく罵声を浴びせたのだった。お前の初々《ういうい》しさはなんにもないとか、芸ちゅうもんはお前には終りまでわからんもんやと彼はいいつづけた。

「あては、あてはな、死んでも、芸は忘れしまへんのや。死んでもなあ……」

これが玄吾朗にいったつるの最後の言葉であった。

つるは一銭劇場の下座に落ちた。檜《ひのき》舞台から見事に落ちた一匹の哀れな老猿は、二十七になっていた。二回も子供を流産した体は精神的な打撃で完全に打ちのめされ、急に三十五、六に老化《ふけ》た。

「あんなあ、富岡ちゅう五厘屋が気狂《きイ》うて死んだちゅうわ。その死ぬ時に、春江はんを殺して長屋の床下に埋めたちゅうことをいうたんやて……」

富岡は春江を借金のことで殺害していたと聞いた時、つるは古い昔の、春江に手をとってもらって弾いていた三味線の棹から、指がこわばって離れなかった。

「死んではったん。殺されてはりましたんか……」

春江の屍《しかばね》が埋められた上で、つるは女にされたのだと思うと、背筋に十数年前のいまわしい怨霊《おんりよう》が貼りついた気持だった。

「警察が掘りはったら出て来たというこっちゃで……」

「髪の毛だけは生きてたんやてなあ。それに猫の皮もやて……」

「猫の皮……」

「そうや。三味線も穴の中に叩き込んだったというのやなあ」

「そやけども、人間、悪いこと出来んもんやなあ。死に際《ぎわ》には善人になりよるのや」

「狂うてから善人にあらためてなるというのがおかしいやないかいな」

「ほんま、ほんま」

一銭芸人の私語を聞きながら、つるは、その話の中に加わろうとはしなかった。加わることで、ますます自分を縛りつけてしまう不安が強くなると思った。健啖《けんたん》ぶりを示して陽気だった春江を白骨と結びつけてみると、つるの恐怖はさらに増した。

五

つるは三味線を手にするのが怕《こわ》くなった。爪弾《つまび》きをしようとしても指先に微《かす》かな慄えがやってきた。気持が昂ぶると慄えはさらに激しくなり、音が乱れた。清冽《せいれつ》な流れに似た音色を求めようと苛立《いらだ》つと、音は乱れに乱れ、濁った。暗い下座に座れば、気持が落着いて現実の苦しみが淡く淀んでくるのが、それまでのつるに約束事であったのに、暗い下座の席に恬《てん》と座ると荒廃した世界が目の前に展《ひろ》がった。手首、手の甲、拇指《おやゆび》と人差し指の股に絆創膏《ばんそうこう》を小さく切って貼りつけてみたが、慄えはおさまらず、痛みも加わってきた。

雀躍《こおど》りするように、指が、爪が、手首が三本の糸に挑んでいったのが遠い昔の物語のように思えた。

「今日は一寸トチリはったわなあ」

お茶子にまで指摘されると、つるはいたたまれない気持になった。一銭劇場だから館主も客も下座のトチリに寛容であってくれたが、つるは生き恥を曝《さら》す毎日がたまらなかった。

玄吾朗と春子の評判は悪くない。新聞には二人の写真が掲《の》り、人気のほどを書きたてられていた。噂によると、春子の芸は荒いが、その洗練されないところに、新しい時代の顔があるということだった。京町堀の劇場と法善寺の花月を忙しくかけもちして、太郎助橋の上でファンさんに取り囲まれてサインしてはったと知らせてくれる下座の仲間もあった。

「あては、やっぱり玄吾朗はんとあんたがコンビやった時の万歳が好きやったなあ」

慰め顔でいってくれる芸人もいたが、つるは、へえ、おおきにと顔で笑ってみせても、肚《はら》の底は煮えくりかえるばかりだった。知らせてくれる芸人、過去を褒めてくれる芸人、みんなが自分を嘲笑しているように思えるのだった。

養父母が相継いで猩紅熱《しようこう》で他界すると、つるは、まったく身寄りというものがなくなった。淋しいとか悲しいとかという感情の揺れには慣れていたから、二本の棒で捩《ねじ》りあげられ粘《ねば》りをもった水飴《みずあめ》の糸が切れたぐらいにしか思えなかった。悲しみを省《かえりみ》る余裕のない半生に悲哀は深く根を下さなかった。

「もともと籍の入ってえへん男と女の仲やったんやさかいに……」

こうなるのが当り前だという諦《あきら》めを強《し》いた。諦めれば、腕の痛みや指の顫えが立去っていくだろうと考えていた。

「引幕の劇場《こや》で芸の出来る人は、ほんのひとつかみの芸人さんや。後は雑把《ざつぱ》な緞帳《どんちよう》の劇場《こや》で一生過す芸人なんや」

喉頭癌《こうとうがん》に犯された浪花節語りもいれば、私生児を孕《はら》んで行方《ゆくえ》を絶った娘義太夫もいた。どろどろの中で悪掻《わるあが》きすればするほど、体は底知れない場所に沈んでいくだけの話なのだ。

「一銭劇場に出てるさかいにというて、あんまり苛立っても詮《しよう》があらへんのや。轅《ながえ》を下した馬車みたいに、凝《じ》っとしてるだけでええのんや。それが一番賢い方法でんがな」

講釈師がつるの落胆を気づかって声をかけ、歎異鈔《たんにしよう》を読んでみなはれと貸してくれたが、文盲のつるは、へえ、おおきにと三日ばかり手許において返した。

つるは自ら希んで旅興行に従《つ》いてまわった。旅の車に揺られながら、下座の薄暗い空間が安住の地でなくなった。春江の死を耳にしてから、鄙《ひな》びた風景を通って行く瞬間に、つるは安堵を覚えた。つるの横で、いつも下手な都々逸《どどいつ》を稽古している落語家がいた。いくらうたってみても都々逸の節尻《ふしじり》がきまらないのが哀れだった。役者くずれの美男子もいたが、女と酒と博奕《ばくち》がおさまらず、芝居劇場《ごや》で不始末を重ねて旅の一座に流れ込んできたといい、立役《たてやく》も出来れば女形も出来ると自慢をしてみるものの、ついぞそれらしい演技を見せたことがなかった。

悪人はいず、善良な人間ばかりの集りであったが、それだけに一座には芸人が常に持たなくてはならない夢の片《かけら》もなかった。堂々たる恰幅《かっぷく》をした講談師は張り扇と折りたたんだ釈台《しゃくだい》を破れ風呂敷に包み、銀杏《いちょう》返しの情婦を連れていたが、この女は役者くずれの男とも関係をもっていた。一座はひとつの絆《きずな》で結ばれているようでありながら、乾いた肌を寄せ合っての無言の旅であった。

つるは旅興行の間、右の拇指と人差し指の股を揉みつづけていた。顫えや痙《つ》れがどうもそのあたりからやってくる気配があったからである。揉むと腕下の筋《すじ》肉が動き、痛みが快かった。

「わいが揉んだげまひょか」

連れの女の目を盗んで講談師は行李《こうり》の蔭で揉んでくれた。指圧の免状を持っているというものの、どこまでが本当なのかわからない。だが、つるには、この小さな親切が嬉しかった。藁《わら》に縋《すが》りたい気持の一端が綻《ほころ》んだ。

紀州から三重に抜ける安宿で、深夜に講談師がつるの部屋に忍び込んだ。旅芸人の間で、こういった男と女の関係は日常茶飯《さはん》の事であり、女の方でも騒ぎたてる者はい為でしかない。鬱屈《うつくつ》した性欲の吐け口を求めるのではなく、お互いの淋しさを埋め合わせる行ない。

「おつるはん……」

講談師が大柄の体を縮めて四つん這いになり、つるに近付いた時、つるは浴衣の襟を直して、がばと起き、枕許の三味線を手にした。講談師の方は三味線で、てっきり殴られるものだと思い、わいやがな、おつるはんと低い声で制しながら後退りした。つるは、乱れた髪を額に垂して、男の所在を確めるかのように視線を据《す》えたが、その目は、虚《うつ》ろに空を泳いだ。

「寝呆けたらいかんがな。わいや、蟬太郎やがな……」

講談師は大袈裟な身振りで近付こうとしたが、つるは恬《てん》と正座して、撥《ばち》を握り、締めた糸を鳴らしはじめた。有明節《ありあけ》であった。

〽有明のオ
　点《とも》す油はア、菜種《なたね》なりイ
　蝶がア、こがれてエ、逢いにくるウ

大声でうたうつるに講談師は仰天《ぎょうてん》した。自分のことを有明節でうたわれているように思ったからだ。つるの歌を聞いたものは、誰もいない。死ぬる覚悟で来たわいなアとうたい終るまで、講談師は息を呑んでいた。

うたい終ったつるは、がくりと三味線を抱いたまま上半身を折り、乱れた長い黒髪が、激しく畳を叩いた。糸の切れた操《あやつり》人形のような無理な姿勢で動かず、男は暫くつるを瞶《みつ》めていた。

「おつるはん……」

抱き起し、三味を片方《かたえ》にやって、身八つ口から手を差し入れると、胸にも腋にも、そして首筋にも冷たい汗が滲《にじ》んでいた。つるの目も唇も固く締められ、顔は死人の蒼白さだった。

「おつるはん！」

講談師は耳許で叫んだ。

「ヘッ」

つるは、ようやく気付いて、慌《あわ》てて壁際に退いた。

「わいや……。びっくりしたがな、急に有明節を弾いてうたうやなんて……」

「あてが、有明節を……」

信じられないといった面持《おももち》である。

「そうやがな。有明節や。ちゃんと弾いてたで。乱れがなかった……」

「そんな阿呆な……」

つるは、三味線を掻き抱いて有明節をやろうと思ったが、激しい顫えがやってきて、曲は乱れに乱れた。

「おかしいな。ちゃんと弾いて、うとうてたがな……」

「うとうてた……そ、そんな阿呆な。そんなことておますかいな……」

つるは怯《おび》えの眼差《まなざし》になり、三味線を投げ出すと、講談師に抱きついた。

「しっかり抱いておくなはれ。もっと強《きつ》うに抱いておくなはれ。あて、怖《こわ》い！　怖い！」

女の方から求めるかたちになった。つるの脳裏《のうり》に鮮明に殺された春江の幻影が浮かんできた。春江は好んで有明節を弾き、うたった。その春江が、ほんの一瞬、つるの体に棲《す》みついたに違いない。自分では有明節を弾いた覚えがなく、有明節の文句も知らない筈なのに、うたったということが恐怖であった。

旅は終って、また一銭劇場につるは戻ったが、そこでも突発的に有明節を弾き、うたい、舞台に混乱を起した。弾き終ると発作の後の死人の表情でつるは下座に俯伏《うつぶ》せになっているのが常だった。

「急にあんなことをやられるとなあ……」

劇場主《こやぬし》は暫く休んでほしい旨《むね》を伝えた。つるにはあんなことの意味がわからなかった。

つるが劇場《こや》から姿を消した二日目に、草津で下り勾配の東海道線に飛び込んだという知らせが劇場に入った。昔馴染《なじ》みの下座や芸人たち数人が駆けつけてみると、死体は巾のある繃帯で姫達磨《だるま》のように包まれ、繃帯の隙間から浅黄《あさぎ》色の着物が見えた。

「人が飛び込んだら、人の脂肪《あぶら》と血《ちイ》で車輪が辷《すべ》りよるんですわ」

老機関士は淡々とした口調で事故現場の模様を駆けつけた芸人たちに語った。

「やったと思いました。夜明け前でおましたさかいに、私と……」

機関助手はカンテラを下げて勾配の枕木一本一本を踏みながら車輪の下を見て歩いたという。同じ歩調で調べるのが規則なのだ。

「ほんなら、車輛《はこ》の下から、女がぱっと両手ひろげて飛び出してきましてからに……」

老機関士の膝あたりに抱きついたという。

「胴だけの体だした……」

芸人たちは息を呑んだ。

「びっくりして突き放したら……」

上半身は、砂利の上に立ち、手は虚空《こくう》を小さく摑むような仕草を繰り返し、それが三味を弾く仕草だとわかったといった。

つるの唯一の遺品の三味線は三本の糸が切れ、皮は亀裂状に裂けていた。

師匠・川島雄三を語る　屈折した水面下の明るい光（講演）

「今日からついてきなさい」

僕は大学在学中に、川島監督とまずめぐり合うわけです。どういうわけかといいますと、本来僕は大阪の商人になるようにと親父に育てられたんですけど、昭和二十年三月十三日の大阪の空襲で、親父の店もろともに焼け落ちてしまいまして、そのとき親父が四十五歳だったんですね。ちょうど川島監督が亡くなられたのも四十五歳なんですけれども、その四十五歳ですべてを失ったという親父を持ちまして、後はもうなんにも残されていないわけで、「お前の頭というのは金庫だから、大学へ行ってその中に財産をつめて、それを運用して生きていけ」と。そういうことで大学に行ったんですけど、大学に行っている間に空しさみたいなものを大変覚えまして。まず、なぜ就職のために勉強しなければいけないのかということが頭にあって、学校の先生になろうと思って、中学校の社会科の先生の大阪府の免状をとるわけです。ところが、学校の教育実習なんかに参加していますと、学校そのものと教育と自分というのが、全く合わない。どういうふうに合わないかというと、派閥があったりですね。それも下らない派閥なんですよ。校長派とか教頭派とか日教組派とか反日教組とかノンセクトとか、もう下らんのがうろうろしていまして。これじゃもうなんかつまらないというか、自分としては学校の教諭の免状をとったんだけれどもやめておこうと。

本来やりたかったというのは映画なんですね。『鞍馬天狗』なんていうのを見たのは小学校時代なんですけれども、川島雄三監督の『シミキンのオオ！　市民諸君』とか、こういうものにそうとう触発されておりました。しかし、ものを書くという順序がわからない。特に大阪という、東京に比べるとちょっとハンデがある土地ですから、そこでどういうふうにしたら世の中に出ていかれるかという疑問を持ちまして。まあ戯曲を書いていくというのは、これは難しいというよりも、入口が見つからない。ちょうどその頃、ジロドゥとかサルトルとかそういう作家・批評家が出てまいりまして、そのサルトルの戯曲のなかに『出口なし』なんていうのがありまして、まさに俺の青春はこういうものではないかと思って読んだ記憶があるんです。

そういうなかで、大学在学中に、まず入口としては懸賞募集に出していこうと。で、懸賞募集を出していくと、強敵が東京から現われましてね。これが当時上智大学に在学中だった井上ひさし（廈）さんです。彼が取るか俺が取るかということを二年ほどやっているうちに、演劇、映画、小説、もう書くもののジャンルを問わず、どこかに飛び込んでいって、自分というものを何か作ってやろうと思ったんです。

で、撮影所に出入りすることになる。どうして出入りしたかといいますと、『地獄門』を撮った衣笠貞之助という監督が、僕のシナリオといいますか——テレビドラマじゃなくてまだラジオドラマですけど——それを偶然お聴きになったんですね。NHKの。で、大阪弁がたいへん面白いと。今度大映で『大阪の女』（S33）というのを撮るけど、八住利雄さんという大先輩のシナリオ作家が全部標準語で書かれているので、ひとつこれを大阪弁に直してくれないかという注文がきたんです。で、僕は衣笠先生に会いまして、大阪弁に直すという作業をやりだした。それを上げましたら、映画界というのはおかしなもので、ひとつちょっと目立つと、ほかの社が目をつけるわけです。だから、大阪弁に直すんだったら藤本はどうかという話が、大映から東宝のほうに行ったんですね。東宝でちょうど川島監督が『暖簾』というのを撮ろうというので準備をしていた。これもどういうわけか八住利雄さんのシナリオなんですけど、このシナリオがやはり標準語なんです。『暖簾』というのは、大阪の老舗のぐうたらな坊《ボン》を描くというテーマですから、どうしても科白の部分を全部大阪弁に書き改めなくてはいけない。だから東宝の宝塚映画まで行ってやってこいというので、宝塚映画に行って、生の原稿というか、今みたいにコピーはありませんから、誰かが書き写した八住さんの原稿をもらって帰ってきて、それを大阪弁に直して、という作業をしていました。

そのとき僕は川島雄三という人は、『幕末太陽伝』を撮った、鬼才と言われている、鋭利な感覚の刃物を持つ、ひとつのギラギラしているものを持っている人で、観客として不逞にも、この監督にある片想いみたいな気持を持っていました。だから『暖簾』という大変オーソドックスなものをお撮りになるというのは、ちょっと不服だったんですね。あの『幕末太陽伝』の延長上、あるいはそういうかたちのものとはまた別のもの、もっとチャカチャカしたものをお撮りになるんじゃなかろうか。チャカチャカというのは悪い意味じゃなしに、もっとスピーディなものをお撮りになるんじゃなかろうかと。ところがその『暖簾』のシナリオを読みますと、大阪弁ですからダーッとたいへん長いんですね。長科白があるんです。それを小刻みに切っていって、なるべく藤本流に直したんです。そのとき僕はおかしなことを考えたんです。第一稿、第二稿というのが、やはり直しの過程で出てくる。だから僕は八住さんの筆跡をそのまま真似したんですね。ま、監督騙しの一種で、筆跡を似せて改稿すると、どの部分を藤本が直したとか、新たに付け加えたということがわからない。そうするとそのまま通るという奇妙なことを覚えたんですね。これはひとつの知恵だと思うんですけれども、それをやりまして、原稿を持って撮影所に行って、また帰るというかたちでやっていたんです。

それから数カ月経ったある日、撮影所に朝の七時ぐらいにテレビのパイロット版のシナリオの原稿を届けろというんで、一番の列車に乗って届けて、そしてなんか泥臭いようなコーヒーを飲みながら、なんの気なしに宝塚の撮影所の掲示板を見ていたんです。掲示板というのはグリーンで、普通は「撮影快調」とか「新作準備中」とかいう予告がいっぱい貼ってあるんです。ところがその日に限って緑一色で、何も貼っていないんですよ。つまり撮影が全部一応上がったんですね。そういう状態の中で、小さな手帳の紙を切って貼ってあったんです。何が書いてあるのかなと思って見に行ったら、コチョコチョッとした丸い字で「思想堅固でなく、肉体脆弱にあらずして、色を好み酒を好んで、金銭欲多少ある者を求む」と書いてあったんです。その斜め下に「監督室、股火鉢の川島」って。これがパッと目についたんです。初め、これは誰かのいたずらかなと思ったんですね。「川島雄三」って書いていないんですよ。でも、監督で川島といったら雄三しかいないという頭が僕にはありますからね。ひょっとすると宝塚に川島雄三がやってきたんだろうと。『暖簾』を撮った後、ずいぶん間があったけれども、やってきたんだろうと。僕はそう思ったんです。

そのとき僕は不遑にもこういうことを思ったんです。世の中というのは誰かに選ばれるのを待つようじゃ駄目なんだと。それよりも弟子になるというんじゃなしに、弟子の方からまっすぐに師匠を選ぶ権利を持ってもいいのではないか、人間というのは人を選んでいいんじゃないかと。つまりこの人に終生ついていってもいいという人を選んでもいいんじゃないかという気になったんですね。

僕は、もうすでに撮影所には何回か出入りしていますから、僕達の先輩とか、あるいは照明の奴とかカメラの奴とかいろいろ知ってるんですが、彼らが「藤本、この監督はやめとけ」と言うのね。「確かに監督室にいる。しかしこれでつられたら大変なことになる」と言うんですね。どうしてかというと、「この監督につくと、ほとんど死ぬ」と言うんですね。聞くと、この監督の下で働くと、精神障害を起こしてしまうか肉体を滅ぼすかだからだって。で、「それは面白い、誰が残っている?」って聞いたら、いま二人だけ残っていると言うんです。それはもう独立したと。それが今村昌平と中平康なんですね。この中平康と今村昌平のたった二人だけが、この監督からうまく生き延びて一本立ちになったと。で、他には生き延びた奴がいないと。で、「藤本、お前行くのか」っちゅうから、「おもろいから行ったる」と、こう言ったんですね。「行くんだったらいいけど、それはお前の勝手だけど」と。というのは僕は社員でもなんでもないですから。ただ出入りの学生あがり、まだ学生みたいなもんですよ。二十四歳ですからね。学生服とジャンバーしか持っていないんですから。その足で監督室へ入って行ったんです。先輩の哀れみの目はわかっていたんですが。

そうすると、確かに監督室というのがなにかスタジオの横にありましてね。吹きっさらしの、季節は二月ぐらいだったと思うんですけど、向こう向いて股火鉢している人がいるんです。それが、なんともいえないいいモスグリーンの軽そうなオーバーを羽織りまして、向こうを向いたまま身じろぎしないんですよ。股火鉢はその人しかいないですからね。ほかに誰もいないでガラーンとしているんです。皆さん、監督室というとちょっときれいなオフィスふうの雰囲気の部屋をお考えになると思うんですけれども、東宝本社の監督室は違いますけど、傘下の宝塚映画など、各地の監督室っていうのは、床板はなくて下は地面そのものなんですよ。雨が降ったらそこに水が溜るという感じです。ただその上に時々ベニヤの板が置いてあるという感じのところが監督室なんです。そういうガラーンとして寒いところで肩をすぼめて、向こう向いている人がいるんで、「今、掲示板見ました」と言ったら、「うん」って言うわけですね。こっちを向かないんですよ。僕はそれまで監督の顔を知らなかったんです。映画は知っていましたけどね。『映画評論』かなにかに監督の写真が載っていたようなんですけど、僕はそれを見たことがないんですね。だから僕にはどんな顔の人かわからないんです。で、「藤本っていいます」と言ったら、一番初めに聞いたことが、「君、プロになりたいんですか」ということなんです。で、僕は「はい、プロになりたいんです」って言ったら、「プロとアマはどう違うんですか」と聞くんですね。向こうを向いたままですよ。「プロフェッショナルとアマチュアとはどう違うんでしょうね」と、こう言うんです。急に聞かれたんで、なんと答えていいかわからんです。口頭試問ですね。で、「嫌なことをやるから好きなことができるのがプロじゃないんですか。嫌なことを避けるから好きなこともできないのがアマというんじゃないですか」と言ったら、向こう向きの背中がフッフッフッと笑うんです。あの人は常にクスクスとかクックックッとか、おかしな笑い方をするんですけどね、笑うんですよ。

次に「藤本君、『高野聖』を読みましたか」って言うんですね。「あれはどう読みましたか」って言うから「あれは悲劇になりますな」って言ったんですよ。すると「悲劇になりますか」って言うので「あれは悲劇です」って言ったら、また笑うんです。笑うだけでなんの返事もこないんですね。そうやっているうちに、「君、あれを見て、どういう気持が起こりましたか」って言うんですけど、僕はその「あれ」がわからないんですね。掲示板に貼ってあったのを見た印象をいうのか、『幕末太陽伝』を見た印象をいうのか、あるいは『高野聖』を読んだ感想をいうのか、全然わからなかった。だから適当に「まあ、あんなもんです」と言ったんです（笑）。そうしたら監督が向こうを向いたまま「ああ、面白いですか」って言うから、「まあ、あんなもんでしょう」ってね。なんでもこれでいったら受けると思ってね（笑）。そうしたら監督が、「それじゃ、今日からついてきなさい」って。それで終わりです。川島監督との会話はいつもこういう感じです。論理でつきつめたって、人間の思想も思考も確立できるものではない。人間はその時の感性でお互い納得して生きていけばいいというふうな主義の人でした。

人間洞察の修業

それからすぐに監督につくことになるんですね。で、まだ『貸間あり』の構想ができていない時ですよ。で「君は、ほかに仕事をやっていますか」っていうから、「実はいま衣笠貞之助の『大阪の女』の脚本の第三稿に入っています」と、こう言ったんです。そしたら「それは結構です。向こうへ行きなさい」と。「行きなさいっていうのは、どういうことですか」と尋ねると「それを済ましてから来なさい。まだ時間がありますから」と。でも向こうももうできあがりつつありますし、こっちの監督の方がなにか面白そうだから、「まあ、いいですよ」っていったら、「じゃあ一緒に来なさい」と言うわけです。ちょうど「春駒」という、宝塚の旅館に監督は泊まっていましたから、その監督の部屋に行くことになったわけです。

撮影所を出るときに、製作部長と所長が哀れみの眼差しで僕を見るんですね（笑）。監督を車に乗せながら、僕が荷物を持って監督の後ろから行くと、僕になんともいえない哀れみの目を向けるんですよ。僕は、意味がわからなかったんですね。「藤本君、君は今日から監督につくのか」っていうから、「いま監督室でかくかくしかじかで、約束してもらったんですよ」って言ったら、製作部長が「撮影所からは金は出ないよ」って言うんです。僕は「わかってます」ってね。今までも撮影所から金をもらったことないですからね。社員でもないのにそんなのいらないよっていうのは僕の意志でもありますからね。「わかってます」って。そうしたら「じゃあ、ついていけ」って。

するると監督がポケットからなにか出すんです。それは小さなリンゴなんですね。まだ赤くなっていないようなリンゴを急に出してこっちに渡すんです。これがまた意味がわかんない。判じ物みたいなもんですからね。で、冷たいリンゴなんだけど、なんか監督の手の暖かみがあるのをもらってね。なにかジーンとして、これは間接的な握手だと勝手に解釈したりして。僕、緊張していましてね、監督という人の、ものすごくそばに座ったのは初めてですから。こっちは胸がドキドキしている。今まで衣笠監督には何回も会ってますけれども、またちょっと意味が違うしね。国際映画祭グランプリの大巨匠とは素朴に手伝いに徹していただけですが、鬼才・川島雄三は、それまでの映像にあまりにも心酔していたし、どんな感覚をどれぐらい埋蔵している人かも計りかねていたので、今日からは弟子になっているのも、何の役目をするのかとにかく全然わからないんですよ。すると監督がポソッというんです、「女、好きですか」

って。「好きです」「酒は？」「好きです」「結構」。これで終わりなんです。もう車、走っていくだけなんですね。

で、その日本旅館。ちょうど先程上映された『貸間あり』にありましたね、ああいう家の造りだと思ってください。なんかこうタコの足みたいに、蜘蛛の巣みたいに張っているような、離屋《はなれ》がいっぱいあるような旅館なんですよ。あれはそこの旅館がひとつのモデルになっていると思うんですけど、そこに行ったんです。そして監督についていったら、監督の歩き方がちょっとおかしいんですね。ペタン、ペタンいうんです。胸を張ってらっしゃるんだけれども、歩き方がなにか足の悪い人なのかなと。僕は病気もなにも知らなかったですからね。で、とにかくついて行ったんです。監督は一番奥の離屋に泊まっていた。渡り廊下みたいなのを渡って、離屋に入っていったんです。で、これはまあ弟子としてやることだと思って、監督の背広を後ろからこう持って、監督が一歩踏み出したから、一歩退《さが》ってパッと肩をもって、背広を脱がしてハンガーに掛けようとしたんですね。それはグリーンの柔らかい背広――僕が今日これ着てきたというのはそれなんですよ。つまりこういう感じの色を好まれたんですね。こういう感じで、赤もちょっと入っていましたけど、もう少しグリーンの濃い色の背広をお召しになっていた。僕はそれを背から取ったんです。取ったら、僕の手の中で背広がクルクルとなって長めの棒になったんですね。ダーッとね。僕はびっくりしたですよ。すると監督の姿がないんです。で、監督を捜したら、その下にシャツ一枚で、こううずくまっているんですね。今までの颯爽とした監督と違うんですよ。で、こうハンガーにかけようと思ったら、これがかからないんですね。背広の中にバネがうまく入っているんです。で、お召しになるとシャンとなるようになっているんです。僕、そういう背広って初めてですよ。おそらくバネ仕掛けの背広って見た人はいないでしょう。そういう時に人間っていうのは、恥部を見られる、恥部を見たというので、たいへん照れ臭いものですよ、お互いに。肉体的な恥部、精神的な恥部もありますけれど、肉体的な恥部は見てはいけないんです。監督も見せたくはなかったんでしょうね。でも、なんかパッと持ってかけた時、ああ、こういうものを俺は見てしまった、ということ。で、この人は俺に見せたということ。ここからが出発点だと思ったですね。

それからはもう、えらい（大変な）人に付き合ったという気持ちが何回も起こるんですよ。とにかく奇妙な人でしてね。大変優しくて、大変慈愛に満ちていらっしゃるんだけど、非常に頑固であってね。もうその頑固味をとろうという時になってくると、どうしようもないんです。優しさにも一切の妥協を許さないぞという感じと同じものが監督の頑固さにも言えるんです。そうですかと聞き流すことを許さないんです。そして頑固の下に我が儘が横たわっていて、チラチラ見えるんです。甘えないぞと言って甘えるという感じでした。確かに友人たちが「お前、ついていったら死ぬで」と言うのと、全く同じなんですよ。とにかく酒を飲むんですね。酒も飲むけれども、また薬もすごく飲むんですね。薬はもう、ザルみたいな中にいっぱい種類があるんですな。クロレラがあってビタミンEがあって。とにかく薬屋できるぐらいあるんです。それを全部やると、てのひら一杯ぐらいになるんです。それをこう、ウワッと飲むんですね。ウワッと飲んで水をグッと飲むんです。でもう、薬だけでそうとうな満腹感だろうなあと思って、こっちはグタグタになる（笑）。僕はそれを見た時、まずびっくりしたんですね。クロレラとか、ドイツのなんとかとか、いろいろあるんでね。

で、こちらには辞書がいっぱい置いてあってね。こっちにスリーファイブっていうんですか、5が三つ並んだ缶のピースみたいなやつが積んであって、そしてこっちに原稿用紙がありまして、そして鉛筆がきれいにこう、誰か旅館の人か、ベターハーフもどき（八重司夫人を監督は照れながらこう表現した）の方が削ったというやつですが並んでいまして、消しゴムがきれいにピッチリ揃えてあるんです。そしてこっちに辞書がある。どういうことをやるかといいますと、なにか疑問が起こってくると、「ドイツ語ではそれをどういうんだ」と言うんですね。そうするとこれ、調べないかんわけです、こっちが。たとえば「これはフランス語ではなんていうんだっけな」と、こう言うのね。そうすると中平康は言ったというわけ。あの人は東大出の秀才ですからね、言ったかもわかりませんよ。僕は、今村昌平の肉体と中平康の頭脳と、ふたつ合わせたのが川島雄三だと思うんですよ。肉体といっても精神的な肉体ですね。その強さ、強靭さと、中平康のたいへん学術的な、アカデミックな頭というものを監督は両方持っていた。だからあのふたりの監督がそれぞれの特徴をのばして出てきたと思うんです。

考えてみると、どうも監督は、この二人に相当なジェラシーを持っていたようなんですね。中平康のあのやや衒学的な、アカデミックな論理、そして今村昌平のあの肉体をぶつけていくようなエネルギー。このふたつが俺にはないと思い込んでいるふしがあってね。そこに迷いこんだ仔羊が藤本義一だったんですね（笑）。俺はちょうど対等なんですな。対等でなんか面白いと。大阪弁ちゅうのは面白いと言うんです。監督は僕には「○○でげす」ってしゃべるんですね。絶対こっちの、東北の言葉は全く出てこない。だからこちらで生まれたということは、もうずっと後までわからなかったですよ。そして過去のことは一切おっしゃらないんですね。どこで生まれて、兄弟が何人あって、どこの大学出てどこの師匠についたとか、全然言わないんです。もうこっちは探っていくしかないんです。で、探ってあるところまでいくと、これは大変なことになるんですよ。過去を探ろうと思うとものすごく不機嫌になり、川島雄三特製の頑固さが表情にはっきりあらわれるんです。だからもう、過去とかそういうものを酒の肴にするのは危険でした。

それと、監督は人の悪口というか批評は絶対やらないんですね。やらないんだけれどもスパイなされるんですよ。たとえば市川崑がどういうのをつくっているとかね。「市川崑から藤本義一のところに話がこないか」と。それがくるんですね。大阪弁に直すというやつがまだくる。で、「行ってこい」って言うのね。行って帰ってくると、市川崑がどういうつくり方やって、どういうシナリオを書いてたかというのを克明に聞くんですな。それが酒の肴なんです。これを全部聞きながら、監督はただうなずいて笑うだけなんですね。ウフフ、ウフフ、ウフフって（笑）。こっちも笑わそうとして、いろいろ物語をつくっていくわけです（笑）。僕らがつくっていくとよけい喜んで、酒がはずむんです。

このお酒がまた問題なんです。つまり、ほかのものを食べないんです。たとえば鍋をやる。僕は鍋の係だったんですけどね。土手鍋をやれとか水炊きをやれとか。暖かい時でも夏でも、なんでも鍋、鍋ばっかり。だから僕は鍋を一所懸命つくってましたけどね。鍋だと野菜を食べることになるんです。その時に、エノキという茸、ありますなあ、そのエノキを僕が箸でつまんで入れると、「君、これドイツ語で何というんですか」って（笑）。これはむずかしいですよ。エノキ、ドイツ語でったって、わからへんよね（笑）。でもまあ、辞書を引くような真似するんですな。それで「ああ、これはユルブレッシングです」（笑）。すると、でたらめなんですがうなずくんです。

「おお、ユルブレッシングね」って。アホらしいですよ、こっちも（笑）。僕も面白い人やなと思いましたけどね、だんだん。向こうもなんか言うんだけど、だんだんいやらしくなる。衒学趣味特有の粘っこさが酒のために余計に粘っこくなり、そういうことになると、こっちは無表情を装って、喋るだけ喋らすんです。

酒も問題なんです。どぶろくなんですね。それも一級、二級、三級と、どぶろくの等級を自分で分けてるんです。勝手な名前をどぶろくに付けたりもしました。『不敬之酒』とか、ね。そして日本酒もあるし、ビールもウイスキーも、もう潤沢にあるんですな。あるんだけれども、今日はこれは飲みたくないというんですね。当時手に入らなかった、赤ラベルの、青いドイツのワインとかいろいろありましたけどね。赤、黒、青と全部ラベルだけで呼ぶんですけど、手に入らないものがあるんですよ。あるんだけど、今日はどぶろくを飲みたいって言うんです。どぶろくというのは密造酒ですから密売されてるわけです。その密売されてるところにこれから買いに行ってこいと。

その時、撮影なんか別に入っていたと思うんですけど、監督の仕事が終わるのはだいたい五時ぐらいなんです。宿屋に帰って五時半ぐらいでしょ。五時半ぐらいになると、地図を渡すんですな。その道が克明に書いてあるわけです。こっちにこう曲がって、橋を渡ってこう行って、ここにこういう密造部落があって、そこの奥の三人目のヤッさんというところへ行けと。そこは、僕見たら、大体わかるわけです。ところが、どうしてもこの道を行けというんですね。道をこう曲がって行けって。もっと近くに行ける道があるんですよ。ところが、なぜ曲がらないかんかというと、この曲がるところに交番所があるんですね。その交番所の前をどぶろく二本かついで、どう帰ってきたか報告しろと（笑）。これがおかしいんですよ。こっちもわかりますからね。あ、交番所のことを言っているな、派出所のことを言っているなと。警官が二人いて、一人は若くて一人が中年でと、全部人相を覚えておくんですね。で、帰りは全然、派出所とは別のところから帰ってくるんですね。もう冷や汗をかいたような顔をして帰ってくるんですよ。で、監督にパッと二本置くと、「どうでした」「何がヤバかったですか」って言うんですね。で、「イヌみたいのがいたんです」って（笑）。「イヌみたいのがいましたか。何匹いましたか」「ひとつの小屋に二匹おりました」「どんな顔していましたか」「緊張してました」（笑）。「で、君はどうしましたか」「イヌにつかまったら犯人ですし、僕はもう冷や汗かいて」って。こっちも大芝居をやってね。すると監督は「うーん」と、飲みだすんですな、これが（笑）。こういう人なんです。

ところがこういう人というのは、騙されるんです。プロデューサーなんかが監督をちょっと凝っているから、みんな騙しやすいんです。酒や食べ物ばかりにこうやって呼びましてね。「川島監督」と。「うん？」って言ったら、「なんか最近、藤本と一緒に鍋を食っているらしいですね。鍋のうまい食い方、監督はわかっているんですか」って。なんせ負けず嫌いやからね、「わかってます。まず昆布でダシをとること。そして鰹節は土佐の何々産がいい」とか言うのね。そうするとプロデューサーが、「監督は、映画撮ってるくせにわからんの？」って言うから、だんだんカーッとなってくるんですよ。で、プロデューサーが悪いこと言うんですね、「ビールです」って。「ダシがなくなってきた時に、ビールをすかさず一瞬にぶちこんだら、肉の味がずっと変わるんです。それこそもう最高の肉になるんです」って。監督は「うーん、ビール、ビールねえ」と。疑わないんですよ。

そうすると、「藤本君、ビール出して」。それで買いに行ってとりあえず帰ってくるんですよ、三〇本もビール抱えてね（笑）。そして「ひとつやってみるか」と。僕は「師匠、それは豚肉のほうがいいんじゃないですか。豚とほうれん草はどうですか」「おお、それは結構ですね、いい感じです」「それじゃひとつビールでやりますか」「ビールでやってみましょう」「さっきプロデューサーが、ちょっと煮えたってきた頃にビールを入れるといい、それも五、六本ドボドボッとって言いませんでしたか」「そうですね、言いましたね」ということで、ほうれん草と豚肉を買ってきてやったんです。で、言われたとおり、土鍋の中がなんかこう干上がってくるような状態になった時に、僕がビールを一本抜いて置いて――監督は二本持っているんです（笑）。

で、「このへんでやりましょうよ」と声かけて、バッとやったらボカーンと（笑）、もう、上からビールがいっぱい降ってきて……（笑）、もう丹前もなにもビールだらけ。両方顔を見合わせてね、二人とも笑っているんですよ。「騙されましたね」って言ってね。実際に騙されたんで、お互いに照れて同じ言葉を繰り返すばかりです。

こういう人なんですね。付き合っていくと面白いんだけれども、あるとき肉体的な微熱がちょっと出てくることがあるんです。あるいは肉体的に不安なことが起こってきたら、たいへん神経が尖ってくるんですね。その尖りをすばやく見なきゃいかん。これが大変難しかったと思います。その時僕は結婚していましたけれど、女房は団地にいて、僕は監督とずっと一緒でしたから。で、監督が「奥さん、いるんですか」って言うんです。何日かたった時にね。「君は独身なのか」って言うから、「このあいだ結婚したんです」「そう。女のどこがいいんですか」って。困るんですね、これ。「恋愛ですか」「恋愛です」「女の何がいいんでしょう。どうして答えないんですか、口でいえないほどいいんですか」（笑）。こちらも困るんですよ。とにかくいじめにかかったら、もう最後までずーっといじめられるんですね。僕の中に被虐の快感みたいなものがあったのだなと監督に接しているうちにわかりました。他の監督には全く感じないものがありました。

そして、真面目に大変卑猥なことをおっしゃるんです。「あんな小さな穴をひとつ持っているだけで、どうして女は偉い、女は恐いんでしょうね」と。こっちは「すんません」と言うしかないですよ（笑）。「その小さな穴も、決していい香りではない」「そうです」「それで素晴らしいですか」「いや、そんなことないです」「わかりません」なんや、わからんようになる。とにかく話がどこに行くかわからないんですよ。だから夜中に真剣にこんな話をやっていると、この人、どうかしたんじゃなかろうかと思ってね。で、ちょっとしたことから気分を害してくると、こちらが先に喧嘩を売るんです。喧嘩を売ったら、この人が休まるんですね。肉体的苦痛を忘れるために、時には無謀な言葉を饒舌に吐くという傾向がありましたね。言葉で疲れて、肉体を騙そうというような。で、そういうことを覚えたんです。これをえんえんと口裏と言葉を合わせながらやっていくと、両方とも倒れてしまうんですよ。なんにも作品、できないんです。だから、きたなと思うと――だいたい夕方から微熱ってのは上がりますから。上がってきたな、なにか起こってきたなというのは、監督の歩き方と、目の白眼の部分が赤みさしてきたら、ちょっと危ないなと。だからとにかく逆らわんよりも、先に喧嘩売って徹底的に対立してから別れた方がいいんです。だからそういう時は、こっちから監督になんかこう、神経に障《さわ》るようなことを、知ってて言うんですね。そして監督がエキサイトしてきたら、両方とも休めるんです。けれども、そのあとまた揺り戻しがやってきますからね。地震みたいなもんですよ。また、神経が思いっ切り大きく揺れて、それから安定期に入っていくんですね。

だからいろんな喧嘩はしましたよ。喧嘩はしたんですけど、謝ったら駄目なんです、この人は。僕は初めから謝らなかったですね。もう人間、謝りゃすむという人には、この人は相手にならないですね。「謝ってもすまないものが人間ですよ」という生き方なんですね。僕も負けず嫌いだから、監督からいろいろなことを言われましたよ。「君は天才でもなんでもない。凡人以下かもわからない。それでよくプロを目指しましたね」って、罵倒されたこともありました。「君はね、紙屑屋になったらどうですか。紙屑をいっぱいつくっているじゃないですか」とかね。いろいろ言われたですけど、これ怒ったら駄目なんですよ。だから僕、言うんです、「いいです。僕は紙屑屋になりますので」これでいいんですよ。で、向こうがウフフと笑いだしたら勝ちなんですよ。その時こっちが「すみません」とかなったら駄目なのね。

いろんな喧嘩をしましたけど、僕がいちばん忘れられないやつは、牛若丸と弁慶、どちらが強いかという喧嘩（笑）。これは午前零時半くらい、飯をちょうど食い終わって、どぶろくを二人で一升ぐらい空けたあたりからね、どうしてああいうことになったかわからんですけど、僕が弁慶が強いって言ったんですね。これは牛若丸が強いって言ったら、駄目なんです。というのは、物語のうえで牛若丸のほうが勝っていますからね。どうしてもこの人に牛若丸を渡したほうがいいんですよ。この人に弁慶を渡すとえらいことになる（笑）。というのは、負けた人を勝たすために、ものすごく論理を尽くしてきますからね。だから勝った人を渡しておけばいいんです。負けたほうを僕が受け取ったらいいんです。そして僕から屁理屈を並べていって、両方が煮えたぎってきたほうが大喧嘩になるんです。そうするといろいろ、牛若丸が強い、弁慶は馬鹿だとか、弁慶はひとつの信念をもってる、肉体的にとかそういうもんじゃなしに、ひとつの時代を出したのが牛若丸に対する弁慶で、とかいろいろやっていくと、「安宅の関はどうですか」とか、いろいろ聞いてくるんですね。もうあらゆるものを引っ張りだしていきますよ、こっちの頭の中から。だから弁慶についてどのくらい知っているかというよりも、もうとにかくバンパイヤみたいですよ。もうバーッと生き血を吸い取っていきますのでね。だから、とにかくそれに対抗せないかん。けれど、全部出してしまうと、「それだけですか」というのが出ます。これが恐いんですね、これを阻止しなきゃいけない。この「それだけですか」がきたら、全部敗退してしまうんですね。だからそれだけではないいうものを残しておかないかんわけです。だから、向こうからくる論理を、またこっちにこう回しながら、どんどん会話を変えながらやっていくわけですね。

その牛若丸と弁慶は、四時間ほどやったですね。四時間ほど二人とも一生懸命になって、ベロベロになって、もう夜明けなんですね。そうすると僕も癪にさわってきたんです。なにが癪にさわってきたかというと、この人の言っていることが、二時間前と論理が違うんです（笑）。それで俺が「論理が違う」と言ったら、「君の論理が変わったから、俺は変えたんで」って（笑）。こうなってきたら、これもう、どうしようもないですよ。ものすごく肉体的に弱っている状態が迫ってきているというのは僕はようわかるから、もうここで決裂するんだったら、派手に決裂したほうがいいですね。で僕は朝五時ぐらいに、「監督、大変お世話になりました」って言ってね。「僕は弁慶好きです、弁慶が強いです」「いや、私は牛若です」「この牛若と弁慶は、こうなったら終わりませんね、師匠」「終わりません」「人生というのは、会うのも偶然ですけど、別れるのも偶然ですね。牛若と弁慶で別れたほうが気持ちいいですね」って言ったら、「いいですね」と言うんですね。そして「帰りましょうか」と言ったら、「帰りなさい。今すぐ帰りなさい。座っているじゃないですか、帰りなさい！」って、こう言うわけ（笑）。「帰る」ゆうてるのに、もう「帰れ、帰れ、帰れ」って。だから「わかりました。それではなにかまた御縁がありましたら」って言うと、「御縁はないです。おそらくないです。これから一生ないです」って言うんですね（笑）。こっちも「僕もそう思います。師匠と今まで何カ月かやってきましたけれども、人間って御縁がないと思ったら、ないんでしょうね」と。

もう馬鹿らしくなってね。朝の五時ですから列車が走ってますからね。京都のほうに帰るんですけど、腹が減ってきたし、梅田というターミナルでうどん食って、つまらん映画でも見てやれって映画見てね。俺も、向こうが「帰れ、帰れ、帰れ」って犬を追い払うように言ったんで、もう結構だと思って家へ帰ったんですね。帰ったら女房が、川島先生から電報が来ているって言うんです（笑）。まだ昼すぎですよ。僕の家は電話がないですから、電報が来ている。何が書いてあるのかと思ったら、「スグカエッテコラレタシ　ウシワカ」って書いてある（笑）。もう縁がないとあれほど言った人が、すぐに電報を打っているんですな。しかしこういう人間関係というのは、ものすごくいいですね。それでまた帰るんですね。そして「弁慶、帰ってきました」と言ってね。まだ弁慶なんですよ。そうすると牛若が待っていて、笑って言うわけです、「ほんとに怒りましたか」って。「そりゃ、怒りますよ。師匠は僕に怒ったんと違うんですか」と言ったら、「君は人間の洞察が浅い」って（笑）。「洞察が浅いって言われたって、朝五時になんて言ったと思いますか」「君、まだ怒っているんですか」「怒ってますよ」「また、帰りますか」「いやもう、帰りませんね」「どうしてですか」「今、洞察してるんです」（笑）。「ああ、結構、どうぞもっと洞察しなさい」って言うんですね。で、夜中になったらまた二人、酒飲むんです（笑）。もうどうしようもないですよ、この関係は。

それで、今度は僕にボーンと金くれるんですね。三万円くれるんです。今やったらなんぼですかね、五十万円ぐらいですな。五十万円ぐらいポンとくれるんですね。今度は途中だけど、僕もいろいろ金が入ったって言って、パッとくれるんです。三千円ぐらいはくれたりしましたけどね、パッと見たら三万円なんですね。それで「これ、三万円です」って言ったら、「いや、いいです。僕の監督料の五十分の一です。僕の五十分の一ぐらいが君ですから」（笑）って。「そうですか。じゃあ、監督は百五十万ですか」「まあ、そんなもんです」と。百五十万いったら、今なら三千万ぐらいですね。だから三万ってすごいですよ。当時、初任給で一万五千円ぐらいですから、それが三万くれましてね。「これ上げますが、使い方があるんです」と。「どういう？」「半分はご自由に使ってください。半分で私がこれからいう店に行ってください」と。「北の新地に『黒斗《コクトー》』という一流のクラブがあるんです。そこに、こういう女がいます」と。四人名前を挙げて、「君の好みは、このマリコだと僕は思うんです。私の好みはマリコではない。実は私の好みはサヨなんだ」と。それは見たらわかると。私はサヨとなんの関係もない、やる気もないって言うんですね。で「君は、この三万円のなかの一万五千円で、今夜じゅうにサヨを落としなさい。そして、その閨《ねや》の状態から電話を入れなさい。何時でもいいから」と。有難いようで辛いですよ、これは（笑）。監督の命令でその女を落としに行かないかんわけです（笑）。でも、まあこっちも慣れていますからね。行ってサヨというのを捜すと、なるほど、えらい美人がおるんですよ。で、「実は監督が……」って全部言うのね。でサヨに一万円渡してね、もう俺とできたことにしようと。できたことにするために、俺はこれから電話かけなきゃいけない。だからその電話料として一万円やろうと。で、藤本とできたという状態を、あなたは演技しなきゃいけないと。そうしたら、そのサヨが「どういうふうに言ったらいいの」と。またそこで俺はシナリオを書かないかんわけです（笑）。ホン読みも両方でしなきゃいかん（笑）。で、監督に夜中に電話して、二人でラブホテルに寝ているように設定するんですよ。そこのママも慣れたもので、「先生、またやってるの？ほんとに困ったものね。サヨと寝ようっていうの？」って言いますからね。「寝てもかまわないけれどね、一万円もったいないんじゃない？」で、バーテンもみんなシーンとしましてね、ちょっとムードのいい音楽をかけて、こっちもいろいろ小道具を考えてね。ベッドの軋みちゅうのは、なんか出ないかとかね（笑）。いろいろ擬音つくってやるわけですよ。そうすると、監督が出てきたんで、「今サヨと一緒にまだ十三《じゅうそう》のホテルにいるんですけど」って言ったら、「サヨを呼びなさい」って。もうシナリオどおりやからね。でサヨが出て、「センセー、どうしてこんないたずらするのよ」って。酔っ払った真似するんですよ。そうシナリオに書いてある（笑）。で、監督、なんか言ってるらしい、クスクス笑っているらしい。で「藤本さんってだめよ。だらしなくってェ。男じゃないわよ」って。全部やるんですな。俺も横で一生懸命、ここ読め、ここ読めってやるわけですよ（笑）。そうするともう監督は御満悦で、そのあくる日帰っていったらもうご機嫌もご機嫌でニコニコものなんですね。で今度は、「サヨくんはいつ子供を生むんでしょうか」（笑）。――おかしいでしょう、この会話は。日常はすべて愚かなシナリオで成り立っているという具合です。だからどんどんつながっていくんですけど、僕の場合は、なにか友達というよりも、いたずらの少年みたいな共犯関係を持っていましたね。初めからけっこう共犯同士でしたね。

でも厳しかったですね、ものを書くという段階、状況ではね。「この場面はどうしてですか。どうしてここからそういうふうにするんですか」って。今『貸間あり』を御覧になったわけですけど――あのなかに馬鹿なところもいっぱいあるんですよ。たとえば、シーンの最後の一字一句が足りないって言うのね。「ここへもう一行入れなさい。小金治君の言う一句をなにか入れなさい」って言ったらね、なにを入れたらいいんでしょうかなどと言っても駄目ですよ、「もうここへ入れる一行がなかったら、このシーンは生きません。こちらはそこへカットを詰めますから、だから藤本君、ここへ短い一行を入れなさい」っていうのね。わからんですよ、何を要求されているのかわからん。監督の苛立っているのだけがわかるわけです。だから、こちらは小道具になにがあるかを調べて、陳列棚の上の徳利《とくり》をとってね、これでいったれと思ってね。どうせ駄目だと思ったですよ。どうせそんな駄洒落はね。「これなんですか、下品な」

なんてやられますからね。だけど「徳利を持ちながら」とト書に書いてね、「とっくり考えるわけです」（笑）って案を出したらね、機嫌ようなってすぐＯＫするんです。「すごい才能ですね」って（笑）。これがわからんのね、もうどんなにひっくり返しても駄目なものが、こっちも居直って居直ってやると、ＯＫすることがあるんですね。

先程、他所の組へ偵察に行くという話をしましたが、ほかの監督を騙した話というのが一番喜ぶんですよ。だから、ひそかに大きな監督を騙してこいというんです。もうスパイみたいなものです、僕は。「今、小津安二郎が撮影しているから、藤本君、小津組に行ってきなさい。所長には僕が言いますから。いま僕、暇ですから、小津組に入りなさい。で、なんでもやりなさい」って言うのね。僕は小津組に無理矢理に突っこまれるわけなんですよ。助監督も全部決まっているんですよ。それでも藤本の勉強のためにねと。というより自分が行かれんから、僕を入れて、小津組のやり方を盗ませてくるんですね。どんなことをやって、どんな指示を与えているか。これを克明に聞くんです。僕もそのために、小津さんがどんなカット割やっているとか、全部後ろで見たりね。もう監督のためのスパイですよ。監督は家で酒飲んでるんですね（笑）。僕が持って帰って報告するやつが酒の肴になるんです。食欲が増えるんです。これが僕の一番のやりたいことなんだね。僕がこれをもって帰らないと、食欲はほとんど薬だけで終わってしまう。ところが、僕が酒と一緒に報告を持って帰ったら、ものを食べるんですよ。食べてほしいんです。だから、こっちは一生懸命盗んでくるんです。盗んできながら、こっちへ譲っていくわけです。

僕一度、小津さんを騙したことがあるんですよ。僕はこちらに川島監督があって、派遣されての小津組ですからね、川島監督を喜ばすために小津組にいるんですからね。僕のほうは小津組の仕事よりもこっちの仕事なんです、一人だけでね。だからそっちへ行っていろいろ走り回ってやっててね。で、このパンフ(下北半島・川島雄三映画祭)にも載っていますけど、O君という奴がおってですね、これがチーフ助監督やっているわけです。で、『小早川家の秋』やったかな、その時に僕もその下についたんですね。助々監督みたいなものですよ。で、小道具かついでいったりいろいろするのね。

で、小津さんというのは、これまた違うんですね。この川島監督の頑固さじゃないですよ。たとえば小道具にものすごく凝ってね。「李朝の置物がいりますね」って言って、僕は大道具の人と一緒に阪急百貨店行って、所長の証明書とか保険とかいっぱい持っていって、運んでくるんですよ。割ったら高いものですからね。そうすると、パッと小津さんがこう見てね。小さいものなんですけど大きな箱に入っているんですね。それをこう見て、「違うなあ。これは李朝ですが違う。こういうものではない」と。で、返しに行ってまた持ってくるんですけど、いくら見ても駄目なんですね。で、しようがない、もう騙してやろうと思ってね。徹夜やってて、鍋焼きうどん食ってたんです。で、鍋焼きうどんの蓋あるでしょ。それに泥絵具をきれいに塗ったんですよ。李朝は何回も見ていますから、特徴いうのはわかりますからね（笑）。鍋焼きうどんの蓋をきれいに塗ってね。そうしたらO君が奥で「お前、なにしてんだ」っていうから、「これでいっぺん監督を騙そう思ってね」と。で、桐の箱に入れてね。そうしたら、「そんなもん見つかったら、あかんぞ」と言う。でも、見つかったほうがいいんですよ。騙したんやからね、川島監督は喜びますからね（笑）。そしたらそいつも乗ってきたんですよ。酒、飲んでたからね。で、それを真綿できれいにいろいろやって、桐の箱に入れて小津監督のところに持っていったんです。そうしたら監督はジーッと見てね。バレたかなと思うたですよ。そうしたら監督は、「これです！」（笑）。もう、びっくりしたですよ（笑）。で、帰ってきてさっそく、師匠に言うたんです。そうしたらものすごう喜んだ。そしてものすごう酒を注《つ》ぐんです、ババババーッと。もうやめてください言うのに、どうしても、もう一杯いこうって。だから僕は、なんのために動いているのかわけがわからないんですね（笑）。

　しかしそういう青春期にこういう人と出会ったということは、僕のなかで自分というものを大きな視界で眺められることになったと思うんです。自分を客観的に眺めるという方法を学んだような気がします。主観だけの狭さを離れてシナリオを書くことを教えられたのですね。今、みなさんを笑わせるようなことばっかり言っているようですけど、これ、真剣にやっていくと、決して笑うことではないんですね。ですからやはりひとつの、修業と言うたら大袈裟ですけれども、監督と一対一で過ごした何年か、と言っても、ボツボツとした何年かで合計して何年かになるわけですけど、そのなかで得たことというものは、大変僕は……。ものを書くということは大変厳しいものだ。そして、ものを省略するということ、シンプルにするということは、かなり難しいものだと。つまり人間が贅肉を落としていくというような簡単なものじゃない、ダイエットして治るものじゃない。頭のダイエットというものは、そういうもんじゃなしに、もっともっと詰めこんでいくことによってダイエットされていくもんだという、逆のことを覚えたですよ。そして、「時間は自分でうまくつくりなさい、それが君の財産になっていきますから」と。

そして、僕はこういうことを言われたのが、一番大きな励みになったですね。「君の考えていることを一〇〇としましょう。そして君が口でいうことをその一〇分の一としましょう。つまり一〇パーセントですね。そして君が書く字は、その言葉のさらに一〇分の一です。つまり頭で考えているものは文字になったら一パーセントです。それをあなたは原稿用紙に埋めていくんです。これが普通の人です」と言うんですね。そして「君があの偉大な詩人のタゴールとか、あるいはラディゲとかジイドとか、そういう大天才であったならば、それは君は苦労なしにつかむことができるでしょう。しかし私の見たかぎり、君は凡人です」って。

監督の言われんとするところは、天才は天分に従っていけばいいが、凡人にはもともと天分なんてものがないんだから、行きつ戻りつやっていくことの繰り返しで、一パーセントをせめて一・一パーセント、一・二パーセントとしていけばいいよってことなんです。天分がなくても天職は自分で選べばいいって言ったのでしょう。それを凡人が天分があると錯覚してやっていくのは気持いいかもわからないけど、すぐ涸渇する。だから地道に一つ一つ積み上げる出発の仕方でものにしていくもんだ。というのを聞いた時に、やっぱりこれは大きな師匠に出会ったなと。みんな僕にやめろといったけど、近づいてほんとに良かったなと。お風呂で背中流すのも、すべて後から全部響いてくるなと。後で聞いたら、僕だけなんですね。ほかの役者衆も助監督も、監督の裸、見たことないんですね。でも僕は手助けやったという気持ちはないですけど、ただ従ったという感じで。鍋をつくったり背中を流したり、あるいは洗濯物を片付けたり。僕はこの人と出会ったことによって、そういうことから、なにか自分の中に流れ込んでくるものがね。二十代の中頃から二十七歳にかけて、それが続いたですね。二十四、二十五、二十六、二十七と、この人から受けた力ってものすごく大きいと思うんですよ。だから僕は、やはり合ったのかもわからない。何かの波長がね。

その合ったという原因のなかに、今日、今まで喋っていなかった織田作が入っていると思うんですよ。

川島雄三と織田作之助

僕は織田作については、四年前から『婦人公論』に一年に三〇〇枚ずつ連載して、ちょうど一二〇〇枚、このあいだ完成したところなんですけどね。この織田作という作家と僕は面識はないんです。ところが川島雄三監督の第一回目の監督作品、今日これから『還って来た男』というのをやりますけど、これは織田作の原作なんですね。『清楚』というのが原題で、昭和十八年に発表された、織田作が書いた初めての純愛小説なんですよ。軍人一人をめぐる、大変な純愛物語。これはほんといったら、織田作にとって屈辱的な作品なんです。というのは時局に合わせて書いたんですね。それまでの織田作というのは、『可能性の文学』とか、あるいは『夫婦善哉』に代表される庶民の哀感とか、時局・軍部を厳しく批判しないけれども、反体制側に立った文学を書いていたのが、食えなくなっていった。そこで、筆を折るか、あるいは転向というか思想を変えなければいけない状態の時に書いたのが、この『清楚』なんですね。だから織田作という人はこの『清楚』というのをあまり好きでなかったと思います。ところが、そういういわゆる屈辱みたいな原作を、川島雄三師匠はどこかで見つけてきたんですね。で、世間では、織田作は変わったと、織田作というのは、戦局のなかで、どんどん自分の魂を売りさばいていく作家じゃないかと言われている時に、「いや、そうじゃない。こういう時にこれを書いて、これを基盤にして、一応、敵の目を誤魔化しておいて、次の出版統制の外れた暁にはまた素晴らしいもの書くよ」と。

川島監督には、織田作原作の『わが町』という作品があります。「ベンゲットの夕アやん」というね。これは本当は溝口健二がやることになっていたんですよ。それを溝口健二が捨てるんですね、戦時中で。ということはベンゲット道路をつくっていく、国讃というか国を讃えるような映画をつくれという軍部の命令がきて、それで溝口健二というあの骨太の監督が、そんなことは俺にはできないとか、予算がないとか、いろんなことを言いながらこれを降ろしてしまうのね。ですから『わが町』というのは、溝口健二監督で、戦時中につくられるべきものだったんです。このシナリオを昭和三十年代までずっと抱いて、友情を温めていくという、川島監督のひとつの友情作品がこの『わが町』なんです。

『清楚』も、新聞批評とか文学史上では、織田作の作品としては、転向して自分を失って、世の中におもねって書いた作品であるという酷評を受けた。それを川島監督は、そうじゃないと。こういう節操を欠く部分、というよりも自分の思想を変えられていく部分をもつ時代のなかに生まれてきているんだから、しかたがないというんですね。

だから、〝日本軽佻派〟を名のってふたりで意気投合して、織田作にシナリオを書かせるんです。ところが織田作がシナリオを書いているというのは、僕、このあいだ調べてわかったんですけれども、昭和十九年の四月から書きだすんですね。そして自分としては初めての映画シナリオを書くんです。なかなかシナリオとしては、手法として感覚的なものですよ。原作よりシナリオのほうが感覚的にずっといいですよ。だから織田作という人のシナリオ的な才能を見つけたのは、僕は川島雄三だと思うんですね。

このシナリオはどういうところで書いていたかというと、一枝さんという奥さんが子宮癌で入院している大阪の東洋病院の病室で書いたんですね。その病室から、空襲が迫ってくる大阪の町を見ながら書いたシナリオが、これから上映される『還って来た男』で、織田作が人生にたった一回だけ書いた映画シナリオを、川島師匠はデビュー作として選んだんです。僕は織田作のことについては、そのほかのことははっきり知りません。一回だけ「織田作の『可能性の文学』について」という、NHKが催した小さな講演会を、戦後すぐに中学一年で、僕は聞いたことがあるんですけれども、意味はわからなかった。それからずっと忘れていて、川島師匠に会って、織田作之助というものがわかってきたんですね。

僕が、「どうして大阪を誉める織田作之助に監督はこうまで肩入れするのか」と言った時に、これは衒いかあるいは本音か、僕は今もってわからないんですけれども、川島監督は「僕は太宰が嫌いだ」って言うんですね。「僕は故郷は太宰と同じ所だけれども、太宰は嫌いだ」と。「どうしてですか」と言ったら、「嫌いなものは嫌いだ。それ以上聞くな」と言いましたね。そして「俺は織田作が好きだ」と。「どうして、むつの出身の監督が、故郷というものを嫌うんですか」と言ったら、「故郷というものを引きずっていくか、故郷に根をおろすかは違うんだ。だからボヘミアンみたいに故郷を振り払い、忘れ捨てようとしながら引きずって歩いていく男には、故郷はないと言ったほうがいい」と言うんですね。そして織田作のように、「ここは俺の故郷だ。どこへ行ったって、大阪が故郷だと主張する奴が、やはり俺は好きだ」と。でも、「織田作は東京へ出てきて、敗退して帰るじゃないか、ずっと大阪弁で書いていたじゃないか。だから駄目だったんだ。太宰はどうなんだ。東京へ出てきて、津軽弁を書いたのはごく一部じゃないか。あとは全部東京の出版社が売れるように書いたじゃないか。どうして本音で、故郷の地の部分を出さなかったのか、どうして『斜陽』を書いたのか」と。これはもう、えらい怒りだしたですよ。このときの真剣な怒り方ちゅうのは、さっきの弁慶・牛若じゃないですよ、これは。はっきり言って。もうほんとに大文学論を展開しましたね。憤りの込められた熱弁でした。

やはり織田作というのは、そこに根づいて、大阪弁で書いていったがために、戦後の文学史のなかで、太宰よりも大変評価が低くなって、ほとんど文庫の本もなにも出ないという状態になる。それこそが文学だ、それこそが郷愁の生んだ文学なんじゃないかと。太宰の場合は、なんか上流家庭の言葉を使って、そしていろんなものを書くんだけど、これは受けるけれど、俺はこの〝太宰の故郷の状況〟というものは好きじゃないというんですね。〝故郷の人間〟として、太宰はどうも俺は全部駄目だと。ただ、よく考えてみると、師匠がこう言ったのは、太宰と同系列のものを師匠も持っていたからだと思うんですよ。ですからそれを否定するんだったら、故郷に腰を据えるか、故郷のいらんところでやりゃいいのに、この人はどちらも全然やりませんでしょ。そうすると、太宰を誹謗しているというよりも、太宰と同系列にいる自分に自己嫌悪を覚えて、織田作に近づいていったと。こういうふうに僕は解釈してもいいんじゃないかという気がするんですね。

その時に師匠が、「西鶴、武田麟太郎がいる。織田作が出た。お前、大阪弁でずっと書いていくか」ちゅうから、「僕は大阪弁でやっていきますわ」と言ったら、「もう、それでよろしッ」っていうんですね。「ともかくそれで書いていけ」って。そして「師匠が死んだら、僕は小説に書きますわ」と言ったら、「俺は書きにくいぞ」と言いましたね。「俺のことは誰も書けん」と。僕は師匠が亡くなってから、十年めに一〇〇枚ほど書きましたけどね（『生きいそぎの記』）、それいっぺんですね。後はまあ、師匠が今生きてらしたら七十ですけれども、その七十ぐらいになって振り返ってみて、僕の二十代から三十代にわたって、交友というとおこがましいんですけれども、なんか近づきがあった。その川島雄三像というものを、もう一度展開してみても、僕は遅くないと思うんですよ。その時に僕は改めて、川島雄三の生まれたときからを書き下ろしていって、川島雄三論というものをひとつつくっていってもね。これは小説というよりも評論的なもので組み立てていってもいいんじゃないかと。

去年、ちょっと斜陽館に泊まりまして、寒かったんで、部屋で炬燵を抱きながら酒飲んでいましたらね、床の間に薄い雑誌があったんです。僕はもらって帰ろうと思ったんですけど、斜陽館の方がこれしかないとおっしゃったんで置いてきたんです。大変残念なんですけど、ひょっとしたら、このなかにお座りになっているかもわからないんですが、その雑誌の中で、若い時からというか、少年時代からの川島雄三を克明に調べていらっしゃる方に会いましてね。それで今回こちらにやってきた時に、もしその方に会えることができたら、ぜひその本を読ませていただきたいと。もう一冊にまとまっているという噂も聞きましたので、読ませていただきたいなという気がしているわけです。

だから太宰治が嫌いというのは、僕はひとつの照れ、あるいは自己の裏返しみたいなところ……。いわゆるポジティヴなところに太宰の像を置いたとしたならば、川島雄三というのは、自らネガティヴな部分に自分の像を重ねていたような気もするんですね。そしてそれを大阪の織田作というネガティヴな部分と、二つの陰画同士が会ったという、そういうかたちが、僕には感じられるんです。これはみなさん興味があったら、太宰、織田作、それから川島雄三というこの三つの線を、星座みたいにつないで、いろいろお考えになると、そこにひとつの新しい鉱脈みたいなものが繰り広げられていくんじゃないでしょうか。

さっき映った『貸間あり』なんていうのは、明らかに織田作の影響を受けています。井伏鱒二氏の原作から、これは遠く離れたものだと思いますね。あの試写を僕は監督と一緒に見ました。そのとき原作者の井伏先生が真ん中にお座りになって、ハンチングベレーで御覧になっていたんですね。で、終わった途端にすっとお立ちになって、ハンチングベレーを鼻のところにグッと下げて、ズーッと真っすぐに出ていかれたんです。「なんという映画をつくったんだ」というようなしかめ面をしてね。川島師匠がどんな顔をしているかパッと見たら、舌出してましたね（笑）。なにかそういうところがあるんですね。その『貸間あり』の記者発表の時に、記者が五十人ほど集まります。当時、映画は華やかですから。僕は横にずっと座っているんですけど、なにもおっしゃらない。「川島監督、今度の映画はどういうもんですか」と記者が言うと、ボソボソっと僕におっしゃるんで、僕が答えないかんのです。自分からはなにも言わない。だけど僕には何かおっしゃるんで、僕は通訳みたいに勝手に思ったことを記者に伝えるんです。「今聞いたのは馬鹿だね。何新聞です?」とか「あの男は間違って記者になりましたね。そう忠告してあげなさい」って。でもそんなこと言えませんからね。で、「なんておっしゃっているんですか」って記者たちが聞くから、「監督は今度の劇は、喜劇は喜劇であるけれども、重喜劇として……」とか言うのね。するとみんな「重喜劇」とか書くわけ(笑)。それが終わって帰ると、「藤本君、君、いいこと言ったね。重喜劇、いい言葉だ、いい言葉だ。それをこれから俺の旗印にしよう」って。

そういう、なにかちょっと屈折はしているんですけれども、いい意味での屈折ですね。ひとつの時代を川の流れとしましょうか。そうすると黒澤明がいて、市川崑がいてですね、太陽光線がありますね。水面があって、水面の中で光というのは屈折しますね。この水面下の光の明るさみたいなものを持ったものが、僕は川島雄三の作品だと思っているんです。だから『風船』を御覧になった方、『洲崎パラダイス』を御覧になった方――僕はほとんど見ているつもりなんですけど――、いろんな凸凹があると思うんです。その屈折度が、僕は一番大きなダイヤモンドのカットの部分みたいな輝きを持っているものだと、信じてやまないんですね。

最後に織田作との別れ話をちょっとしてみたいんですけれども、織田作がすごい喀血をして死んだときに、虎ノ門の病院だったと思うんですけど、川島雄三監督が銀座であるだけの薔薇の花を買い込んで、抱いていったそうです。これは川島監督が言ったんじゃなくて、僕は川島監督をよく知っている人から聞いたんです。ちょっと酒に酔っ払って、銀座の花屋で赤い薔薇を全部買ってですね、それを抱いて行ったというんですね。そして、ついていった人が、もうたまらなくなったと言われましたね。どういうことかというと、病院に入れてくれなかったんですね。病室に入れてくれないんだったらまだいいんですけど、そこの病院は表から入れてくれないんです。なかば救急車で運ばれたとかそういう状態だったと思うんですけどね。そして、鉄格子みたいのがはまっているような、なんか暗いところで、織田作は一月十日に死ぬんです。霙の降っているなかで、監督はその赤い薔薇を抱いて座りながら、その薔薇を全部食ったというんですね。なんか文句を言いながら、一枚ずつ食ったと。それを見た人がいるんですね。なにか背筋が寒くなるけど、心に訴えるダンディズムを感じます。僕は監督のお元気な時に、それを見たという人からその話を聞いたんですよ。で、僕は亡くなるまでに、何回も聞こうと思っていたんです。「こういうことがあったんですか」って。でも聞けないんです、やっぱり。それを見ていたというのは、やはりいけないんじゃないですか。それを聞いて、「俺はそれをやったよ」という監督の言葉を聞きたくないんじゃないですか。そういうのが人間のひとつの素晴らしい壁だと思うんですよ。だから、その素晴らしい壁みたいなものが、映像という中で凝縮していったのが、僕は川島作品の一番の醍醐味じゃないかと。

今日は東京からあるいは北海道からお集まりになって、この二日間、いろいろな作品を御覧になって、みなさん、それぞれに思いがあると思うんです。だけど僕はやはり、なにかネガティヴな部分、屈折した部分、それも明るい光のその屈折が、今の映画界よりもさらに深いものを照らし出していると。そしてかつての日本あるいはフランスの名作が、いま深夜放送されていますけれども、そういうものよりもさらに深い、もうひとつの映像の屈折がこの監督の中のどこかに陰影としてあるということを、やはり求めて集まってくださっていると思うんです。そして、それと織田作というものを、もし興味があれば、特に関西の方は引きつけてお考えになったら、みなさん自身の新しい映像の探索というか手がかりみたいなものが、自分のものになっていくと、このように信じてやみません。

時間になりまして、みなさんがどういう印象を受けられたかわかりませんけれども、なにか川島雄三の一端と、それを見ていた藤本義一の小さな姿をわかってもらえたら、大変有難いと思います。それではこれで終わりにいたします。どうも有難うございました。

＊「下北半島・川島雄三映画祭」（一九八八年十月十日）の講演より。

解説

コッケイこそ人間の本質

岡崎武志（書評家）

二〇一二年十月三十日、藤本義一死去。享年七十九。このニュースが、各紙で報じられたとき、その見出しには「直木賞作家」とともに「11PM司会」が洩れなくついていた。やっぱりそうか、と私は複雑な思いをもって墓標のような見出しを見つめていた。

「鬼の詩」で直木賞を受賞した作家、というよりも、一般的なイメージは、大橋巨泉とともに務めた日本テレビの深夜番組「11PM」の司会者として、だったのだ。

長寿番組の大阪方の司会を、一九六六年から週に二回担当し、これは二十五年続いた。藤本義一の名前と顔は全国で知られるようになる。しかし、小説家・藤本義一にとって、これで原稿の注文は途絶えたというから、喜ばしいことではなかった。

一九六九年に『ちりめんじゃこ』で上半期直木賞の候補となるが落選。以後、同年の下半期に「マンハッタン・ブルース」、一九七一年上半期にも本書に収録された「生きいそぎの記」で候補に上がりながら、三度目の正直とならなかった。

講談社文庫版『鬼の詩』解説に小松伸六が「テレビ番組11PMの高名、ないし悪名高き司会者なるがゆえの不運も重なっていたかもしれない」と、直木賞をなかなか取れなかった事情を推測している。

結局、さらに三年を経て、一九七四年に候補となった「鬼の詩」で第七十一回直木賞を受賞する。これは、テレビ司会者うんぬんの悪評を蹴散らす、満票による受賞だった。

実際、私も本書に収められた「鬼の詩」をひさしぶりに再読し、その凄みに打たれた。

明治末に人気を集めた上方芸人・桂馬喬。最初、仏教書を読む「なんの面白味もない常識人」だった陰気な芸人が、露という伴侶を得てから変わる。自分の出生の秘密（両親を知らない）を告白する馬喬に、「ほな、これ以上堕《お》ちへんというところまで一緒に行きまひょやないか」と露が言う。しかし、露は早逝する。

闇夜の杖ともなった露を失うことで、馬喬は本当に「堕ち」ていく。実在した奇人・二代目米喬をモデルに、藤本義一は一般人ではありえぬ、狂気すれすれの「芸人の生きざま」を活写する。人間の壮絶なる最期を見届けた、有無を言わせぬ傑作である。本作は一九七五年に村野鐵太郎監督により映画化された（主演は桂福団治）。私が「鬼の詩」を読んで感心したのは、藤本の描写技術の確かさであった。馬喬の愛妻・露が発作で倒れるシーン。

「尻が畳に落ちるか落ちない裡《うち》に、しゃんと伸ばした背が、まるで一枚板のように激しく畳を叩いた」

絶命するまでの一連の動きが、一分の狂いなく、物理学の公式のように映像化され間然とするところがない。こういう巧さを、現代小説において、久しく味わったことがない。藤本は「鬼の詩」の成功により、芸人小説に作家として己を生かす方法を見いだすのだ。

誰も他人のようには生きられない。小説家のみが、言葉の力を通して他人を生きることができる。それには非常の緊張感を要し、「鬼の詩」および藤本の芸人小説には、そんな充実した「生」の緊張感がみなぎっている。

本書収録の「贋芸人抄」「下座地獄」は、「他人を生きる」技術を存分に生かした好例。師匠の替え玉をする漫才師、運命に身をまかせ翻弄される下座の三味線弾きと、哀れな芸人を描いてどこか可愛いい。読者は大阪弁の柔らかいリズムにひたりつつ、芸人とともに「堕ち」ていく快感を味わえるだろう。

藤本による芸人小説の出発点にあるのが映画監督・川島雄三を描いた「生きいそぎ

の記」だ。宝塚映画撮影所で日雇いのシナリオライターをしていた藤本が、掲示板に貼られた「股火鉢ノ川島」による募集広告に名乗りを挙げる。「チヂンデイク」（筋萎縮性側索硬化症）病気を宿命として背負い、約束された「死」へ向って「生き急いだ」川島雄三。若くして、この鬼才と真正面から向き合うことで、藤本義一は自分が掘り進むべき鉱脈にぶつかった。その意味で、巻末に収録された講演「師匠・川島雄三を語る」は、「生きいそぎの記」のB面とでもいうべき貴重な証言だ。

川島雄三が、同郷の太宰治について言ったひとこと。「あの破滅には人間本来の滑稽さがない」。あるいは、「生き急いだ男、これが人間の本質かもわからない。だから滑稽、コッケイですよ」と後に川島が吐く言葉は、タイトルにも使われているが、ある意味、作家・藤本義一の進路を決定した。

これこそ、上方芸人をモデルとした一連の藤本作品の基調だった。本書の作品群を読めばそれはあきらかだ。

「生きいそぎの記」は、映画監督・川島雄三のモデル小説、といった生易しい要約では済まない。一人の才能を持った作家が、いかに脱皮して羽化するかを、自身の体験を通して描いたドキュメントなのである。

その輝かしい成果に比べれば、直木賞を取り逃したことなど些事にすぎない。

藤本には本書に収録された以外にも、『花月亭団丸好色噺俗』（花月亭九里丸がモデル)、『大いなる笑魂』(花菱アチャコ)、『浪花阿呆譚』(曾我廼家五郎八)など、上方芸人を取材した長編小説もある。いずれも改題されるなどして、かつては文庫化もされていた。あるいは、芸人でなくても、スリ、娼婦、釘師とパチプロ、ブルーフィルム販売業者など、どこか人生のボタンをかけ違ったような人物を魅力的に描いた小説が多数ある。

本書で藤本義一を発見した読者は、ぜひ、古本屋の棚を巡るなどして、ねちっこく、それでいてほの明るい藤本義一の世界を堪能してほしい。

●初出一覧

「生きいそぎの記」(『別冊小説現代』1971年7月号／『生きいそぎの記』講談社、1974年10月)

「鬼の詩」(『別冊小説現代』1974年陽春号／『鬼の詩』講談社、1974年6月)

「贋芸人抄」(『オール関西』1970年2月号／『贋芸人抄』文藝春秋、1971年10月)

「下座地獄」(『別冊小説現代』1972年10月号／『生きいそぎの記』講談社、1974年10月)

「師匠・川島雄三を語る」(下北半島・川島雄三映画祭講演、1988年10月10日／『ユリイカ臨時増刊号・監督川島雄三』1989年3月／『川島雄三、サヨナラだけが人生だ』河出書房新社、2001年1月)

河出文庫

わが落語鑑賞　安藤鶴夫の「読む落語」
安藤鶴夫
40978-8

「富久」「船徳」「明烏」「芝浜」……。古典落語の名作を、自らの解釈、名人たちの演出を下敷きに、新たに読み解いた傑作「読む落語」集。噺に登場する用語の語釈も収録され、落語初心者にも楽しめる一冊。

私の出会った落語家たち　昭和名人奇人伝
宇野信夫
40879-8

浅草橋場育ちの落語通であった著者の家には、貧乏時代の噺家が多く集った。生涯の友とも言うべき古今亭志ん生や、文楽、圓太郎、彦六、圓生、里う馬、可楽など、二十四人の名人奇人との交流、エピソード。

花は志ん朝
大友浩
40807-1

華やかな高座、粋な仕草、魅力的な人柄──「まさに、まことの花」だった落語家・古今亭志ん朝の在りし日の姿を、関係者への聞き書き、冷静な考察、そして深い愛情とともに描き出した傑作評伝。

圓生の落語1　双蝶々
三遊亭圓生　宇野信夫〔監修〕
41000-5

巧みな人物描写、洗練された語り口で、今なお名人の名を不動のものとする、三遊亭圓生の名演集。表題作「双蝶々」他、「ちきり伊勢屋」「札所の霊験」「梅若礼三郎」「お若伊之助」の全五篇を収録。

圓生の落語2　雪の瀬川
三遊亭圓生　宇野信夫〔監修〕
41005-0

恋の情景を抒情豊かに描いた表題作「雪の瀬川」、三遊亭圓朝作の怪談噺「乳房榎」他、「髪結新三」「吉住万蔵」「刀屋」「左甚五郎」の六篇を収録。名人の粋がたっぷり味わえる圓生名演集・第二弾。

圓生の落語3　真景累ヶ淵
三遊亭圓生　宇野信夫〔監修〕
41009-8

圓生名演集・第三弾では、三遊亭圓朝屈指の名作「真景累ヶ淵」「牡丹燈籠」の二篇を収録。表題作では〈宗悦殺し〉から〈聖天山〉を網羅。高座でも滅多に聞けない永久保存版。

著訳者名の後の数字はISBNコードです。頭に「978-4-309」を付け、お近くの書店にてご注文下さい。

鬼《おに》の詩《うた》／生《い》きいそぎの記《き》

藤本義《ふじもとぎ》一《いち》傑作選《けっさくせん》

二〇一三年 四 月一〇日 初版印刷
二〇一三年 四 月二〇日 初版発行

著 者 藤本義《ふじもとぎ》一《いち》
発行者 小野寺優
発行所 株式会社河出書房新社
〒一五一－〇〇五一
東京都渋谷区千駄ヶ谷二－三二－二
電話〇三－三四〇四－八六一一（編集）
〇三－三四〇四－一二〇一（営業）
http://www.kawade.co.jp/

ロゴ・表紙デザイン 粟津潔
本文フォーマット 佐々木暁
本文組版 株式会社キャップス
印刷・製本 凸版印刷株式会社

Printed in Japan ISBN978-4-309-41216-0